Veröffentlicht von
DREAMSPINNER PRESS

5032 Capital Circle SW, Suite 2, PMB# 279, Tallahassee, FL 32305-7886 USA
www.dreamspinnerpress.com

Dies ist eine erfundene Geschichte. Namen, Figuren, Plätze, und Vorfälle entstammen entweder der Fantasie des Autors oder werden fiktiv verwendet. Ähnlichkeiten mit lebenden oder verstorbenen Personen, Firmen, Ereignissen oder Schauplätzen sind vollkommen zufällig.

Deutsche ISBN. 978-1-64080-923-9
Deutsche eBook Ausgabe. 978-1-64080-922-2
Deutsche Erstausgabe. Juli 2018
v 1.0

Gedruckt in den Vereinigten Staaten von Amerika.

SEIN GRÖßTER FANG

ANDREW GREY

1

MIKE JANSENS Wecker klingelte um vier Uhr morgens wie an jedem Arbeitstag. Er schlug die dünne Decke zurück und stieg aus dem Bett. Da er sich schon vor langer Zeit angewöhnt hatte, gleich nach dem Aufwachen wachsam und rege zu sein, war er auf Anhieb munter. Die Hitze in Apalachicola setzte der Klimaanlage stark zu, aber gerade wehte eine kühle Brise durch den Raum. Das musste wohl genügen, bis er sich eine neue leisten konnte. So sah sein alltägliches Leben aus: Dinge reparieren und Abstriche machen, bis er genug Geld hatte, um seine alten und abgenutzten Sachen zu ersetzen. Natürlich gab es Ausnahmen. Eine davon war sein Lebensunterhalt.

Er sprang unter die Dusche und ging seiner üblichen Morgenroutine nach, ohne zu viele Gedanken zu verschwenden. Bevor er den Raum verließ, schlüpfte er in lockere Shorts, ein hellblaues T-Shirt, das Carrie für ihn ausgesucht hatte, und seine rutschfesten Schuhe. Zuallererst hielt er an der Schlafzimmertür seiner Tochter inne. Leise öffnete er die Tür und huschte hinein.

Carry war der glücklichste Unfall in Mikes Leben gewesen, den er keinen Moment bereut hatte. Sie lag mit dem Rücken zu ihm auf ihrem rosafarbenen Kopfkissen und ihr blondes Haar leuchtete im Licht der mit Einhörnern verzierten Nachttischlampe. Mike beugte sich über sie, küsste sie sanft auf die Wange und schlich wieder hinaus.

Der Duft nach starkem Kaffee erfüllte die feuchte Luft, und es zog ihn in die Küche. Welch ein Glück, dass er den Timer eingestellt hatte! Er goss sich eine Tasse ein und trank sie aus, während er eine Kühlbox mit sehr viel Wasser, Limonade und seinem Mittagessen füllte. Dann schüttete er den Rest Kaffee in seine Thermoskanne – irgendwann würde er das Coffein bestimmt nötig haben – und verließ das Haus durch die Gartentür.

Die vertraute feuchte Hitze schlug ihm trotz dieser frühen Stunde mit voller Kraft entgegen. Das Klima machte Mike nichts aus. Er war so daran gewöhnt, dass er die Hitze wohl nur bemerken würde, wenn sie plötzlich fehlte. Wenn die Temperaturen im Winter unter 13 Grad sanken, fühlte er sich ganz hilflos und völlig durchgefroren. Mike legte seinen Proviant auf den Boden seines Trucks und ging noch einmal ins Haus zurück, um in dem Behälter mit den Snacks für seine Gäste zu wühlen.

Als Mike den letzten Rest seiner Ausrüstung einsammelte, ging das Licht auf der Veranda an. Er schloss die Autotür und drehte sich zu seiner Mutter um, die im Nachthemd in der Tür stand. „Ich weiß noch nicht, wie spät es heute wird."

„Ich weiß. Behalte das Wetter im Auge. Dieser Sturm sieht nicht gut aus." Mikes Mutter hielt sich für eine talentierte Wahrsagerin. Sie verfolgte den Wetterbericht einzig und allein, um die Meinung der Experten anzuzweifeln und ihre eigenen Vorhersagen zu treffen. Tatsächlich hatte sie die höhere Trefferquote.

„Das tu ich doch immer." Er umarmte sie. „Sag Carrie, dass ich sie lieb habe."

Seine Mutter nickte bedächtig. „Ich fahre heute mit ihr nach Tallahassee. Sie wollte ein paar Bücher abholen und ich helfe dabei, den Ausflug der Jugendgruppe aus der Kirche zu planen."

„Danke, dass du auf sie aufpasst." Ohne seine Mutter hätte Mike seinen Beruf an den Nagel hängen können.

„Du weißt doch, dass ich alles für die Kleine tun würde." Mikes Mutter schüttelte den Kopf. Ihre dunklen Haare waren von grauen Strähnen durchzogen. „Sie ist das Beste, was wir haben. Ich will, dass sie alle Chancen bekommt, die du nicht hattest." Sie tätschelte seine Wange.

„Du hast alles richtig gemacht, Mom. Besser als die meisten anderen, um ehrlich zu sein." Mike lächelte und wandte sich ab. Wenn er mit seinen Vorbereitungen nicht in Verzug geraten wollte, musste er sich beeilen. Er hasste es, wenn die Zeit knapp wurde. „Viel Spaß in der Stadt. Sag Carrie, ich bin heute Abend wieder da." Er sprang die Treppen des kleinen Hauses, in dem er mit seiner Mutter und seiner Tochter wohnte, hinunter und stieg in seinen Truck. Der Jachthafen war nur knappe fünf Kilometer entfernt und schon kurz darauf parkte Mike auf seinem Stammplatz.

Die Sonne war noch nicht aufgegangen und so machte er sich im Schein der Straßenlampen mit seiner Kühlbox auf den Weg zur *Decisions,* seinem Fischerboot.

Mike liebte das Schiff und widmete ihm mehr Aufmerksamkeit, als er es eigentlich sollte, aber die *Decisions* war seine Lebensgrundlage und er wollte seine Kunden beeindrucken. Sie war etwa neun Meter lang und hatte ihn auch in brenzligen Situationen nie im Stich gelassen. Im letzten

Sommer hatte er sie an Land geholt, komplett gereinigt und ihrem Rumpf einen neuen Anstrich verpasst, bevor er sie wieder zu Wasser gelassen hatte. Mike ging an Bord und verstaute seine Habseligkeiten in der kleinen Kajüte. Als er die steile leiterähnliche Treppe in den Bug hinunterstieg, zog er den Kopf ein, um sich nicht zu stoßen. Auf seinem Boot hatte alles seinen angestammten Platz und zuerst verstaute er die Kühlbox, bevor er mit seinem morgendlichen Kontrollgang fortfuhr.

Als er wieder aus der Kajüte kletterte, kam sein Maat Gordon an Bord. „Morgen, Boss", grüßte er wie immer.

„Morgen, Bubba. Reich mir dein Zeug an, dann bring ich's nach unten."

Gordon reichte ihm seine Kühlbox und Mike stellte sie neben seiner eigenen ab. Dann kletterte er wieder an Deck und schloss die Kajütentür hinter sich. Seine Mutter hatte ihm dabei geholfen, die Sitzpolster zu entfernen und sie durch strapazierfähigen, wasserfesten Stoff zu ersetzen. Sein Boot mochte zwar gebraucht aussehen, aber er kümmerte sich gut darum.

„Wie viele Leute kommen heute?"

„Nur zwei. William hat gebucht, und dann hat letzte Woche noch ein anderer Typ angerufen. William meint, es wäre okay, wenn er mitkommt." Allein Williams Namen auszusprechen, ließ Mikes Herz schneller schlagen.

„Ist es also wieder so weit", kommentierte Gordon ausdruckslos. Er machte sich daran, die beiden besten Angelruten und Spulen vorzubereiten. „Wann wollten sie ankommen?"

„Jeden Moment. William hat von sechs Uhr gesprochen." Mike liebte die Touren mit William. Obwohl es gar nicht nötig war, brachte William jedes Mal eine riesige Kühlbox voller Snacks, Getränke und allem, was ihnen sonst noch einen unvergesslichen Tag bescheren konnte, mit, die er jedes Mal bereitwillig für alle anderen öffnete. Mike hätte schwören können, dass William Extraportionen einpackte, nur um sie zu teilen. Ein Angeltrip mit ihm wurde immer zu einer fröhlichen Veranstaltung und es fühlte sich für Mike nicht so an, als würden er und Gordon lediglich ihren Job machen. Manche Kunden behandelten ihn und seinen Maat kaum besser als Dienstboten. Glücklicherweise waren das aber nur die Wenigsten. Die meisten Gäste waren nett und hatten einen schönen Tag auf dem Meer. Aber die Touren mit William waren etwas ganz Besonderes.

Eine halbe Stunde später waren sie mit ihren Vorbereitungen fertig. Vom Kai ertönte Williams Stimme: „Hey Jungs! Bereit, den Kutter mit Fisch zu füllen?"

„Darauf kannst du Gift nehmen", erwiderte Gordon. Er sprang von Bord und lief über die Holzplanken zu Williams schickem Mietwagen.

Mike kontrollierte seine Navigationsgeräte und die Ausrüstung zur Fischortung, während Gordon Williams Kühlbox an Bord hievte und ihr Besitzer die beiden Crewmitglieder mit einem breiten aufgeregten Lächeln begrüßte.

„Was fischen wir heute?" William war es eigentlich egal, was sie fingen, so lange er überhaupt zum Angeln aufs Meer fahren konnte. Oft gab er Mike und Gordon seine Fische mit nach Hause. William ging es nur um die Erfahrung und den Spaß. Fische zu fangen, gehörte nicht zu seinen Prioritäten.

„Zackenbarsche und Schnapper. Leider müssen wir die roten wieder zurück ins Meer werfen." Das war Mikes wunder Punkt, aber es nützte nichts, deswegen herumzunörgeln. Er konnte die staatlichen Vorschriften nicht ändern. Man musste sich einfach damit arrangieren.

„Cool." William kletterte an Bord und schüttelte Mike und Gordon die Hand. „Angeln wir dieses Mal mit Lebendködern?"

„Wenn wir die Fallen finden", antwortete Gordon.

„Wir warten noch auf einen Gast. Sieht aber so aus, als wäre er gerade angekommen."

Scheinwerferlicht blitzte durch die Hafenanlage. Mike hoffte, dass es ihr viertes Besatzungsmitglied war.

„Dean", rief er, als der Fahrer aus dem Truck stieg, und der Mann winkte ihnen zu, während weitere Fahrzeuge in den Hafen einbogen. Mike fuhr am liebsten früh los, um schon unterwegs zu sein, wenn die anderen Charterkapitäne eintrafen und ebenfalls in See stachen.

„Ich bin Mike und das ist Gordon", sagte er und half Dean auf das sanft schwankende Boot zu klettern. Das letzte, was er wollte war, dass ihm ein Passagier über Bord ging. „Aber du kannst ihn Bubba nennen. Wir duzen uns hier auf dem Schiff, ich hoffe, du bist einverstanden." Mike nahm Deans Kühlbox und stellte sie neben Williams auf dem Deck ab. Sah aus, als müsste niemand verhungern.

„Ich bin William." Die beiden Passagiere schüttelten die Hände. „Warst du schon mal fischen?"

„Ist mein erstes Mal", gab Dean zögernd zu. Er mochte in den Vierzigern sein, trug Turnschuhe, Khakishorts und ein lindgrünes T-Shirt. Sein Haar war so hell wie das von Carrie und er hatte sehr blasse Haut. „Ich war auch noch nicht oft auf einem Boot oder Schiff unterwegs. Aber ich wollte so etwas immer schon ausprobieren, und weil ich gerade geschäftlich in Tallahassee bin und einen freien Tag habe, dachte ich mir, ich kriege meinen Hintern jetzt mal hoch. Ich hoffe, das ist in Ordnung."

„Klar, je mehr, desto besser!" William setzte sich hin und wippte aufgeregt mit den Beinen. Mike beobachtete das Auf und Ab der braun gebrannten Schenkel, die wie ein Metronom im Takt seines eigenen Herzschlags zuckten.

„Wir geben unser Bestes, damit es ein unvergesslicher Trip für dich wird", sagte er. „Eigentlich können wir auch schon aufbrechen, also mach's dir bequem. In einer halben Stunde können wir die Lebendköder einsammeln und dann brauchen wir noch ein, zwei Stunden, bis wir mit dem Fischen loslegen können. Wir beginnen am weitentferntesten Punkt unserer Tour und arbeiten uns dann zum Hafen zurück. Wenn wir einen guten Angelplatz finden, bleiben wir da. Wenn nicht, schippern wir weiter."

Mike startete den Schiffsmotor und die *Decisions* erwachte röhrend zum Leben. Gordon löste die Leinen und Mike lenkte das Boot rückwärts aus der Anlegestelle hinaus, wendete, verließ den schützenden Hafen und nahm Kurs auf die offene See.

„Mann", sagte Dean zehn Minuten später und deutete hinaus auf den Golf. „Die Sonne geht auf. Ich glaube, das habe ich noch nie zuvor gesehen."

Deans Begeisterung war verblüffend. Für Mike war diese Euphorie nichts Neues, er sah sie fast jedes Mal, wenn er mit einem Kunden aufs Meer hinausfuhr, aber er wurde es nie leid, das Meer durch die Augen seiner Passagiere zu sehen.

„Setz deine Sonnenbrille auf, das schützt die Augen. Wenn es die ersten Strahlen über den Horizont geschafft haben, wird es richtig hell." Einmal hatte ein Kunde seine Warnung missachtet und sich die Augen verletzt, weil er zu lange in die Sonne gestarrt hatte.

Als sich der Horizont erhellte und die ersten Sonnenstrahlen auf den Wellen glitzerten, griffen Dean und William nach ihren Sonnenbrillen. Es bot sich ihnen ein atemberaubender Anblick und Dean saß regungslos da und beobachtete den Sonnenaufgang auf dem offenen Meer.

„Wie ist es dir so ergangen?", fragte William und rutschte auf den Sitz gleich neben Mikes Kapitänsstuhl, von dem aus dieser den Horizont und das GPS im Auge behielt. „Wie geht es Carrie?"

„Ganz gut", antwortete Mike. „Sie macht sich heute einen schönen Tag mit meiner Mom." Er drehte leicht am Steuerrad, um auf Kurs zu bleiben. Sein Job war es, das Schiff ans Ziel zu bringen, während Gordon sich um das Wohlbefinden der Gäste kümmerte. Seit fast sechs Jahren arbeiteten die beiden jetzt zusammen, und oft wussten sie schon im Voraus, was der andere vorhatte.

„Sie ist jetzt zehn, oder nicht?"

„Genau. Letzte Woche hatte sie Geburtstag." Mike musste lächeln.

„Dachte mir so etwas." William griff nach dem alten Segeltuchrucksack, den er immer mit an Bord brachte, zog ein in rosafarbenes Papier gewickeltes Geschenk heraus und reichte es ihm. „Du hast mal erwähnt, dass sie gerne liest, deswegen habe ich ihr ein paar Bücher besorgt. Die hier haben Freunde von mir geschrieben."

Mike nahm das Geschenk an sich. „Dankeschön. Das wird ihr bestimmt gefallen." Er legte das Päckchen auf dem Armaturenbrett hinter dem festmontierten GPS-Gerät ab. Dort würde es fürs Erste trocken bleiben. „Aber das wäre wirklich nicht nötig gewesen."

William lächelte und nickte nur. „Ich dachte, es könnte ihr gefallen." Er hatte Carrie noch nie getroffen, aber Mike hatte ihm schon sehr oft von ihr erzählt.

„Das ist deine achte Fahrt mit mir, oder?" Mike versuchte, sich zu erinnern.

„Ich glaube auch. Alle sechs Monate, und das seit vier Jahren. Kaum zu glauben."

„Warum so oft?", fragte Dean. Mike schaute sich nach ihm um. Dean sah ziemlich grün um die Nase aus. Mike fasste in die Kühlbox für seine Gäste und reichte ihm eine Flasche Wasser.

„Ich bin einfach verdammt gerne auf dem Wasser unterwegs, deswegen komme ich zweimal im Jahr her, um angeln zu gehen. Keine Handys, kein Fernsehen, kein Internet – einfach nur Ruhe. Es gibt nichts Besseres, um für ein paar Stunden alles hinter sich zu lassen und Zeit in der Natur zu verbringen. Hier gibt es nur dich, das Boot, Wasser und Fische." William kramte noch einmal in seinem Rucksack herum und reichte Dean ein kleines Päckchen. „Schau aufs Meer hinaus, trink etwas und versuch's mal hiermit. Das sind Bonine-Tabletten, die sind gut gegen Seekrankheit."

„Ich wusste doch, dass ich irgendwas hätte mitnehmen sollen, aber eigentlich werde ich nie reisekrank."

„Das passiert jedes Mal", erklärte Mike. Er hatte kaum einen Trip erlebt, bei dem es niemandem schlecht wurde. „Langsam und gleichmäßig atmen. Versuche, dich zu entspannen und nicht daran zu denken."

Dean nickte und setzte sich wortlos hin.

Mike behielt ihn im Auge, bis sein Gesicht wieder eine gesunde Farbe annahm. „Bleib noch eine Weile nüchtern."

„Danke." Dean blieb im überdachten Bereich des Bootes sitzen, während Mike nach den weißen Schwimmkörpern Ausschau hielt, die seine Netze markierten.

„Da ist einer, Mike", rief William, der über wahre Adleraugen verfügte. Und tatsächlich, er hatte recht.

Mike lenkte nach rechts und hielt das Boot still, während Gordon die Falle einsammelte. Er füllte Wasser in eine ihrer Köderboxen und ließ die lebenden Fische hineingleiten. Mike half Gordon, die Falle neu zu bestücken, und bevor sie ihren Weg fortsetzten, ließen sie sie wieder zurück ins Wasser.

„Nur keine Hektik. Wir kreuzen noch eine ganze Weile herum." Mike gab Gas und sie schossen über das Wasser, schlugen leicht auf und Wasser spritzte auf, als sie die Wellen durchteilten. Mike liebte diesen Teil des Ausflugs, die gespannte Erwartung auf den Fang. Außerdem war er ein Speedjunkie.

William stand neben ihm und schaute durch die Frontscheibe. Er strahlte pure Lebensfreude aus.

„Wie geht's Dean?", fragte Mike und wandte seinen Blick wieder vom GPS zur See, die vor ihnen lag.

„Besser. Ich denke, wenn er erst etwas zu tun hat und nicht ständig daran denken muss, dass es ihm schlecht ist, wird er es schon packen."

„Gut." Mike hasste es, wenn es seinen Kunden schlecht ging. Er wollte, dass sie die Tour genossen, und mit einem verstimmten Magen war das nur schwer möglich.

Eine Stunde lang fuhr Mike Vollkraft voraus. Dann drosselte er das Tempo und aktivierte das Fischortungsgerät. Sie trieben dahin, bis Mike der Grund des Golfs vielversprechend erschien. Gordon ließ den Anker fallen und Mike brachte ihn aus. Als das Boot fest verankert war, half er Gordon bei den weiteren Vorbereitungen.

„Wo willst du anfangen?", fragte Gordon William, während er ihm eine Angel präparierte.

„Hier sieht's gut aus", erklärte William und nickte mit dem Kinn zu einer Stelle hinüber, während er die Angel nahm, die Gordon ihm anbot.

Gordon blieb bei Dean, um ihm die Angelausrüstung zu erklären, während Mike zu William trat, der startklar an der Reling stand.

„Weißt du noch, wie du mit dem Daumen die Schnur kontrollierst?" Mike nahm ein Stück Fisch, das Gordon aufgeschnitten hatte, und hängte es an Williams Angelhaken.

„Klar", antwortete William sanft, hob die Angel und ließ seinen Köder ins Wasser hinab. Er sank hinunter und William korrigierte die Schnur. Nur Sekunden später zerrte etwas am anderen Ende. William spulte die Angelschnur wieder auf und brachte den ersten Fang des Tages zum Vorschein.

Aber Dean war ihm auf den Fersen.

„Schnell aufspulen", wies Gordon ihn an.

Williams Fisch durchbrach die Wasseroberfläche zuerst. Es war ein kleiner Zackenbarsch. Mike holte ihn vom Haken und nahm Maß, bevor er ihn in den Fischeimer fallen ließ und mit etwas Eis bedeckte.

„Was für eine Schönheit", sagte er und präparierte den Angelhaken aufs Neue, damit William es erneut versuchen konnte.

Dean brachte einen roten Schnapper an Bord. Gordon nahm ihn vom Haken, befestigte ihn an einer Halterung und reichte ihn an Dean weiter.

„Hast du dein Smartphone dabei?"

Grinsend rückte Dean das Gerät heraus.

Mike schoss mehrere Bilder von Dean und seinem ersten Fang, bevor er den Fisch wieder in die Freiheit entließ. Deans Grinsen wollte nicht vergehen und vor lauter Aufregung konnte er es gar nicht erwarten, seine Angel wieder auszuwerfen. Spaß und Begeisterung hatten jeden Gedanken an seine Übelkeit ausgelöscht.

William fing noch einen Fisch, aber auch diesen mussten sie wieder in die Freiheit entlassen. Er fiel ins Wasser und tauchte sofort ab.

„Was ist das da, Bubba?", fragte Dean kurz darauf und zeigte ins Wasser.

„Der Fisch, den wir freigelassen haben. Sie haben Schwimmblasen im Bauch, und wenn wir sie aus fünfundzwanzig Metern Tiefe heraufholen, können sie sie nicht mehr halten."

„Außerhalb der Fangsaison müssen wir die roten Schnapper wieder ins Meer werfen, aber das bringt die meisten von ihnen um. Absoluter Blödsinn, aber so ist das Gesetz." Es war die reinste Verschwendung, aber wenn es erlaubt wäre, außerhalb der Saison zu fischen, würden sich alle gezielt auf die Schnapper stürzen. Manchmal nervte es Mike zutiefst, sich an Regeln halten zu müssen. „Holt eure Schnur wieder ein und dann geht's weiter."

Gordon lichtete den Anker und Mike setzte das Boot wieder in Bewegung. Sie hatten noch einige Strecken vor sich, aber Mike wollte seinen Gästen einen kleinen Vorgeschmack geben. Während er das Boot steuerte, verfolgte er über Kopfhörer die Wetterprognosen.

„Weniger Wind und Wellen auf dem Golf. Windstärke von derzeit zehn Knoten nimmt weiter ab, Wellen am späten Nachmittag nur noch einen Meter hoch. Im Atlantik bedroht der Tropensturm Marshall die Ostküste. Er erreicht die Küste nördlich von Cape Canaveral, bevor er weiter in Richtung Norden zieht. Der Sturm bewegt sich ungewöhnlich schnell voran und wird sich in den nächsten Stunden verstärken."

Das klang nach einem großartigen Tag auf dem Golf und miserablen Aussichten für die Ostküste.

Mike legte die Kopfhörer zur Seite und rieb sich die verschwitzten Ohren. „Geht's dir besser?", fragte er Dean, der sich für ein paar Minuten auf die großen Polster gelegt hatte, mit denen Mike das Motorgehäuse etwas gemütlicher gestaltet hatte. Diese große Fläche wurde auf den meisten Booten als Sitzgelegenheit verwendet.

„Ja. Ich glaube, es hilft, wenn ich mich kurz hinlege."

„Gute Idee. In einer halben Stunde erreichen wir unseren nächsten Angelplatz." Mike konzentrierte sich wieder darauf, das Boot zu steuern, und gab sein Bestes, um es nicht zu sehr ins Schwanken geraten zu lassen.

„Ich find's toll hier draußen", sagte William und trat zu Mike in die offene Steuerkabine. „Es wäre besser, wenn du dich eincremst, Dean. Selbst im Schatten fängt man sich leicht einen Sonnenbrand."

Dean griff nach seinem Rucksack und fing an, sich einzureiben. William war bereits fertig und duftete nach Kokosnuss und seinem eigenen satten, fast süßlichen Geruch, den Mike überall wiedererkannt hätte. Er versuchte, sich zu konzentrieren, aber Williams Anwesenheit machte es ihm nicht gerade einfach.

Mike wusste, dass er sich zu William hingezogen fühlte. Das war ihm schon klar geworden, als William das erste Mal auf seinem Boot erschienen war. Mike hatte nur einen Blick auf seine breiten Schultern und die schmale Taille werfen müssen, die in einem engen, vielleicht ein bisschen *zu* engen T-Shirt gesteckt hatte, und sein Herz hatte ein paar Schläge ausgesetzt. Selbst heute noch musste Mike an dieses weiße T-Shirt denken, das Williams Bauchmuskeln und die dezent hervorstehenden Brustwarzen eher betont als verborgen hatte. Mike war es schwergefallen, sich auf seinen Job zu konzentrieren, und daran hatte sich in den letzten vier Jahren nichts geändert. William war definitiv ein Mann, dem Mike verfallen könnte. Aber das würde nicht geschehen. Die Liste von Mikes Gründen war so lang, dass sie auf den Grund des Golfs hinabgereicht hätte.

William war ein intellektueller, äußerst gebildeter Typ aus dem Nordosten. Er wohnte in der Nähe von Providence und arbeitete in seinem Familienunternehmen, das Maschinenbauteile für Traktoren, Krane, Planierraupen und allerlei andere Spezialfahrzeuge herstellte. Keine Chance, dass jemand wie er Interesse an jemandem wie Mike zeigen könnte. Außerdem sah Mike ihn gerade einmal an zwei Tagen im Jahr, wenn William zum Fischen kam. Die Welten, in denen sie lebten, hätten nicht unterschiedlicher sein können, also würde Mike tunlichst darauf achten, dass sein Interesse an William, wenn man es denn so nennen konnte, sich nicht weiterentwickelte. Kein Vorstoß und definitiv nicht mehr als Freundschaft. Dass Mikes Puls bei Williams Anblick stärker beschleunigte als die *Decisions,* hatte keinerlei Bedeutung. Mike lebte in Apalachicola, einer Kleinstadt mit knapp zweitausend Einwohnern, die ihr Geld auf dem Golf verdienten und größtenteils Familien mit ellenlangen Stammbäumen angehörten. Er wusste von keinem anderen Homosexuellen im Ort, und Mike hatte nicht vor, sich als der einzige zu outen und den Nachbarn einen Grund zu geben, ihn schief anzusehen.

„Mike", rief Gordon und riss ihn aus seinen Gedanken. „Sind wir nicht bald da?"

„Jep." Mike überprüfte ihre Koordinaten und schaltete das Fischortungsgerät ein, drosselte das Tempo und begutachtete das Wasser unter ihnen. „Anker fällt." Er bremste das Schiff noch weiter ab und Gordon ließ den Anker fallen.

Das Boot kam zum Stehen und schaukelte auf den Wellen, während sie ihre Passagiere aufrüttelten. Mike ließ Gordon freie Hand, und schon bald holten Dean und William wieder ihre Angeln ein.

„Ich habe ein Riesending erwischt!", jubelte William, während sich seine Angelschnur zischend entrollte.

„Mike!", rief Gordon. „Der Brummer hat die Spule zerlegt!" Er sprang William zur Seite, als die Schnur ihren Anschlag erreichte und ihm beinahe die Angelrute aus der Hand riss.

Einen Augenblick später tauchte Mike hinter ihnen auf und griff, gegen Williams Rücken gepresst, ebenfalls zur Angel. „Hol die große Spule. Wir können die Schnur von Hand aufrollen." Obwohl er sich eigentlich nicht fortbewegen wollte, brachte er etwas Abstand zwischen sich und Williams Rücken. Insgeheim dankte er Williams Fang für diese willkommene Abwechslung. Was immer dort an der Angel zappelte, musste ein riesiger Brocken sein. Gordon reichte ihm Handschuhe und Mike zog sie sich über, bevor er Williams Angelschnur Stück für Stück aus dem Wasser zerrte. Der Fang kam der Wasseroberfläche immer näher.

„Hai!", rief Dean und deutete ins Wasser, als ein großer goldgelber Körper sichtbar wurde.

„Das ist ein Ammenhai", bemerkte Gordon. „Tagsüber fängt man die nur ganz selten."

Mike nickte zustimmend. „Der ist fast zwei Meter lang." Er zog weiter an der Schnur und hielt still, als der Hai direkt neben dem Boot durch die Wasseroberfläche brach. „Macht ihr ein paar Bilder?" Gordon und Dean folgten seiner Aufforderung. Dann durchschnitt Mike die Schnur und der Hai verschwand schnell wieder im Meer.

„Wird er das wohl überleben?", fragte William.

Mike zuckte die Schultern und beobachtete die Wellen. Glücklicherweise war keine Spur von dem Meeresräuber zu sehen.

Jetzt nutzte Dean seine Chance. Er brachte einen ordentlichen Zackenbarsch an Bord, der mit einer weiteren Portion Eis in den Eimer wanderte.

„Weiter geht's."

Gordon lichtete den Anker und sie machten sich auf die Suche nach einem neuen Angelplatz.

Der Morgen belohnte sie mit einigen hübschen Fängen. Während Mike sich bemühte, eine Angelstelle ausfindig zu machen, an der er in der Vergangenheit schon Glück gehabt hatte, gönnten sich Dean und William ihr Mittagessen im Schatten. Aus Gewohnheit und noch mit der Warnung seiner Mutter im Ohr, hörte Mike noch einmal in den Wetterfunk hinein.

„Wind und Wellen nehmen auf dem Golf auch weiterhin ab. Hurrikan Marshall nähert sich allerdings mit immer höherer Geschwindigkeit der Space Coast und macht keine Anstalten, seine Richtung zu ändern.

Vermutlich wird er in der Nähe von Daytona Beach das Festland erreichen und dann nach Norden ins Landesinnere ziehen, bis hinauf nach Georgia. "
Mike seufzte und nahm die Kopfhörer ab. Das Wetter war nicht bedrohlich, aber sicherheitshalber würde er sich stündlich auf dem Laufenden halten. Er hatte weniger Angst davor, mitten in einem Sturm festzusitzen, als davor, dass der Sturm sich dem Golf näherte und das Meer aufwühlte.

Wieder gingen sie an einem guten Ort vor Anker. Während seine Kunden angelten, verspeiste Mike sein Mittagessen und übernahm dann Gordons Aufgaben, damit dieser auch zu seiner Pause kam. William bot ihnen allen an, sich aus seiner überquellenden Kühlbox zu bedienen.

Die Routine der nächsten Stunden wurde nur von Mikes gelegentlichen Tagträumen mit William in der Hauptrolle unterbrochen. Einmal pro Stunde hörte er in den Wetterfunk hinein. Der nächste brachte ihm keine neuen Erkenntnisse, aber der Bericht um zwei Uhr war beunruhigend.

„Hurrikan Marshall hat die Küste von Daytona Beach erreicht und sich zu einem tropischen Sturm abgeschwächt. Das Auge des Sturms liegt derzeit etwa zwanzig Meilen nördlich von Orlando. Der Sturm bewegt sich mit neunundzwanzig Meilen pro Stunde weiter Richtung Nordwesten und zieht weiter zum Golf von Mexiko. Wenn er auf das Wasser trifft, könnte er wieder stärker werden. Bleiben Sie dran und achten Sie auf weitere Warnungen. "

Mike fühlte, wie sich sein Magen verkrampfte. Er schaute Richtung Osten. Weit und breit waren keine Wolken zu sehen und der Sturm hunderte Meilen entfernt. Für gewöhnlich blieb Mike bis sechs Uhr auf dem Meer und machte sich dann auf den Rückweg zum Hafen.

William und Dean waren angesichts ihrer Fangerfolge ganz aufgekratzt. „Diese Stelle hier ist einmalig", sagte William und wandte sich mit einem so leuchtenden Strahlen zu Mike, dass ihm selbst die Sonne nur noch wie eine armselige Funzel vorkam.

„Dann angle weiter", bemerkte er abgelenkt.

„Was ist los?", fragte Gordon, als die beiden Kunden ihre Angeln wieder auswarfen.

„Der Sturm ist nicht nach Norden gezogen, sondern weiter nach Westen. Er ist jetzt auf der Höhe von Orlando. Wenn er den Golf erreicht, haben wir hier bald riesige Wellen. Sieht aus, als hätten sie es aufgegeben, den Verlauf dieses Mistdings vorherzusagen und lassen sich jetzt einfach davon überraschen."

Gordon schaute aufs Wasser hinaus. „Gib dem ganzen noch ein paar Stunden, bevor wir zurückfahren. Warum sollten wir ein Risiko eingehen? Die beiden fangen heute eine ganze Menge Fisch."

„Ganz meine Meinung." Wenn der Sturm in ihre Richtung zog, würden Mike und Gordon Zeit brauchen, um alles zu sichern. „Ich verfolge jede Stunde den Wetterbericht."

Mike machte sich wieder an die Arbeit, während Gordon William und Dean dabei half, ihre abgenagten Köder auszuwechseln. Mike steuerte noch einige weitere fischreiche Angelstellen an und bewegte sich dabei unauffällig näher zur Küste. Zwei Stunden später meldete der Wetterbericht, dass der Sturm seinen gegenwärtigen Kurs beibehalten würde. „Alles klar. Das hier ist unser letzter Halt. Wir bleiben eine Viertelstunde und machen uns dann auf den Rückweg. Der Sturm, der eigentlich nach Norden weiterziehen sollte, überquert gerade Florida und wird in ein paar Stunden auf den Golf treffen. Dann sollten wir wirklich nicht mehr hier draußen sein."

Die Stimmung auf dem Boot änderte sich augenblicklich. Mike traf all seine Vorkehrungen, während Gordon den beiden Männern beim Angeln half. Sie fingen hauptsächlich rote Schnapper und ließen sie wieder frei. William brachte es zu einem kleinen Riffhai, dem Gordon einen solchen Schlag verpasste, dass der Hai in einen Schockzustand verfiel. Gordon entfernte den Haken und ließ das Tier zurück ins Wasser gleiten. Das war ein würdiges Ende ihres Ausflugs. Mike lenkte das Schiff in Richtung Land und gab Vollgas.

Gordon sammelte die verstreute Ausrüstung ein. „Tut mir leid, dass wir jetzt schon zurückmüssen, Jungs."

„Alles gut", erwiderte Dean grinsend. „Besser auf Nummer sicher gehen. Wir hatten doch einen großartigen Tag. Der bleibt mir in Erinnerung." Er setzte sich hin und William nahm neben ihm Platz. Mike beobachtete ihn aus dem Augenwinkel und bemerkte, dass William das gleiche mit ihm tat.

Der Wind frischte etwas auf, aber glücklicherweise blieb die Wasseroberfläche ruhig. Mike war aber klar, dass das nicht so bleiben würde, wenn der Sturm erst die Landmasse überquert hatte.

„Hat irgendjemand hier Empfang?", fragte er.

„Ich schau mal", sagte William hinter ihm und schaute auf sein Smartphone. „Ein bisschen, aber nicht genug. Im Notfall würde es vielleicht für einen Anruf reichen, aber …" William brachte seinen Gedanken nicht zu Ende, denn plötzlich fiel der Motor aus.

„Feuer!", schrie Gordon.

Ohne zu zögern schaltete Mike die Maschinen aus. Schwarzer Rauch quoll aus den Öffnungen des Motorraums. Mike sprang auf, griff nach einem Feuerlöscher und scheuchte Dean und William ans andere Ende des Schiffs. Gordon zog an dem Seil, mit dem sich die Motorabdeckung öffnen ließ, während Mike den Feuerlöscher im Anschlag hielt, bereit, etwaigen Flammen den Garaus zu machen.

Aber da waren keine. Nur endlose Rauchschwaden.

„Kannst du irgendwas sehen?", fragte Gordon, während der Wind den Qualm auf das Wasser hinaustrug.

„Ja. Der Turbolader hat sich vom Motor gelöst." Mike setzte den Feuerlöscher ab, froh, dass es nicht brannte. Dann holte er den Werkzeugkoffer aus der vorderen Kajüte. „Erst einmal abkühlen lassen", meinte er und trat zu Gordon, der in den Maschinenraum hinunterspähte.

„Kannst du das reparieren?", fragte Dean.

„Kann ich", erwiderte Gordon. „Muss die Teile nur wieder verbinden." Er suchte alle nötigen Ersatzteile zusammen, während Mike den Hafen und die Küstenwache anfunkte. Er erklärte ihre missliche Lage und bat alle darum, in Bereitschaft zu bleiben.

„Kann ich bei irgendetwas helfen?", fragte William.

„Kennst du dich mit diesem Motor aus?"

William lachte. „Unsere Firma stellt Teile für dieses Modell her."

„Ich kann jede Hilfe gebrauchen." Mike beendete den Kontakt mit der Küstenwache und William machte sich mit Gordon an die Arbeit, während das Boot auf den Wellen schaukelte.

„Das Anschlussstück ist im Eimer", stellte William fest und machte sich mit ein paar Ersatzteilen ans Werk. Schlussendlich klebte er zwei Teile zusammen und Gordon dichtete alles ab und befestigte den Turbolader wieder am Motor.

„Ich denke, das reicht fürs Erste." Gordon kletterte aus der Vertiefung und deckte den Motorraum wieder ab. Als er fertig war, startete Mike die Maschine und gab langsam Gas. „Hält."

Mike nickte und beschleunigte. So schnell er konnte brachte er sie zurück zur Küste.

Ein Windstoß fuhr durch die Kajüte und Mike betete, dass der notdürftig reparierte Turbolader hielt. Sie hatten eine Stunde verloren und in dieser Zeit hatte sich das Wetter verändert. Der Sturm selbst war noch einige Stunden entfernt, aber wenn er den Golf erreichte, wären sie die ersten in ihrem Gebiet, denen er richtig zusetzen würde.

Der Wind frischte auf. Er wirkte noch nicht bedrohlich, aber die ersten Wellen bauten sich auf, und die See, die noch vor einer Stunde so ruhig gewesen war, wurde immer rauer. „Bitte setzt euch alle hin", rief Mike. „Wir brauchen noch eine Stunde, bis wir die schützende Bucht erreichen, und ich will nicht, dass mir einer von euch über Bord geht." Und genauso wenig wollte er das Tempo drosseln müssen.

Noch einmal hörte er auf den Wetterbericht, aber er erfuhr nichts Neues. Auch wenn das Auge des Sturms dem Golf noch fern war, so kündigte sich der Wind schon an, wühlte das Wasser auf und peitschte Wellen gegen den Schiffsrumpf.

Der Golf war groß, aber manchmal erinnerte er Mike auch an eine Badewanne. Wenn das Wasser irgendwo in Wallung gebracht wurde, konnte man es überall spüren. Die Wellen waren jetzt erst knapp über einen Meter hoch, aber sie wuchsen kontinuierlich und die größeren klatschten kraftvoll gegen den Bug. Mike konnte nur hoffen, dass die notdürftige Reparatur hielt. Er musste seine Crew und das Boot so schnell wie möglich zum Hafen bringen.

Die Sonne stand immer noch hoch am Himmel und nur wenige Wolken waren zu sehen, aber während das Ufer endlich in sichtbare Nähe rückte, erreichten die Wellen schon eine Höhe von eineinhalb Metern.

Mike war noch nie so froh gewesen, wieder nach Hause zu kommen.

Als er die *Decisions* in den Hafen steuerte, wurde das Wasser durch den Schutz der Küste ruhig und klar wie Glas. Mike drosselte das Tempo. Hinter dem Boot bildete sich Kielwasser, während er langsam stromaufwärts fuhr, immer näher zu seinem Anlegeplatz. Mit zitternden Händen wendete er und Gordon vertäute das Schiff. Mike schaltete den Motor ab und alle Gerätschaften aus. Dann half er, die Fische in Kühlboxen zu verteilen und ihre Ausrüstung von Bord zu schaffen.

„Habt ihr eine sichere Unterkunft? Wer weiß, wo der Sturm sich noch herumtreibt, aber ihr solltet euch nicht in der Nähe des Wassers aufhalten."

„Was ist mit dem Schiff?", fragte William. „Was passiert damit, wenn das Wetter schlechter wird?"

„In der Bucht ist es geschützt. Außerdem vertäuen Gordon und ich das Boot noch zusätzlich. Das muss dann reichen." Mike wünschte, er könnte mehr tun, aber das gehörte zu den Risiken der Seefahrt. Er hatte nicht die richtige Ausrüstung, um das Boot aus dem Wasser zu heben und abzutransportieren, also musste er auf den Schutz des Hafens vertrauen.

Außerdem zahlte er deftige Versicherungsbeiträge, um alle möglichen Schäden abzudecken.

„Können wir dir noch bei deinen Schutzmaßnahmen helfen?", fragte William, als er seine Kühlbox von Bord trug und auf dem Bootssteg abstellte.

„Glaube ich nicht. Bringt euch nur selbst in Sicherheit. Ich weiß nicht, ob der Sturm noch stärker wird." Mike schüttelte seinen Kunden die Hand und fragte sich wie jedes Mal, ob dies das letzte Treffen mit William gewesen war. Der Gedanke daran, dass diese Befürchtung sich bewahrheiten könnte, ließ ihn immer unruhig zurück, aber ihm waren die Hände gebunden. Mike hatte schon vor Langem akzeptiert, dass er sein Leben wohl allein verbringen würde.

„War das alles?", fragte Gordon, als Mike wieder aufs Boot kletterte.

„Das war alles. Isolieren wir das Boot so gut wir können. Die ganze Angelausrüstung in meinen Truck. Die Sitzpolster können wir in die Kajüte packen. Alle losen Gegenstände müssen von Deck."

Die beiden waren an diese Prozedur gewöhnt und hatten sie schon oft durchexerziert. Mike verlud die elektronische Ausrüstung in seinen Truck. Er stapelte alles hinten im Wagen und kehrte zurück zum Boot. Als nächstes war die Kühlbox dran und auch Gordon schleppte mehr Ausrüstungsteile herbei. Sie arbeiteten, so schnell sie konnten, während sich ein Wolkenschleier vor die Sonne legte. Mike wusste, dass das nur die ersten Vorzeichen des stetig schlechter werdenden Wetters waren. Seine Mutter hatte sich berechtigterweise Sorgen gemacht, und er hätte wissen müssen, dass ihr nicht einfach nur die Nerven durchgingen.

„Ich habe alle Seile fest vertäut und auf dem Boot ist nichts Wertvolles mehr."

„Machen wir die Sonnenblende los und legen sie auch in die Kajüte. Dann hat der Wind weniger Angriffsfläche." Mike löste die Schnüre und rollte sie auf, während Gordon das Sonnensegel zusammenfaltete und ebenfalls unter Deck verstaute. Als sie fertig waren, griff Mike nach Carries Geschenk und verschloss die Kajütentür. „Ich schätze, mehr können wir jetzt nicht mehr tun."

„Stimmt. Bringen wir etwas Abstand zwischen uns und das Wasser." Gordon tippte kurz an seinen Hut, setzte sich in sein Auto, wendete und fuhr weg so schnell er konnte. Er wohnte zehn Minuten vom Hafen entfernt, aber näher am Wasser als Mike, also musste er zu Hause noch einige Sturmsicherungen vornehmen.

Mike warf noch einen letzten Blick auf sein Boot, seine Lebensgrundlage, und hoffte, dass es den nächsten Tag überstehen würde, falls sich der Sturm in ihre Richtung bewegte.

Er verließ den Hafen, während andere Kapitäne zurückkamen. Mike winkte ihnen zu und die meisten winkten zurück. Sein erster Gedanke war, ihnen bei den Sturmsicherungen zu helfen, aber Carrie war zu Hause, und er wollte sie unbedingt sehen und sichergehen, dass auch dort alles gut befestigt war.

Das rasselnde Geräusch eines Motors, der nicht ansprang, weckte seine Aufmerksamkeit, und Mike ging hinüber zu Williams Mietwagen.

„Das verfluchte Teil springt nicht an." William stieg aus und knallte die Tür hinter sich zu. „Ich muss bei der Mietwagenfirma anrufen und hören, was die sagen."

„Lass mal sehen." Mike trat näher heran und William öffnete die Tür, um die Motorhaube zu entriegeln. Mike öffnete die Klappe und sah das Problem auf den ersten Blick. Wahrscheinlich ging es William ähnlich. „Die Kabel vom Anlasser sind durchgeschmort. Deswegen kriegt der Motor kein Startsignal." Das konnte er nicht reparieren. „Hast du eine Unterkunft hier?"

„Ich bin extra für diesen Tag von Georgia hergekommen und wollte eigentlich direkt zurück in mein Hotel und morgen dann geschäftlich nach Atlanta." Während Mike die Motorhaube des teuren Wagens schloss, holte William sein Smartphone heraus. Vermutlich hing er in der Warteschleife, denn er lief auf und ab und wurde immer aufgeregter. „Endlich. Mein Mietwagen springt nicht an." Er gab alle Informationen durch. „Ich bin am Hafen in Apalachicola."

Mike lehnte sich gegen das Auto und wartete darauf, dass William seinen Anruf beendete.

„Wollen Sie mich auf den Arm nehmen?" William lief noch immer hin und her, und seine Schritte wurden zu einem Stampfen. „Mir ist klar, dass der Sturm seinen Kurs geändert hat und sich alle darauf vorbereiten müssen. Ich bin direkt am Meer und zwar mit einem Ihrer Autos, das nicht anspringt. Ich weiß, dass Sie es abschleppen lassen können, aber wie komme ich an ein neues? Verstehe. Danke für nichts." Ohne stehen zu bleiben legte William auf.

„Kein neues Auto."

„Die nächste Filiale ist am Flughafen in Tallahassee, aber das bringt auch nichts, weil die keine Autos mehr dahaben. Scheint, als wollten alle möglichst schnell die Fliege machen, also mieten sie sich das nächstbeste Auto, um nach Norden zu fahren. Genau das, was ich auch vorhatte." Er fuhr sich mit der Hand durchs Haar.

Mike hatte nicht vor, William hier stehen zu lassen. „Findest du wohl noch ein Hotelzimmer? Ich fahre dich hin."

„Kann ich versuchen. Danke." William hängte sich noch einmal ans Telefon, scheinbar ohne Erfolg „Ich gehe wohl leer aus. Die Hotels sind überfüllt mit Leuten, die hier festsitzen." Er fing wieder an, auf und ab zu laufen. „Vielleicht kriege ich ja ein Privatflugzeug oder einen Wagen, der mich zu meinem Hotel bringt."

Mike öffnete die Tür seines Trucks. „Pack deine Sachen hier rein. Du kannst mit zu mir kommen. Ich habe ein kleines Gästezimmer, in dem du den Sturm abwarten kannst, wenn es dir nichts ausmacht, dass Carrie dort ihre Puppensammlung hortet."

William lächelte. „Wirklich? Vielen Dank, das ist sehr nett von dir."

Mike wartete, bis William seine Sachen eingeladen hatte, und fuhr dann los.

William roch göttlich, und seine Wärme erfüllte den ganzen Truck, sogar über die Klimaanlage hinweg, die auch nichts gegen die Hitze ausrichten konnte, die sich in Mike anstaute. Er lenkte den Wagen auf die Hauptstraße, ließ das Meer hinter sich und hielt auf die Randgebiete der Stadt zu, wo das Wohnen noch erschwinglich war. Während er fuhr, fragte er sich, wie er es schaffen sollte, weiterhin Distanz zu wahren, wenn William sich erst unter seinem ziemlich kleinen Dach befand.

2

WILLIAM WESTMORELAND seufzte und versuchte, nicht zu oft zu Mike hinüber zu spähen. Er liebte das Angeln und hätte seine Ausflüge überall an der ganzen Küste buchen können, aber es zog ihn Jahr für Jahr wieder nach Apalachicola zu Mike. Der war ein guter Kerl, das merkte man sofort, aber er war auch unglaublich sexy. William war klar, dass er sich im erzkonservativen Florida befand, aber wenn er die Augen schloss oder alleine im Dunkeln seine Gedanken schweifen ließ, dann sah er sich neben Mike. Nicht, dass er vorhatte, irgendwelche Vorstöße in diese Richtung zu unternehmen.

Mike hatte eine Tochter, was darauf hindeutete, dass er wahrscheinlich einmal verheiratet gewesen war und definitiv auf Frauen stand. Darüber hinaus hatte William ein Händchen dafür, sein Herz an Männer zu verschenken, die er aus den verschiedensten Gründen nicht haben konnte. Die, die infrage kämen, zeigten kein Interesse an ihm, während William sich besonders von denjenigen, die verheiratet oder anderweitig vergeben waren, so angezogen fühlte wie Ameisen von einem Honigtopf.

„Wolltest du immer schon die Schifffahrt zu deinem Beruf machen?", fragte William. Ihm fiel auf, wie verkrampft Mike das Lenkrad umklammerte.

„Ich bin hier aufgewachsen, und das Meer ist ebenso ein Teil von mir, wie mein Blut oder meine Füße. Wenn ich hier wegziehen müsste, wäre das, als würde ich einen alten Freund zurücklassen, den ich schon mein ganzes Leben lang kenne." Mikes Griff entspannte sich und er steuerte auf den Kiefernwald zu.

William schaute aus dem Fenster. Auf beiden Seiten zogen Kiefernhaine vorbei. „Irgendwie hatte ich mir immer vorgestellt, dass du nahe am Wasser wohnst."

Mike gluckste und seufzte dann. „Habe ich vor einiger Zeit. Aber als mein Vater starb, habe ich unser Familienanwesen mitsamt dem Haus geerbt. Ich habe viel Arbeit darin investiert, es zu reparieren und Carrie ein Haus bieten zu können, nicht bloß eine Wohnung in einer dieser hässlichen modernen Wohnanlagen, die an der Küste den ganzen Blick aufs Meer verdecken."

„Ja, die sind wirklich ziemlich scheußlich. Bin an ein paar davon vorbeigefahren und hab mich gefragt, warum so etwas überhaupt erlaubt wird." William zog eine Grimasse.

„Geld. Die Stadt verdient einiges an den Steuereinnahmen, und irgendjemand wird immer geschmiert, um Schlupflöcher in den Bauvorschriften zu finden. Das passiert ständig, man muss nur die richtigen Leute kennen. Ich mache aber niemandem einen Vorwurf. Das hier ist keine allzu wohlhabende Gegend, und die Leute sind auf die Einnahmen durch den Tourismus angewiesen."

„Kann ich verstehen. Trotzdem ist es eine Schande, dass ein Ort wie dieser hier seine Zukunft und den einzigen Schatz, den er besitzt, verkaufen muss, um überleben zu können. Was einmal passiert ist, kann man nicht so schnell rückgängig machen."

„Stimmt." Mike bog in eine sandige Auffahrt ein, die William gar nicht aufgefallen war. Sie führte in den Wald hinein, zu einem Haus auf einer kleinen Lichtung. „Das ist mein Zuhause." Mike stellte den Motor ab. „Nichts Besonderes, wahrscheinlich bist du ganz Anderes gewohnt."

„Ich find's bezaubernd." William machte keine Witze. Das Haus war in gutem Zustand, und sein hübscher cremegelber Anstrich hob sich von den immergrünen Bäumen ab. Es machte auf William den fröhlichen Eindruck eines Zuhauses, in dem man liebevoll miteinander umging. Er selbst hatte sein ganzes Leben in einer steinernen Villa zugebracht, die eher dazu gedacht war, Eindruck zu schinden, als Gemütlichkeit auszustrahlen.

„Ist das ein Code für irgendetwas?", fragte Mike skeptisch.

„Nein." William stieg aus dem Wagen und ignorierte Mikes Unsicherheit. Er war stolz auf seine ehrliche Art. „Soll ich dir mit dem ganzen Kram helfen?"

Mike rutschte vom Fahrersitz. „Komm erst mal an und mit ins Haus." Er führte ihn hinein.

„Daddy!" Ein blonder Wirbelwind stürmte an William vorbei und warf sich in Mikes Arme. „Grandma hat gesagt, das Wetter würde schlecht."

„Das stimmt auch. Deswegen sind wir schon hier." Mike ging in die Hocke, um seine Tochter zu umarmen. „Carrie, das hier ist William. Er war heute mit mir auf dem Boot unterwegs und danach ist sein Auto nicht mehr angesprungen. Deswegen bleibt er hier bei uns, bis der Sturm vorbei ist. Meinst du, du könntest dein Bastelzimmer für ihn aufräumen?" Mike lächelte und Carrie dachte einen Moment lang nach. Dann nickte sie.

„Okay." Sie rührte sich nicht vom Fleck.

„Jetzt, bitte. Wir bringen in der Zeit unsere Sachen ins Haus. Wo ist Grandma?"

„Schaut den Wetterbericht. Sie sagt, wir haben genug im Haus, um die Wiederkunft des Herrn zu überdauern. Keine Ahnung, was sie damit schon wieder meint." Carrie verdrehte die Augen so, wie es nur eine Zehnjährige konnte.

„Dann beeil dich und räum das Zimmer auf." Mike umarmte sie noch einmal und dann folgte William ihm wieder nach draußen. Der Wind frischte weiter auf. Er war noch nicht allzu stark, aber unheilvoll, als wollte er ihnen sagen, dass da noch mehr auf dem Weg war. William bekam ein flaues Gefühl im Magen.

„Sind wir hier sicher?"

„Ja. Dieses Haus hier hat einige Hurrikans überstanden, und wir sind so weit vom Meer entfernt, dass uns keine Welle etwas anhaben kann. Wir müssen nur alles sturmfest machen und die Sache dann aussitzen. Wahrscheinlich geht uns der Strom aus, wir liegen hier schon weit ab vom Schuss, aber ich habe einen Generator in der Garage. Den schließe ich gegen Morgen an, und das sollte für das Gröbste reichen, also Kühlschrank, Warmwasser und so. Wird schon schiefgehen." Mike hievte einen Karton aus dem Truck. „Nimmt dein Gepäck mit rein und stell es erst einmal im Wohnzimmer ab. Wäre außerdem super, wenn du die Kühlboxen auf die Veranda stellen könntest." Mike machte sich mit seiner Ausrüstung auf den Weg zur Garage.

William kam Mikes Bitte nach und brachte dann sein Gepäck ins hellgrün tapezierte Wohnzimmer. Er war sich nicht sicher, was jetzt von ihm erwartet wurde und fragte sich, was wohl als nächstes passierte, in einem fremden Haus mit einem lediglich flüchtigen Bekannten und dessen Familie. William beschloss, nicht wieder in eine seiner üblichen Beziehungsfallen zu tappen. Er war Mikes Gast, und mehr nicht. Am nächsten Morgen würde er sich, sobald der Sturm vorbei war, um ein neues Auto kümmern und sich auf den Weg zu seinem Geschäftstreffen machen.

„Das hätten wir", sagte Mike, als er ins Haus trat und die Fliegengittertür hinter sich zuschlug.

„Wir haben genug, um ein paar Tage zu überstehen", ertönte die Stimme einer älteren Frau, die soeben die Küche betrat. Sie musste um die sechzig sein und hatte die wachsten Augen, die William jemals gesehen hatte. Als wüsste sie Dinge, die sonst niemand wusste.

„William, das ist meine Mutter Dolores. Mom, Williams Auto ist nicht mehr angesprungen und er hat kein neues bekommen."

„Ich bin froh, dass ihr in Sicherheit seid. Der Sturm wird wieder zu einem Hurrikan und kommt direkt auf uns zu. Die meinen, er könnte vorher die Richtung ändern, aber ich glaube nicht dran. Er wird uns treffen und wir müssen darauf vorbereitet sein." Dolores verließ den Raum und Mike verdrehte die Augen.

„Mom ist ein bisschen hellsichtig. Frag mich nicht, woher das kommt, aber es stimmt."

Sie hörten klappernde Türen und dann kam Dolores mit einem Karton herbei, den sie auf dem Tisch abstellte. „Notfallrationen. Wir haben genügend Taschenlampen, Batterien und alles, was wir sonst noch brauchen."

„Soll der Sturm wirklich so schlimm werden?", fragte William und spähte in die Kiste, die genügend Vorräte für eine kleine Kompanie bereithielt.

„Es geht nicht nur um den Sturm. Vielleicht dauert es eine Woche, bis wir wieder Strom haben." Dolores drehte sich um und ging wieder aus dem Zimmer.

„Sie schaut jetzt, wie falsch der Wetterdienst ihrer Meinung nach wieder liegt."

„Daddy, hab aufgeräumt", meldete sich Carry zu Wort. Mike bedankte sich und reicht ihr Williams Geschenk.

„Das hat dir William zum Geburtstag gekauft."

„Dankeschön." Sie setzte sich an den Tisch, riss ein Loch in die Verpackung, quietschte und presste die Bücher an ihre Brust. Dann dankte sie William noch einmal und verschwand blitzschnell.

„Wo geht sie hin?"

„In ihr Zimmer, zum Lesen. Das ist absolut ihr Ding, und sie taucht bestimmt nicht wieder auf, bevor sie die Bücher nicht komplett verschlungen hat." Aus Mikes Blick sprach purer Stolz. „Keine Ahnung, von wem sie das hat. Von mir ganz bestimmt nicht." Er hievte sich Williams Tasche auf den Rücken. William selbst griff nach seinem Segeltuchrucksack. „Richten wir dich erst einmal ein. Ich schau mal, ob ich ein paar Klamotten übrig habe, die du dir ausleihen kannst, bis der Sturm vorüber ist." Mike führte ihn durch einen kurzen Flur und in den mädchenhaftesten Raum, den William jemals gesehen hatte.

Weißgetünchte Einbauregale waren an einer Seite des Raumes aufgereiht und jedes einzelne Regalbrett bog sich unter Puppen jeglicher Art. Die rosafarbenen Wände und ein kleiner Basteltisch in der Ecke vervollständigten die Einrichtung. Selbst die Tagesdecke auf dem Bett in der Ecke war in Rosa- und Weißtönen gehalten.

„Ich nehme doch Carrie nicht ihr Zimmer weg, oder?"

Mike lachte und setzte den Rucksack ab. „Ziemlich viel Rosa, nicht wahr? Tatsächlich gehört dieses Zimmer Carrie und meiner Mutter. Zuerst war es ein Nähzimmer, dann ein Hobbyraum und jetzt ist es Carries Spielzimmer. Ich versuche, sämtliches Rosa in diesem Raum zu bündeln, aber manchmal bildet es Metastasen im Rest des Hauses. Carries Schlafzimmer ist gleich nebenan. Du wirfst also niemanden irgendwo raus."

William legte sein Gepäck auf dem Bett ab. „Vielen Dank. Ich weiß deine Gastfreundlichkeit wirklich zu schätzen."

„Ist doch selbstverständlich. Ich hätte dich doch nicht im Sturm stehen lassen."

William schaute in Mikes atemberaubend intensive braune Augen. Er blinzelte, konnte den Blick aber selbst nicht abwenden, solange Mike ihn so ansah. Wahrscheinlich schauten sie sich nur für ein oder zwei Sekunden an, aber es kam ihm viel länger vor. Dann fuhr Mike sich mit der Zunge über die Lippen und William unterdrückte ein Seufzen. Er wandte sich ab und kramte in seinem Gepäck herum, in der Hoffnung, sein schamrotes Gesicht verbergen zu können. Sein Herz klopfte wie wild, und dabei hatte Mike doch nichts Anderes getan, als ihm in die Augen zu schauen.

„Das Bad ist gleich auf der anderen Seite des Flurs. Wenn du noch irgendetwas brauchst, sag einfach Bescheid." Mike drehte sich um und ließ William allein.

William schaute ihm hinterher und spähte dann in den Flur, nur um noch einen Blick auf Mike zu erhaschen. Dann ließ er sich auf der Bettkante nieder und machte eine Bestandsaufnahme unter den wenigen Dingen, die er eingepackt hatte. Er hatte Wechselwäsche dabei, falls er auf dem Boot nassgeworden wäre. In der Hinsicht war er also gut versorgt. Sein Kulturbeutel steckte in seiner kleineren Tasche.

Mike tauchte wieder auf und legte ein T-Shirt und Shorts auf einem Stuhl ab. „Wenn du Klamotten zum Schlafen brauchst. Mom kocht gerade, kann also nicht mehr allzu lange dauern, bis es Abendessen gibt."

„Danke, ich komm gleich." William stand auf. Das hier war absolut nicht das, was er von seinem Ausflug erwartet hatte. Er hatte nur ein wenig angeln wollen – zumindest redete er sich selbst das ein. Diese Hirngespinste rund um Mike … Er wusste, dass nichts dümmer war, als sich erneut in einen unerreichbaren Mann zu verknallen, aber Mike hatte sich fest in seinen Gedanken eingenistet. Und jetzt war er hier, in seinem Haus, bei seiner Familie, und saß mindestens einen ganzen Tag lang fest … Irgendwie musste er dieses flatterige Gefühl in seiner Magengrube loswerden. Er konnte ihnen doch nicht die ganze Zeit etwas vorspielen.

William verließ sein Zimmer und traf in der Küche auf die anderen. Carrie deckte den Tisch, während Mike über etwas brütete, das nach einem Stapel Rechnungen aussah. Dolores stand am Herd. Der ganze Raum war erfüllt von Kräutergeruch und Hitze.

„Das könnte die letzte warme Mahlzeit für eine ganze Weile sein, deswegen habe ich mir besonders große Mühe gegeben."

„Mom, zur Not haben wir den Grill. Ist nicht so, als müssten wir verhungern", stichelte Mike. Offensichtlich schien Dolores dieses Argument nicht zufrieden zu stellen. „Nimm Platz." Mike stupste einen Stuhl an und William ließ sich nieder.

Mike duftete ausgezeichnet, als wäre er mit der sauberen Seeluft eins geworden. Sein braunes Haar stand wirr in alle Richtungen ab, gerade so, wie der Wind es zurückließ. William gab sich Mühe, ihn nicht anzustarren, und ließ seinen Blick stattdessen durch den Raum schweifen. Die Küche war klein und kompakt, mit weißen Schränken und blassgelben Wänden, deren Farbe sich im angrenzenden Wohnzimmer fortsetzte.

„Wie sieht dein Haus aus? Hast du so viele Bäume wie wir?", fragte Carrie und beobachtete durch das Fenster, wie der Wind auffrischte.

„Nicht so wie hier. Ich lebe oben im Norden, in Providence, Rhode Island, da sieht alles ganz anders aus."

„Ist er ein Yankee?", fragte Carrie unumwunden.

„Jep." Mike blätterte weiter durch seinen Papierstapel. „Aber er ist ein guter Yankee." Er zwinkerte William zu.

„Wir haben große Eichen und Ahornbäume, die mein Großvater gepflanzt hat, als er das Haus gebaut hat. Und eine Reihe Fichten, die unser Grundstück von den Nachbarn abschirmt. Die Äste der Bäume reichen bis auf den Boden hinab, und ich habe oft darin gespielt, als ich ein Kind war. Das war wie eine natürliche Burg."

„Hast du ein großes Haus?", fragte Carrie.

„Denke schon, ja." William hatte sich darüber noch nie Gedanken gemacht. Das Haus war schon immer sein Zuhause gewesen, aber ja … es war ziemlich groß. „Meine Eltern leben dort, und ich wohne in einem Teil des Hauses. Meine Schwester Rachel und ihr Ehemann auch." Das waren schon einige Leute, aber sie waren alle höchstbeschäftigt und liefen sich nur selten über den Weg.

„Die wohnen da alle?"

„Ja. Schau, wir haben einen Pool, und ich habe das Badehaus zu einer Wohnung umgebaut, in der ich lebe. Das gibt mir ein bisschen Privatsphäre."

„Als was arbeitest du? Daddy steuert das Boot. Aber das weißt du ja." Carrie schien über einen unendlichen Fragenkatalog zu verfügen.

„Ich bin der Finanzmanager in unserem Familienunternehmen. Das ist ziemlich langweilig und lange nicht so interessant, wie das, was dein Dad macht. Meistens sitze ich den ganzen Tag im Büro und sorge dafür, dass andere Leute ihre Arbeit erledigen."

„Klingt ja irgendwie fies." Carrie schnitt eine Grimasse und William musste ihr insgeheim zustimmen. Sein Job konnte spannend sein, aber eigentlich war es nur das, was sein Vater sich für ihn vorgestellt hatte, und worauf er seit seiner Teenagerzeit vorbereitet worden war. Er war erst aufs College gegangen und hatte dann an der Uni genau das studiert, was sein Vater als wichtig für die Familie erachtete. Praktischerweise hatte er so natürlich direkt nach seinem Studium einen Job in der Tasche gehabt.

„Es ist alles ziemlich vorhersehbar." Das war das Credo seines Lebens. Vorhersehbarkeit gepaart mit einem ausreichenden Maß an Routine.

„Klingt immer noch fies." Carrie stemmte die Hände in die Hüften, als wollte sie unbedingt das letzte Wort in dieser Angelegenheit behalten, und William musste sich von ihr abwenden, um nicht in Gelächter auszubrechen. Er war *wirklich* ganz ihrer Meinung. Sein Job war eben sein Job. Nicht das, was er sich für sein Leben vorgestellt hatte. Das war es, was man von ihm verlangte, und anstatt sich Ärger einzuhandeln, hatte er sich gefügt.

„Carrie, das ist wirklich nicht nett", schalt Mike milde. „Geh und hilf Grandma mit dem Abendessen." Als sie von ihrem Stuhl rutschte, wandte er sich an William. „Tut mir leid. Carrie kommt in vielerlei Hinsicht ganz auf ihre Mutter. Lizzie wusste auch oft nicht, wann sie ihre Gedanken lieber für sich behalten sollte."

„Dann warst du verheiratet ...?"

Dolores knallte einen Topf auf irgendeine Fläche und William zuckte zusammen. „Mikey und Lizzie waren nie verheiratet. Sie wollte lieber in die Stadt ziehen, als eine Mutter zu sein. Gleich nach Carries Geburt hat sie sie an Mike weitergereicht und ist verschwunden."

„Mom."

Da hatte er ja mal so gar keinen wunden Punkt getroffen. William musste sich davon abhalten, bei diesem sarkastischen Gedanken die Augen zu verdrehen.

„Das reicht jetzt. Lizzie wollte ihr eigenes Leben führen und ich hätte Carrie niemals aufgegeben."

William war sich sicher, dass sie dieses Gespräch schon häufiger geführt hatten. Er bereute es, dass er sich nach Mikes Privatleben erkundigt hatte. So viel also zu seinen Smalltalkfähigkeiten.

Der Sturm wurde stärker und Regen prasselte gegen die Fenster. Mike sammelte seine Post ein und stand auf. William folgte ihm ins Wohnzimmer, wo der Wetterbericht in Dauerschleife lief. Auf dem Radar konnte man deutlich erkennen, dass der äußerste Rand des Sturms gerade ihre Gegend erreichte, und sich rasch auf sie zu bewegte. Ganz in ihrer Nähe würde er wahrscheinlich wieder auf Land treffen. „Das wird wohl eine lange Nacht."

„Das denke ich auch. Hast du schon viele solcher Stürme erlebt?", fragte William. Er hatte ein paar Ostküstenhurrikans ausgesessen, und die Warterei als nervenzermürbend empfunden, aber meistens hatte es in Providence nur geregnet. Diesem Sturm würde er aber kaum entgehen können. Das Radarbild des Sturms drehte sich und bewegte sich in die Ecke des Fernsehbildschirms. William erkannte, dass der Regen zumindest in der Nähe des Sturmzentrums zunahm.

„Ein paar. Wir haben häufiger Stürme und so, aber der letzte Hurrikan ist schon eine Weile her. Mach dir keine Sorgen. Dieser Sturm hier bewegt sich schnell und hat nicht viel Zeit, um stärker zu werden. Vielleicht wird er noch zu einem Hurrikan, aber im Moment ist es nur ein Tropensturm. Wenn er langsamer wäre, sähe das Ganze anders aus."

„Seid ihr in eurer Familie alle Amateurmeteorologen?", witzelte William.

„Wenn du mit jemandem wie Mom zusammenlebst, schnappst du automatisch einiges auf. Wir waren immer der Meinung, sie sollte für das National Hurricane Center arbeiten. Ihr Instinkt ist besser als diese ganzen Computermodelle, mit denen die arbeiten."

William gluckste und Dolores rief sie zum Essen. Er folgte Mike wieder in die Küche und bedankte sich bei Dolores, als er sich am Tisch niederließ. „Ich weiß, dass Sie keinen zusätzlichen Esser erwartet haben."

„Blödsinn", erwiderte sie und stellte eine Platte mit genügend Hähnchen für eine ganze Armee auf dem Tisch ab. William wusste nicht, wann er das letzte Mal Brathähnchen gegessen hatte, und das konnte auf keinen Fall so gut ausgesehen und gerochen haben, wie das hier. Es folgten Salate und ein großer Krug mit Tee. „Jetzt lasst es euch schmecken." In ihrer Stimme schwang die Befürchtung mit, dass es die nächsten Tage anders aussehen würde.

Das Hühnchen war knuspriger und saftiger als alles, was William zuvor gegessen hatte. „Wo haben Sie gelernt, so zu kochen?"

„Von meiner Mutter. Sie hat mir immer gesagt, dass es keinen besseren Köder für einen Mann gäbe, als Hühnchen." Dolores lächelte. „Natürlich hat sie nie darüber gesprochen, wie Frauen sich wirklich einen Mann angeln. Das waren noch andere Zeiten. Heute reden die Leute ja die ganze Zeit über nichts anderes." Sie wartete, bis die Platte die Runde gemacht hatte, bevor sie sich selbst bediente.

„Kochen Sie so etwas häufiger?" Der Kartoffelbrei kam als nächstes, gefolgt von Salat und grünen Bohnen. Ein opulentes Mahl, und eines der besten in Williams ganzem Leben. „Das ist ja schon etwas Besonderes."

„Hüftgoldessen hat meine Mutter das immer genannt. Wenn Mike Angeln war, koche ich meistens etwas so Aufwendiges. Das ist harte Arbeit und er nimmt immer nur wenig Proviant mit. Wenn er nach Hause kommt, ist er immer halb verhungert."

Der Wind heulte wieder lauter und peitschte mehr Regen gegen die Fenster. Vielleicht lag es daran, dass er wusste, was auf sie zukam, aber es machte William nervös.

„Stellen Sie sich vor, dass es einfach nur ein heftiger Sturm ist. Das kommt immer wieder vor und die Wetterfritzen machen jedes Mal ein Riesenspektakel darum, nur damit die Leute ihren Anweisungen auch Folge leisten. Wäre der Sturm stärker, müssten wir hier raus, aber so werden wir schon klarkommen." Dolores tätschelte Williams Hand und wandte sich dann wieder ihrem Teller zu, als wäre dieses Wetter etwas ganz Alltägliches.

William aß auf und räumte sein Geschirr ab, wie alle am Tisch. Carrie kümmerte sich um den Abwasch und Mike und William gingen wieder ins Wohnzimmer. Der Sturm kam immer näher und der Wind wurde lauter und beständiger. Noch schien er William weit entfernt, bis Mike nach draußen ging, um irgendetwas zu kontrollieren. Kaum, dass er die Tür geöffnet hatte, drang ein anhaltendes Gebrüll bis in jede noch so entfernte Ecke des Hauses und fuhr direkt in Williams Knochen. Er hörte das Tosen nicht nur, sondern spürte es auch, wie eine nicht enden wollende Geräuschwand.

Die Lichter flackerten, gingen aus und wieder an. William rechnete nicht damit, dass sie durchhielten, aber da irrte er sich. Mike kam zurück und schaltete den Fernseher wieder ein. Sie schauten die Nachrichten, während sich das Sturmzentrum immer weiter dem mit „Apalachicola" beschrifteten Punkt auf der Landkarte näherte.

Dolores gesellte sich zu ihnen und auch Carrie kam ins Wohnzimmer und kletterte auf den Schoß ihres Vaters. Er nahm sie in seine starken Arme und Carrie schmiegte sich an seine Brust. Ein kurzer Anflug von Eifersucht ergriff William. Gut, Eifersucht war vielleicht etwas hochgegriffen, aber das Monster in seiner Brust meldete sich doch zu Wort und wies ihn darauf hin, wie schön es wäre, wenn er selbst von diesen Armen gehalten würde. Es war einfach zu lange her, dass er jemanden an seiner Seite gehabt hatte.

Der Sturm tobte draußen und der von den Fenstern gedämpfte Lärm wurde von Sekunde zu Sekunde lauter. Carries Augen wurden kugelrund und sie klammerte sich fester an ihren Vater.

„Alles gut, Schätzchen", tröstete sie Dolores, die in einem Schaukelstuhl saß und vor und zurück wippte, als wäre das nur ein ganz normaler Fernsehabend. Auf William traf das definitiv nicht zu.

„Warum gehst du nicht einfach ins Bett?", sagte Mike und stand auf, immer noch mit Carrie auf dem Arm. „Wenn du aufwachst, ist alles vorbei und wieder gut." Er trug sie aus dem Zimmer und William warf einen Blick zu Dolores, die gleichermaßen entspannt wirkte.

Sein Herz schlug immer schneller. Nicht auszudenken, sich jetzt einfach schlafen zu legen. Also starrte er auf den Bildschirm, bis Mike zurückkam und Dolores sich ebenfalls verabschiedete. Sie hatte gerade den Raum verlassen, als die Lichter flackerten und ausgingen. William beschwor sich im Stillen, sich zusammenzureißen. Vergebens. Von da an gewannen Sturm und Dunkelheit die Oberhand.

Mike zündete eine batteriebetriebene Laterne an und platzierte sie auf dem Tisch. Ihr Schein erleuchtete eine kreisrunde Fläche in der Mitte des Raumes, erreichte aber die Ecken nicht.

„Wie kommt es, dass es hier drin so ruhig ist?"

„Das ist nur ein Sturm, und das Haus sollte schon etwas mehr aushalten. Außerdem haben wir hier den Schutz der Bäume. Auf freier Fläche würde das Haus viel schlimmer durchgerüttelt. Oben in den Bäumen ist der Wind stärker. Aber die Kollegen biegen sich eher, und es braucht einiges, um sie umzuknicken."

Mike hatte seinen Satz kaum beendet, als ein lautes Knacken ertönte. William zuckte zusammen.

William erstarrte und horchte, in der Hoffnung, dass das, was gebrochen war, nicht durch das Dach oder eines der Fenster gerauscht kam. „Wenn du dir da so sicher bist..."

„Das war nur ein Ast von einem der Bäume. Kommt vor." Mike blieb entspannt. „Also, wie stehen die Dinge zu Hause?" Es war offensichtlich, dass er versuchte, Williams Aufmerksamkeit vom Sturm abzulenken, und William nahm das dankbar an.

„Mein Vater ist der Geschäftsführer unseres Familienunternehmens, seit dem Tod seines Vaters. Irgendwann soll ich das Ganze übernehmen, und jedes Jahr überträgt Dad mehr und mehr Pflichten auf mich." William war stolz darauf. Es bedeutete, dass er eines Tages für sein eigenes Schicksal verantwortlich sein würde.

„Willst du das wirklich tun?"

William hoffte, dass der Wind seinen leisen Seufzer übertönte. „Weiß ich nicht. Mir ist immer eingeimpft worden, dass ich das tun soll. Also hab ich's gemacht."

„Warum das denn?", fragte Mike erschrocken.

„Wenn du etwas immer und immer wieder hörst und nicht selbst entscheiden darfst, dann kann es einfacher sein, sich mit der Sache zu arrangieren. Mein Dad hat mir das College bezahlt, aber er hat mir auch gesagt, was ich studieren soll und welche Fähigkeiten in der Firma gebraucht werden. Deswegen habe ich Betriebs- und Finanzwirtschaftskurse belegt."

„Okay. Aber wenn du dir deinen Beruf frei aussuchen könntest: Was würdest du werden wollen?"

William schloss die Augen und dachte nach, während der Wind weiterheulte. „Ich würde deinen Job machen. Ich würde ein Boot kaufen – eine angenehme Größe, vielleicht ein bisschen größer – mit einer Schlafkabine, und dann würde ich Leute mit zum Angeln nehmen, so wie du es tust. Aber jedes Jahr würde ich ein paar Wochen in den Florida Keys verbringen, einfach von hier nach dort schippern, schauen, was es dort alles gibt, die Atmosphäre aufnehmen und nur von der See leben, so gut es eben geht."

Mike lachte. „Du würdest dich also für ein Leben als Strandgammler entscheiden."

„Auf jeden Fall! Ich denke, ich könnte eine Weile in Margaritaville herumgammeln und dann wieder zurückkommen und wieder Leute mit zum

Angeln nehmen. Den Tag draußen auf dem Wasser verbringen, in der Sonne und nicht in einem Büro mit weißen Tapeten und grauen Trennwänden. Gott, was gäbe es Besseres?"

„Du weißt schon, dass die Dinge nicht so rosig sind, wie du sie dir vorstellst. Das ist ein harter Job und die Tage sind lang." Mike lehnte sich vor. „Ich bin jeden Tag weg von meiner Familie, und das Angeln macht auch wesentlich weniger Spaß, wenn jemand anderes es macht und du nur die Würmer an den Haken befestigst. Versteh mich nicht falsch, ich liebe meinen Job, aber manchmal gibt es so Tage … Und ein Boot kostet Geld. Verdammt viel Geld."

„Ich weiß. Geld habe ich. Es geht um die Zeit, die ich nicht habe, und die Leute, mit denen ich sie gerne verbringen würde." Herrje, hatte er das jetzt wirklich gesagt? William stöhnte und wünschte sich, er hätte einfach den Mund gehalten.

Mike schwieg eine Weile und zwischen ihnen baute sich eine leichte Spannung auf. „Ich schätze, ich bin da das genaue Gegenteil von dir. Ich habe Freunde und Menschen in meinem Leben, die ich über alles liebe, aber kaum einen roten Heller übrig, und wer weiß, was nach diesem Sturm noch alles anfällt. Dem Boot sollte es gut gehen. Der Hafen ist geschützt, aber wenn der Wind von der passenden Seite bläst, dann spült er eine Sturmflut in die Bucht, und dann ist wirklich alles möglich."

Zum ersten Mal zeigte Mike, dass auch er nervös war. William mochte Angst vor dem Sturm gehabt haben, aber er merkte, wie unbedeutend das war. Obwohl sie in Sicherheit waren, stand Mikes ganze Lebensgrundlage auf dem Spiel, und er konnte nichts weiter tun, als zu warten und zu hoffen.

William war sich nicht sicher, worüber er noch sprechen sollte. Er versuchte, an irgendetwas Unverfängliches zu denken, das die Spannung lockern würde. „Carrie ist schon eine Marke."

„Sie kommt wirklich sehr nach ihrer Mutter." Mike grinste.

„Wie war Lizzie so?"

Mike gluckste. „Gott. Sie war eine ziemliche Aufschneiderin. Wir waren zusammen auf der High-School, aber sie wollte auf keinen Fall hierbleiben. Seit sie fünfzehn war, hat sie immer wieder betont, dass sie so weit von hier wegwollte, wie es eben möglich war. Sie hatte die Stadt satt und die ganzen Leute, die nach Fisch riechen. Das hat sie zumindest immer gesagt."

„Aber du musst sie gemocht haben, wenn ihr beiden doch Carrie bekommen habt."

Mike schüttelte den Kopf, während eine Böe an die Fenster schepperte und versuchte, zu ihnen ins Haus zu dringen. Er schien es gar nicht zu bemerken. „Sie war meine beste Freundin. Ich war der Typ, der hier auch nie wirklich hingepasst hat, und Lizzie hat sich von niemandem etwas gefallen lassen. Wir waren zusammen auf dem Abschlussball und danach sind wir auf dem Boot meines Dads gelandet und … na ja, eins hat dann zum anderen geführt und ich habe Carrie dadurch bekommen. Nach ihrer Geburt ist Lizzie in den Westen gezogen, nach Arizona."

„Lebt sie da heute noch?"

Mike schaute sich um und sprach mit leiser Stimme weiter. „Meine Mom hasst sie, weil sie abgehauen ist. Ich habe Lizzie gefragt, ob sie mich heiraten will, aber sie hat nein gesagt. Ein Fehler wäre kein Grund, noch einen weiteren zu machen. Mom weiß nicht, dass ich den Kontakt mit ihr gehalten und ihr auch immer wieder Bilder von Carrie geschickt habe. Sie ist doch auch ihre Tochter."

Das war wirklich unglaublich.

„Ich habe die High-School beendet und bin zur Navy gegangen. Mom hat sich in der Zeit um Carrie gekümmert, und ich konnte die beiden wenigstens finanziell unterstützen. Vor sechs Jahren habe ich den Dienst quittiert, meine Ersparnisse genommen und das Boot gekauft, um das Geschäft mit den Angeltouren zu starten."

„Hat Carrie ihre Mutter irgendwann einmal gesehen?"

Mike schüttelte den Kopf. „Lizzie hat jemand anderes kennengelernt. Ich habe mich für sie gefreut, aber der Typ war gewalttätig und sie hat versucht, von ihm loszukommen. Vor ein paar Jahren habe ich wieder von ihr gehört, da hat sie in einer Einrichtung für misshandelte Frauen gelebt. Sie meinte, sie hätte sich von dem Kerl losgesagt und würde jetzt versuchen, ein neues Leben zu beginnen. Dann hat sie mich gefragt, ob ich es seltsam finden würde, wenn sie wieder nach Apalachicola zurückkäme. ‚Komm nach Hause', habe ich ihr gesagt. Ihre Eltern waren begeistert. Sie besuchen Carrie manchmal und sehen sie als ihre Enkeltochter an, aber die ganze Situation ist nicht einfach für sie. Von Lizzie haben wir nichts mehr gehört."

„Oh nein." Es brauchte nicht viel, um sich vorzustellen, was wohl passiert war.

„Doch. Sie hat es nie nach Hause geschafft. Hank hat sie anscheinend gefunden und sichergestellt, dass sie nirgendwo mehr hingeht. Ihr Vater hat mir gesagt, er hätte einen Baseballschläger benutzt, um seinen Standpunkt klarzumachen."

„Wissen deine Mutter und Carrie Bescheid?"

„Ja. Es hat Moms Meinung nicht im Geringsten geändert. Sie denkt immer noch, dass Lizzie und ich für Carrie hätten heiraten sollen, aber wir wären niemals glücklich geworden."

„Warum nicht?", fragte William.

Mike schluckte und antwortete nicht sofort. „Wir waren gute Freunde, aber wir wollten ganz unterschiedliche Dinge."

Die Spannung stieg ins Unermessliche, und William fragte sich, warum. Er hatte gehofft, dieses Thema wäre in Ordnung, aber es hatte ihn in eine Zwickmühle bugsiert. Das erklärte trotzdem nicht das energiegeladene Knistern, das plötzlich den Raum erfüllte.

„Hattest du mal jemand Besonderes?"

„Ja, vor ein paar Jahren." William war sich nicht sicher, wie offen er sprechen sollte, und entschied sich dafür, das Thema ein wenig zu umschiffen. „Hat aber nicht funktioniert. Wir hatten auch ganz unterschiedliche Vorstellungen, und ich hatte nicht vor, jemandem einen Lebensstil zu finanzieren, an den man sich allzu schnell gewöhnt."

„Ah … du denkst, es war wegen des Geldes?"

„Jep. Ich weiß das, und für mich war das ein Grund, den Schlussstrich zu ziehen. Wir verdienen alle jemanden, der uns für das liebt, was wir sind, und nicht für das, was wir besitzen, oder eben nicht." William erklärte seine Situation erfolgreich, ohne eindeutig zuzugeben, dass es sich bei seinem Ex um einen Mann handelte. Er befand sich in einem sehr konservativen Land, also gab es keinen Grund, die Spannung noch zu erhöhen.

„Also hast du nicht viele Dates gehabt?", fragte Mike.

„Ne, du?"

Mike schüttelte den Kopf. „Mit meiner Mutter und Carrie habe ich genug zu tun. Sie braucht einen Vater, für den sie immer an erster Stelle steht. Außerdem bin ich samstags und sonntags meistens draußen auf dem Wasser. Das sind meine betriebsamsten Tage. Die meisten Leute buchen Wochenendtouren, also arbeite ich dann."

„Wolltest du jemals irgendwo anders leben?"

„Nein. Hier ist meine Heimat. Ich kenne alle Leute. Ich habe genug von der Welt gesehen, als ich bei der Navy war, um zu wissen, wie gut ich es hier habe. Hier schießt niemand auf mich und ich bin an einem Ort, wo ich mich wirklich wohlfühle."

„Hast du Kampfhandlungen mitbekommen?", fragte William.

„Ja, habe ich. Ich habe mehr an zwischenmenschlichen Grausamkeiten gesehen, als man es irgendjemandem zumuten sollte, und ich will so etwas nie wieder mit ansehen müssen. Und ich will nicht, dass Carrie so etwas jemals sieht."

Mike lehnte sich zurück, als hätte er alles gesagt, was er wollte, und William tat es ihm gleich, hörte auf das Heulen des Windes und schloss die Augen. Er versuchte, das Wetter auszublenden, aber es gelang ihm nicht.

Mike stand auf und verließ leise den Raum. Ein paar Minuten später kam er zurück. „Carrie schläft tief und fest."

„Was glaubst du, wie lange das hier dauert?", fragte William und zog sein Handy heraus, um den Wetterradar zu kontrollieren. Das Auge des Sturms – der sich dem Wetterbericht zufolge zu einem kleinen Hurrikan gesteigert hatte – kam immer näher.

„Nicht allzu lang", sagte Mike, setzte sich wieder hin und verfiel in Schweigen, als müsste er einiges überdenken. „Lizzie war die einzige Frau, mit der ich jemals zusammen war."

Das war ein seltsames Zugeständnis. Nach einer Weile kam William der Gedanke, dass Mike ihm damit vielleicht genau das sagen wollte, was er vermutete. „Das ist lange her."

„Ja, das stimmt. Die Leute hier verstehen vieles einfach nicht. Oder ich glaube, dass sie vieles nicht verstehen. Ich habe eine Tochter und eine Mutter, für die ich sorge, und manchmal sind meine wahren Gefühle einfach weniger wichtig als andere Dinge."

„Okay …", sagte William und fragte sich, was diese umständliche Gedankenführung zu bedeuten hatte. „Du erzählst nicht oft von dir, oder?"

Der Sturm legte noch eine Schippe drauf und nahm das Haus in seine Fänge. Regen und Wind vermischten sich mit dem Donner zu einer Kakophonie, die an einen ganz in der Nähe startenden Düsenjet erinnerte. Es war kein auf und ab wie bei den Stürmen, die William aus seiner Heimat kannte. Das hier war andauernd und unnachgiebig.

„Nein, tu ich nicht."

Die Luft knisterte vor Spannung und Energie, als William in Mikes Augen schaute, die dem Sturm draußen in nichts nachstanden. William lehnte sich vor, um Mike zu signalisieren, dass er zuhörte, sagte aber nichts. Er hatte das Gefühl, dass Mike nicht danach war, mit Fragen bombardiert zu werden. Wenn er sich dazu bereit fühlte, würde Mike schon reden.

„Niemand interessiert sich für mich und meine Probleme, deswegen rede ich nicht darüber."

William versuchte, sich weiterhin auf Mike zu konzentrieren, während der Sturm draußen tobte. „Das verstehe ich. Ich selbst habe einige Dinge, über die ich nur selten spreche. Manches würden meine Eltern nie verstehen."

Mike schnaubte. „Du? Du lebst im Nordosten, wo alle liberal und weltoffen sind. Du solltest mal versuchen, hier zu leben, wo jeder dich und deine Familie kennt, seit du ein kleiner Hosenscheißer warst. Hier ändert sich einfach nichts."

„Aber ist das nicht irgendwie nett?"

„Ja, aber was, wenn ich mich verändert habe?" Mikes Körper versteifte sich derart, dass William befürchtete, er könnte auseinanderspringen.

„Ich kannte dich vorher nicht ... na ja, bis vor ein paar Jahren, deswegen weiß ich nicht, ob du mal anders warst." Eine seltsame Konversation, mitten in einer stürmischen Nacht, aber vielleicht brauchte Mike sie ja, und William wollte ihm unbedingt zuhören.

„Vor einiger Zeit habe ich ein paar Dinge über mich herausgefunden, denen ich nicht glauben wollte. Ergibt das Sinn?", fragte Mike. William nickte. Er wusste genau, wie sich das anfühlte, und was es in ihm auslöste. Wie die meisten Homosexuellen hatte er eine heftige Phase der Selbstfindung durchgemacht, bis er gelernt hatte, sich selbst zu akzeptieren.

WOLLTE MIKE ihm genau das sagen? Dass er schwul war? William lehnte sich noch weiter nach vorn und fragte sich, was Mike ihm mitzuteilen versuchte.

„Daddy", sagte Carrie, die in ihrem bunten Schlafanzug in den Raum gestürmt war und auf Mikes Schoß sprang. „Wann ist es endlich vorbei?"

„Bald, Schatz, versprochen." Mike nahm sie in den Arm und William ließ sich wieder in seinen bequemen Stuhl sinken. Der besondere Moment, den sie beide gehabt hatten, war verflogen.

Allmählich ließ der Wind nach, und das Tosen erstarb. William lauschte, aber es war nichts mehr zu hören. Er zog sein Smartphone aus der Tasche, um den Radar zu überprüfen. Wundersamerweise hatte er immer noch Empfang. Sie waren jetzt im Zentrum des Sturms, aber es sah aus, als wäre das, was noch kam, weniger heftig.

„Komm schon, Schatz, bringen wir dich wieder ins Bett." Mike trug seine Tochter durch den Flur. Ein paar Minuten später tauchte er wieder im Wohnzimmer auf.

„Schläft sie?"

„Jep. Ohne den Lärm wird sie wahrscheinlich die Nacht durchschlafen." Mike gähnte.

William hatte gehofft, dass sie ihr Gespräch wieder aufnehmen könnten, aber es schien, als wäre ihre Vertrautheit mit dem Wind und dem Regen verschwunden. „Ich sollte auch langsam ins Bett gehen." Er stand auf. „Bis morgen früh, und danke noch mal für alles. Ich weiß das wirklich sehr zu schätzen."

Mike nickte und erhob sich ebenfalls. Auf dem Weg zu seinem Zimmer musste William an ihm vorbeigehen, und er gab sein Bestes, sich nicht noch einmal zu ihm umzudrehen. Er tat es trotzdem.

Mike beobachtete ihn, und selbst in dem schwachen Licht war das Feuer, das in seinen Augen loderte, unmissverständlich.

Mit zitternder Hand öffnete William die Tür zu seinem Zimmer und trat schnell hinein. Dann lehnte er sich gegen die geschlossene Tür und holte tief Luft. Er überlegte kurz, noch einmal in den Flur zu spähen, um sich zu vergewissern, dass er sich das gerade nicht nur eingebildet hatte, verwarf die Idee aber und schüttelte den Kopf. Dann zog er sich aus und schlüpfte in die Kleidung, die Mike ihm hingelegt hatte. Sie war sauber, duftete aber trotzdem noch nach Mikes herber Frische. Dann schlüpfte er zwischen die rosafarbenen Laken und versuchte, nicht zu intensiv an das zu denken, was er gesehen, und die Hinweise, die Mike ihm gegeben hatte.

Das alles hatte nichts zu bedeuten. William hatte gehofft, dass Mike schwul war, und sich von ihm angezogen fühlte. Aber wahrscheinlich hatte er nicht die Wahrheit gesehen, sondern nur das, was er unbedingt sehen wollte. Es war schon spät und er war müde. Ihm fehlte einfach nur Schlaf. Am nächsten Morgen würde er sich um einen neuen Wagen kümmern und zu seinem Meeting fahren. Die Signale, die er von Mike empfangen hatte, waren wohl nur ein Produkt seiner Fantasie.

3

MIKE GING ein paar Minuten später zu Bett und schalt sich einen Narr, dass er sich dabei hatte erwischen lassen, wie er William hinterher gestarrt hatte. Aber wie hätte er dem widerstehen können? William war atemberaubend und sexy und er schlief gerade in seinem Haus, gleich im Nebenzimmer. Er wollte nicht an William denken, wie er im Bett lag und seine Klamotten trug. In seiner Vorstellung hatte William sich komplett nackt schlafen gelegt. Jetzt, da die Klimaanlage nicht mehr lief, wurde es immer wärmer im Haus, und Mike malte sich aus, wie William mit nackter Brust auf seinen Laken lag.

Er war so kurz davor gewesen, William von ihm zu erzählen, und nur Carrie hatte ihn davon abgehalten, ins kalte Wasser zu springen. Er war davon überzeugt, dass William ihn verstehen würde, denn er war sich immer sicherer geworden, dass William sein Interesse teilte. Die Verschlossenheit, die William an den Tag gelegt hatte, als er über seine früheren Beziehungen gesprochen hatte, war ein Wink mit dem Zaunpfahl gewesen. Trotzdem war Mike sich nicht zu einhundert Prozent sicher, und eigentlich hatte es auch nichts zu bedeuten. William war nur für ein paar Tage zu Besuch und würde wieder abreisen, sobald es möglich war. Er lebte in einem ganz anderen Teil des Landes und kam nur selten für Spaß und Erholung nach Florida.

Mike zog leichte Shorts und ein T-Shirt an. Dann ging er durch den Flur ins Badezimmer, um sich für die Nacht fertig zu machen.

Als er die Tür öffnete, trat William aus seinem Zimmer. Das geborgte T-Shirt spannte sich über seiner Brust und die Hose war vielleicht ein bisschen zu klein, aber verflucht, sie bot einen wahnsinnigen Anblick. Williams Beine füllten sie perfekt aus.

Mike wandte sich ab. „Fühl dich wie zu Hause. Du kannst den Krug neben dem Waschbecken benutzen. Die Pumpe funktioniert nicht", stotterte er schnell und machte sich auf den Weg zurück zu seinem Zimmer.

„Mike", flüsterte William, und er blieb stehen. Seine Füße standen fest auf dem Boden, aber sein Kopf schien irgendwo anders zu schweben. „Du musst nicht weglaufen."

Wider besseren Wissens drehte sich Mike um. William schaute ihn offen und ehrlich an. Mike fühlte seine Blicke auf seinem Körper, und Hitze wallte in ihm auf. „William, ich …"

„Du was?", fragte William und trat einen Schritt näher an ihn heran. „Ich habe bemerkt, wie du mich angesehen hast, und ich weiß, was das zu bedeuten hat."

Mike stöhnte innerlich. Er wusste, dass er vorsichtiger hätte sein sollen. Als William sich ihm näherte, wurde der Drang, sich in sein Zimmer zu verziehen, immer größer. Er sollte sich verkrümeln, die Tür zwischen ihnen beiden schließen und sein Brennen, seine Begierde unterdrücken. Aber er konnte sich nicht losreißen. „Ich …"

„Wie lange?", flüsterte William, aber in der Stille, die das Haus jetzt einhüllte, kam es Mike vor, als würde er schreien. Vielleicht war es auch nur sein Herz, das so empfand.

„Lange …", gab er zu. *Viel zu lange.* „Ich hatte einen Freund bei der Navy, und …" Gott, er hatte keinen blassen Schimmer, warum er sich jetzt so offenbarte. Er hatte Benny bis heute in seinem Herzen verschlossen gehalten. Seine Erinnerungen waren alles, was ihm von ihm geblieben war. Hier im Flur war es gar nicht so warm, und trotzdem lief ihm der Schweiß den Nacken hinunter.

„Aber hier gab es niemanden?"

Mike schüttelte den Kopf. Niemals könnte er hier eine Beziehung führen. Das wäre der Todesstoß für seine Familie und sein Geschäft. Seine Kunden bekam er über Mundpropaganda, und wenn sich das Gespräch nicht mehr darum drehte, wie gut seine Touren waren, sondern um die Tatsache, dass er auf Kerle stand, dann würde das bedeuten, dass keine Touristen mehr kämen und dementsprechend auch kein Geld. „Nein. Schau mal, ich muss …"

William verringerte den Abstand zwischen ihnen und griff nach Mikes Oberarm. Er hielt ihn nicht so fest, dass Mike sich nicht hätte befreien können, aber es war so lange her, dass er auf so eine aufregende Weise berührt worden war, dass er sich förmlich nach Intimität sehnte. Und so wie William ihn zu sich heranzog, wusste er das ganz genau.

William kam ihm so nah, dass Mike seinen Atem auf seinen Lippen spüren konnte. Er verharrte in dieser Position, atmete tief ein und aus und schaute Mike so fest in die Augen, dass dieser es nicht wagte wegzusehen. Die Intensität und Leidenschaft in Williams Blick zogen ihn an wie ein

Magnet. Wie von einer magischen Kraft getrieben, rückte Mike noch näher an ihn heran, bis seine Lippen auf Williams trafen.

Gott, wie diese erste Berührung knisterte, aufgeheizt durch das Prasseln des windgepeitschten Regens an der Hauswand. Das Auge des Sturms war vorübergezogen, aber der Wind wütete nicht mehr so laut, wie ein paar Stunden zuvor. In Mikes Kopf toste es dafür umso lauter, als Williams Kuss ein reines Tohuwabohu aus Glockengeläut, Feuerwerk, Pauken und Trompeten entzündete. Augenblicklich verspürte er ein nur allzu bekanntes Pochen in der Lendengegend, und als William die Hände über seinen Rücken gleiten ließ, zitterte Mike vor Erregung.

Ein Husten aus dem Zimmer seiner Mutter brachte Mike aus dem Konzept.

William löste eine Hand von seinem Rücken, während die andere seinen Hintern fest umklammerte und ihre Körper aneinander zog. Er drängte Mike rückwärts in sein Zimmer und schloss die Tür hinter ihnen. „Hier kommt keiner rein." William fuhr mit den Lippen über Mikes Nacken, und er stöhnte unkontrolliert.

Sein Puls raste und pochte in seinen Ohren. Würde das, wovon er träumte, endlich wahr werden? William hielt ihn fest umklammert und Mike schloss die Augen, ließ sich von seinem Instinkt leiten und bewegte seine Hüften auf der Suche nach Reibung und Wärme. Jahrelang unterdrückte Bedürfnisse und Leidenschaft drohten, ihn zu überwältigen. Und doch fiel ein Schatten über Mikes Urteilsvermögen, genau in dem Moment, als er nach Jahren des unterdrückten Begehrens so kurz vor der süßen Erleichterung stand.

„Ich kann nicht …", flüsterte er. William hielt inne und rückte von ihm ab. Sie beide keuchten, als hätten sie soeben einen Marathon hinter sich gebracht. Mike blinzelte und fragte sich, was da gerade passiert war. Er wusste, was er gesagt hatte, aber die Wörter schienen aus irgendeinem Geheimversteck seines ratternden Gehirns herauszuplatzen. Es verwunderte ihn, dass William so bereitwillig gewesen war. Mike war sich nicht so sicher, ob er sich so einfach auf ihn einlassen konnte. „Das ist keine gute Idee."

„Vielleicht nicht", stimmte William zu. „Aber es ist das, was wir beide wollen."

Dem konnte Mike nichts entgegensetzen. Er wollte es so sehr. Ein Teil von ihm deutete bereits äußerst entschieden in Williams Richtung. Mike nickte und ließ sich wieder in Williams Umarmung fallen. Seine Beine zitterten vor Erregung und Nervosität. Es war so lange her, dass er mit jemandem zusammen gewesen war. Ganz hinten in seinem Kopf schalt ihn eine laute, schroffe Stimme für seine Unsicherheit. *Steh deinen Mann, Matrose!* Irgendwie hatte er dieses Sprichwort nie mit einem anderen Mann in seinem Bett in Verbindung gebracht.

William küsste ihn sanft und verführerisch, als wollte er ihn beschwören. Verflucht – wenn das mal nicht funktionierte! Er schmeckte nach Wärme und Trost, genau das, was Mike brauchte. Als William den Kuss abbrach, ergriff Mike beim nächsten Kuss die Initiative, und auch beim übernächsten. Verflogen war seine Unsicherheit, wie vom Winde verweht.

William fühlte sich gut an und so stark. Mike war immer ein kräftiger Kerl gewesen, und bei der zarten Lizzie hatte er Angst gehabt, ihr weh zu tun. Benny war größer gewesen als Mike, da hatte es keine Probleme gegeben. Und William war robust, und …

Bevor er den Gedanken beenden konnte, stießen Mikes Waden gegen sein Bettgestell und er fiel rücklings auf die Matratze.

„Hast du eine Ahnung, wie oft ich mir das hier vorgestellt habe?", brummte William und zog an Mikes Oberteil.

Mike hob die Arme. William zerrte das Shirt über seinen Kopf und warf es über seine Schulter. „Hast du es eilig?", fragte Mike, als William mit der Hand über seine Brust strich.

„Ich will nicht, dass du mir wieder entkommst." William beugte sich über ihn und malte kleine Kreise auf seinen Oberkörper. Er küsste Mike erneut, glühend heiß, und knabberte an seiner Unterlippe. „Mir gefällt's, dass du behaart bist." Er zupfte an einer von Mikes Brustwarzen herum, und Mike stöhnte laut, froh, dass Wind und Regen ihn übertönten.

Mike legte den letzten Rest seiner Zurückhaltung ab. William würde schon am nächsten Morgen abreisen, aber diese Nacht würde Mike genießen.

Er ließ seine Hände über Williams Hüften gleiten, schob das weiche Baumwollshirt über Williams glatte Haut, zog es ihm über den Kopf und ließ es auf den Boden fallen. William war geschmeidig und muskulös. Die Muskeln hatten sich zwar unter seinem Oberteil abgezeichnet, aber mit nichts bekleidet als seiner Haut bot William einen unvergesslichen Anblick. Zugegebenermaßen konnte Mike nicht viel erkennen, aber er ließ seine Hände die Aufgabe seiner Augen übernehmen. Sie strichen über einen harten Oberkörper mit hervorstehenden Brustwarzen, an denen sie kurz innehielten. William zischte und Mike folgte mit den Lippen den Bewegungen seiner Hände, was William ein lustvolles Stöhnen entlockte. William zog sich zurück und kniete jetzt über ihm. Mike ließ seine Fingerspitzen über Williams Waschbrettbauch wandern, stieß gegen das Sixpack und wagte sich weiter vor, bis zum Bund seiner Shorts. Plötzlich fühlte er sich verlegen. Es war so lange her, dass er einen anderen Mann – oder überhaupt irgendjemanden – im Bett gehabt hatte, und, nun ja … was, wenn er nicht mehr wusste, wie das alles ging?

William nahm Mikes Hände in seine. „Wir müssen nichts tun, womit du dich unwohl fühlst."

„Ich bin keine verschämte Jungfrau", gab Mike zurück.

„Nein. Aber du bist jemand, mit dem ich mir Zeit lassen möchte." William flocht seine Finger zwischen Mikes. „Ich habe dich bei jedem Angeltrip beobachtet und hatte Tagträume von dir. Herrje, du hattest auch die Hauptrolle in einigen unanständigen nächtlichen Träumen."

Mike fühlte die Hitze in seinen Wangen aufsteigen. Er war sich nicht sicher, wie er das finden sollte. Es war schmeichelhaft, ja, aber was, wenn er Williams Traumbild nicht entsprach?

„Halt." William hielt einen Moment inne und rückte dann wieder näher an ihn heran. „Hör nicht auf die ganzen Stimmen in deinem Kopf. Du kannst nichts falschmachen, und du wirst mich mehr als glücklich machen." Er breitete beide Hände über Mikes Kopf und beugte sich vor, um ihn zu küssen.

Sobald er die Hände wieder bewegen konnte, schlang Mike die Arme um Williams Hüfte und zog ihn aufs Bett herunter, hielt ihn fest und ließ die Hände kühn unter Williams Hosenbund und über Williams Hintern gleiten.

„Oh ja …", flüsterte William in Mikes Ohr und knabberte daran.

Mike verdrehte die Augen und umklammerte William fester, knetete die Erhebungen seines Hinterteils und schob die Hose weiter nach unten, bis sie von Williams Hüften rutschte.

Williams Glied glitt an Mikes Hüfte entlang. Nur Mikes Boxershorts trennten sie noch voneinander, und William wurde schnell mit diesem letzten Rest Stoff fertig (der Mann hatte wirklich Talent). Schon lagen sie da, Haut an Haut, Schwanz an Schwanz, Brust an Brust und, oh Gott, Mund an Mund. Nichts anderes war mehr von Interesse, als sie aufeinander lagen und William über ihm zitterte, während sie ihre Hüften im Einklang bewegten. Mike hatte ganz vergessen, was er verpasst hatte, während er sich so lange Zeit versteckt hatte.

„Lass dich einfach gehen, Playboy."

„Wer, ich?", stöhnte Mike und stieß die Hüften nach oben, um mehr Reibung zu erzeugen. Er verlangte so sehr danach. Ihm war, als hätte man ihn in eine Flasche gesperrt und ins Meer geworfen, und jetzt war die Flasche an Land gespült und geöffnet worden. Mike hoffte allerdings, dass er wieder hineindurfte, denn wenn er sein Leben weiterführen wollte, würde er das tun müssen.

„Hör auf, so viel nachzudenken", schalt William, ließ sich neben Mike fallen und zog ihn mit sich, sodass Mike plötzlich oben lag. „Tu einfach, wonach dir ist, und vergiss alles andere für ein paar Stunden. Alle schlafen und der Sturm zieht vorüber. Hier sind nur zwei Menschen, die sich gegenseitig glücklich machen." William legte eine Hand an Mikes Wange. „Hmm, ich find's toll, dass du dich dringend mal rasieren müsstest." Er zog Mike zu sich herunter, bis ihre Lippen aufeinandertrafen, und Mike steckte seine ganze jahrelang aufgestaute Energie in den Kuss.

Es war, als sprühten Funken zwischen ihnen, als Mike die Arme um William schlang und ihn eng umklammerte. Auch er hatte seit langem seine eigenen Fantasien, und wenn er nur diese eine Nacht bekam, so würde er dafür sorgen, dass sie wahr wurden. Eigentlich wollte Mike immer gern alles im Voraus wissen und planen, aber was William anging, tappte er völlig im Dunkeln.

„Ist das okay?"

„Ja", antwortete William und rutschte näher an die Kissen heran. Als sie bequemer lagen, rollte er sich wieder über Mike. „Ich will dich jetzt schmecken. Bist du bereit dazu?" Er rutschte nach unten und hinterließ eine Spur aus Küssen auf Mikes Oberkörper, hielt kurz an den Brustwarzen inne, die er mit seiner Zunge neckend umspielte, was Mike Schauer über den ganzen Körper jagte, und wanderte dann weiter, erforschte Mikes Bauch und umhüllte ihn schließlich so feucht und warm, dass Mike befürchtete, sein Gehirn müsste einen Kurzschluss erleiden.

„Oh mein Gott!"

William machte ein brummendes Geräusch und nahm Mike noch tiefer in den Mund, ließ die Zunge tanzen und brachte ihn schier um den Verstand.

Mike zuckte vor entfesseltem Verlangen, das nicht vergehen wollte. In seinem Kopf trudelte alles, als William den Kopf zurückzog und mit den Lippen noch einmal sein Glied entlangfuhr. Es war unglaublich und Mike stieß die Hüften nach vorne, um sich Williams Bewegungen anzupassen.

Einen Augenblick lang versuchte er, sich auf unsexy Gedanken zu konzentrieren, aber seine Aufmerksamkeit wanderte sogleich wieder zurück zu William, während die Temperatur im Raum stieg und ihm am ganzen Körper der Schweiß ausbrach. „Ich …"

Williams Lippen lösten sich von Mike. Er kam wieder nach oben gerutscht und küsste ihn wild. Mike umklammerte William fest, während sie sich im Einklang bewegten. Sein Verlangen baute sich so schnell auf, dass Mike sich nicht lange zurückhalten konnte. Nach Williams Keuchen zu urteilen, ging es ihm nicht anders. Ihre Bewegungen verloren ihren Rhythmus, und obwohl Mike versuchte, sich so lange wie möglich zurückzuhalten, ließ er sich doch gehen, als er spürte, dass William zum Höhepunkt kam.

Gemeinsam zitterten und bebten sie, bevor sich reglos und schwer atmend in die Kissen sanken. Mike schloss die Augen und ließ sich von der Wärme einlullen. Wie wundervoll es sich anfühlte, jemanden im Arm zu halten.

Aber es dauerte nicht lange, und die Realität zerstach diese Blase der Glückseligkeit. Ein knackendes Geräusch ließ Mike aufschrecken, und er horchte, ob noch irgendetwas nachfolgte. Er hoffte, dass das, was eben umgefallen war, nichts Wichtiges getroffen hatte. Noch ein Knacken, dieses Mal näher am Haus. Mike stöhnte und tippte William auf die Hüfte. „Ich muss mal nachschauen, was passiert ist. Wenn Carrie aufwacht, wird sie reinkommen, und so sollte sie mich nicht vorfinden."

William nickte, stieg aus dem Bett und zog sich eilig an. „Das verstehe ich." Er ging aus der Tür und machte sich auf den Weg ins Badezimmer.

Mike angelte sich sein T-Shirt und wischte damit über seinen Körper, bevor er in ein sauberes Oberteil und eine Jeans schlüpfte. Dann machte er sich auf den Weg zur Haustür. Als er sie aufzog, fand er sich vor einer grünen Wand wieder, gleich hinter dem Geländer der Veranda. Mindestens ein Baum war umgestürzt und Mike hoffte, dass er nicht auf seinem Truck gelandet war. Es war noch immer regnerisch und windig, aber das Schlimmste schien überstanden zu sein. Mike schloss die Tür und ging wieder ins Haus.

Die Tür zu Williams Zimmer war fest verschlossen und Mike wollte nichts sehnlicher, als hineinzugehen und da weiterzumachen, wo sie aufgehört hatten. Aber es war besser so. Am Morgen musste er allein in seinem Zimmer sein. Das Letzte, was er brauchte war, dass seine Mutter und seine Tochter ihn und William zusammen erwischten. Daher ging

Mike zurück in sein Schlafzimmer und zu Bett. Es war das Beste, wenn er versuchte, noch ein wenig Schlaf zu bekommen. In ein paar Stunden würde es viel Arbeit geben. Dennoch lag er eine ganze Weile wach, und alles, woran er denken konnte, war William, und wie sehr er ihn wieder in seinem Bett haben wollte.

DER MORGEN kam viel zu schnell und Mike wollte noch nicht aufstehen. „Daddy!", rief Carrie und sprang auf sein Bett. „Da ist ein Baum vor der Veranda und einer vor der Garage."

„Okay. Lass mich nur eben aufstehen, dann ziehe ich mich an und hole die Kettensäge." Nachdem er sich um die Bäume gekümmert hatte, würde er sehen müssen, was von seinem Boot übriggeblieben war.

„Okay. Grandma macht Frühstück. Ich soll dir sagen, dass das Gas funktioniert. Aber wir haben keinen Strom."

Nichts anderes hatte Mike erwartet. „Okay. Ich schau mal, was los ist, und wenn ich mit den Bäumen fertig bin, schließe ich den Generator an." Wenigstens würden sie Wasser haben.

Carrie hastete wieder davon und Mike stand auf, um sich an die Arbeit zu machen. Er zog sich rasch an und trat in den Flur. Williams Tür war noch zu. Im Haus roch es nach Essen und Mikes Magen knurrte. Er trat in die Küche, die von hellem Tageslicht durchflutet war. Die Fenster gaben den Blick auf einen blauen, wolkenlosen Himmel frei.

„Im Radio sagen sie, dass der Sturm erst nach Norden weitergezogen und jetzt in östlicher Richtung unterwegs ist."

„Danke, Mom. Das Beste wäre, sie würden in Wetterfragen immer auf dich hören."

Dolores räusperte sich missbilligend, während sie einen Teller mit Eiern, Würstchen und Speck füllte. Mike nahm ihn ihr ab, setzte sich an den Tisch und verschlang sein Frühstück eilig.

Als er fertig war, trat er aus der Gartentür, um den Schaden zu begutachten. Offenbar hatten sie großes Glück gehabt. Die beiden Bäume hatten das Haus und seinen Truck verfehlt, und auch die Stromleitungen schienen noch ganz zu sein. Mike schaffte es in die Garage zu seiner Kettensäge, warf sie an und machte sich an die Arbeit. Die umgeknickten Bäume waren groß und gerade gewachsen, deswegen würde es nicht schwierig sein, sie zu zerteilen. Er würde das Holz beiseitelegen und trocknen, damit sie es im Kamin verfeuern konnten.

Er war gerade mit den Ästen fertig, als William aus dem Haus trat und sich die Augen rieb.

„Dieser Sturm war ja mal was ganz anderes." William streckte sich. Sein T-Shirt rutschte hoch und entblößte einen schmalen Streifen Haut gleich über dem Hosenbund. „Kann ich dir helfen?"

Mike blinzelte ein paar Mal, um sicherzugehen, dass er richtig gesehen hatte. Oh, ja, das hatte er, und letzte Nacht hatte er mehr getan, als nur einen Blick riskiert. Aber jetzt hatte die Arbeit Vorrang, und er musste seine Gedanken beisammenhalten. „Gerne. Wir müssen diese Bäume zerlegen und wegschaffen." Er reichte William ein Paar alter Lederhandschuhe.

„Na dann, auf geht's." William machte sich auf den Weg zu dem Baum, der vor dem Haus gelandet war, und schleppte die Holzstücke weg, in die Mike die Kiefer zerlegte.

„Das Gestrüpp kann auf den Stapel dahinten, und aus dem Stamm mache ich Feuerholz." Mike machte sich über den Stamm her und William sammelte die kleineren Äste ein. In weniger als einer Stunde hatten sie den Baum zerkleinert und die Holzscheite aufgeschichtet. Dann war der nächste dran, der auch nicht viel Arbeit machte. „Wir müssen noch den Rest der Auffahrt kontrollieren und dann kann ich den Generator anschließen."

„Okay." William begleitete Mike auf dem Weg zur Straße. Hier waren noch weitere Bäume umgekippt, aber zum Glück lag keiner auf dem Weg. Also konnten sie wenigstens das Grundstück verlassen.

Wieder beim Haus holte Mike den Generator heraus, kontrollierte, ob er genug Benzin hatte, und warf ihn an. Dann schloss er die Wasserpumpe an und rollte ein Hochleistungsverlängerungskabel aus, um den Kühlschrank und eine einzelne Lampe zu versorgen.

„Ich wollte mal aufrüsten, um das ganze Haus im Notfall versorgen zu können, aber das konnte ich mir noch nicht leisten. Wenigstens verdirbt uns der Kühlschrankinhalt nicht."

„Was glaubst du, wie lange dauert es, bis der Strom wieder funktioniert?"

„Wahrscheinlich ein paar Tage bis eine Woche. Wären wir näher an der Stadt, könnte es auch schneller gehen. Aber ich habe genug Benzin für zwei Tage in der Garage. Morgen versuche ich, mehr zu besorgen. Das Problem ist, dass jetzt alle die Tankstellen stürmen. Das ist immer so nach diesen Stürmen, und es dauert immer ein paar Tage, bis Lieferungen eintreffen." Mike lud gerade ein paar leere Kanister in seinen Truck, als Dolores sich zu ihnen gesellte.

„Fährst du raus?"

„Ja. Ich muss mal gucken, ob das Boot überlebt hat." Das war seine größte Sorge. Wenn nicht, dann würde er so lange ohne Einkommen auskommen müssen, wie er mit der Versicherungsgesellschaft kämpfte.

„Fährt William mit dir mit?"

„Jawohl, Madam", sagte William. „Ich helfe wo ich kann."

Sie schenkte ihm ein Lächeln. „Ich habe euch ein Lunchpaket fertig gemacht. Ihr werdet eine Weile unterwegs sein." Sie ging wieder ins Haus und kehrte mit einer Kühlbox zurück. „Ruf an und sag Bescheid, was los ist."

„Kann ich auch mit?", fragte Carrie.

„Du bleibst am besten hier und lässt Daddy seine Arbeit machen", instruierte ihre Großmutter. Carrie schien nicht allzu zufrieden mit der Antwort.

„Das macht keinen Spaß, sondern nur viel Arbeit. Ich nehme dich mit zum Boot, sobald ich kann, versprochen, und dann nehme ich mir einen ganzen Tag nur für dich Zeit." Mike breitete die Arme aus und Carrie rannte auf ihn zu, um ihn fest zu umarmen.

„Ich hatte diese Nacht so Angst."

„Ich weiß, Süße, aber jetzt ist alles wieder gut und der Sturm kommt nicht zurück. Bleib du mal hier und hilf Grandma, während ich mich um das Boot kümmere." Er versuchte, sie zu trösten, und drückte ihr einen Kuss aufs Haar. „Zum Abendessen bin ich wieder zurück."

„Okay." Sie trat einen Schritt zurück und gesellte sich zu Dolores.

Mike war nicht scharf darauf, jetzt wegzufahren, aber er musste sehen, wie die Dinge am Anlegeplatz standen. Er drehte sich um und stieg in seinen Truck. William tat es ihm gleich. Mike fuhr langsam die sandige Auffahrt hinunter bis hin zur Straße und steuerte dann die Stadt an, in der Hoffnung, dass ihnen nicht irgendwo ein gewaltiger Baum den Weg versperrte.

Anscheinend waren schon Räumdienste unterwegs gewesen, denn die Straße war frei. Am Straßenrand häuften sich aber noch Äste und ganze Bäume. Mancherorts war eine Spur gesperrt.

Die Stadt hatte schon Schlimmeres erlebt, aber der Sturm hatte doch größere Schäden hinterlassen. Gott sei Dank handelte es sich hauptsächlich um umgeknickte Bäume, auch wenn sie hier und da Bäume erblickten, die auf Häuser oder Geschäfte gefallen waren. Je näher sie dem Meer kamen, desto sandiger wurden die Straßen, was bedeutete, dass das Wasser so hoch gestiegen war, dass die Stadt zumindest teilweise überflutet worden war.

„Es wird schon alles in Ordnung sein."

„Das hoffe ich auch." Mike gefiel der Anblick nicht, der sich ihm auf dem Weg zum Hafen bot. An ein paar Stellen war der Kai zerbröckelt und die Trümmer waren auf der Straße und einigen Schiffen gelandet. Die meisten hielten sich aber noch über Wasser und schienen trotz allem unbeschadet. Ein Segelboot aber war zu vollgelaufen und auf den Boden des Hafenbeckens gesunken. Sein Mast ragte noch über die Wasseroberfläche. So etwas wollte Mike eigentlich nicht sehen.

William zeigte in Richtung des Segelschiffs. „Das sieht übel aus, aber ich habe Schlimmeres erwartet. Die meisten der Boote sehen noch seetüchtig aus."

„In der Tat." Mike steuerte direkt auf seinen Anlegeplatz zu und parkte neben Williams abgewürgtem Mietwagen, der mit Trümmerstücken bedeckt war, die vom Golf her angespült worden waren. „Dein Auto ist noch da."

„Stimmt. Ist aber eigentlich egal. Das verflixte Ding springt eh nicht an und wird sich nirgendwo hinbewegen, wenn nicht jemand kommt und es abschleppt. Ich muss noch mal hinterhertelefonieren, und die Leihwagenfirma daran erinnern, dass es hier steht. Gott sei Dank habe ich die Panne noch vor dem Sturm gemeldet, sonst würden sie mich womöglich für den Schaden verantwortlich machen."

Mike stellte den Motor aus und stieg aus. Er eilte über den Bootssteg und seufzte. Sein Boot schien noch ganz zu sein, auch wenn es ziemlich tief im Wasser lag. „Bleib hier. Ich schaue erst nach, was los ist." Er musste die Wasserpumpe zum Laufen kriegen und wollte das Boot nicht mit mehr Gewicht belasten als notwendig, wenn das Limit schon fast erreicht war.

Behutsam trat Mike auf das Deck, ging zur Kajüte und schloss die Tür auf. Im Inneren war es trocken. Mike stöhnte. Das bedeutete, dass das Wasser nur an einen anderen Ort eingedrungen sein konnte, und das war übel. Er startete den Motor und schaltete die batteriebetriebenen Pumpen im Maschinenraum ein. Augenblicklich schoss Wasser an der Seite heraus. Mike fluchte und hob die Abdeckung des Motorgehäuses an. Ihm fiel ein Riss in der Abdeckung auf. Das Wasser musste über das Deck in den Innenraum eingedrungen sein. Noch hatte sich der Hohlraum nicht komplett gefüllt, und nur der untere Teil des Motors hatte unter Wasser gestanden. Am liebsten hätte Mike vor Ärger losgebrüllt, aber alles, was er tun konnte, war, das Wasser aus dem Motorraum zu pumpen und zu hoffen, dass seine Maschine keinen bleibenden Schaden davongetragen hatte.

„Ist es sicher?", fragte William. „Das Boot liegt nicht mehr so tief im Wasser."

„Ja, kannst an Bord kommen", rief Mike und William gesellte sich zu ihm.

„Wie könnte das passiert sein?", fragte William und starrte auf den Riss. „Der war doch noch nicht da, als wir gestern unterwegs waren."

„Er ist mir zumindest nicht aufgefallen." Mike hätte ihn kaum übersehen können. Er schaute sich um und entdeckte einen großen, knorrigen Holzklotz im hinteren Teil des Schiffs. Das musste der Übeltäter sein. Bestimmt war er an Bord gespült worden und dann auf die Abdeckung geknallt. Mike kontrollierte den Rest seiner Bootsausstattung, aber glücklicherweise schien der Holzblock alles andere weitestgehend verschont zu haben. Wieder mal sein übliches Glück. Das Boot überstand den Sturm, nur um von einem Stück Treibgut zerlegt zu werden.

„Ruf bei deiner Versicherung an. Das ist alles Sturmschaden, mal sehen, was sie dazu sagen." William spähte in den Maschinenraum. „Immerhin sinkt das Wasser und es fließt nichts nach, der Rumpf scheint also intakt zu sein. Das Wasser wurde nur von oben reingespült."

„Aber der Motor ..."

„Schiffsmotoren sind so konzipiert, dass die wichtigen Teile oben liegen. Lass deinen Mechaniker draufschauen, aber ich denke, wenn erst mal alles trocken ist, sollte das Ding in Ordnung sein."

Bitte lass William in der Hinsicht recht behalten!

William reichte Mike sein Smartphone, aber dieser schüttelte den Kopf und holte sein eigenes hervor. „Ruf am besten gleich den Mechaniker an. Gibt es in der Stadt einen Laden für Schiffsbedarf?"

„Ja, gleich den Hafen runter." Mike war wirklich gedanklich nicht ganz auf der Höhe.

„Ich besorge ein GFK-Reparaturset und dann können wir alles wieder wasserdicht machen." William schwang sich vom Boot und eilte den Kai entlang. Mike hoffte, dass das Geschäft geöffnet und sich nicht ebenfalls größeren Schaden zugezogen hatte.

Sobald William außer Sichtweite war, rief Mike seinen Mechaniker Robin an.

„Wir versuchen immer noch, hier weg zu kommen, aber ich komme so schnell ich kann", sagte Robin.

„Ich pumpe den Motorraum leer."

„Das wird das Beste sein. War es Salzwasser?"

„Schwer zu sagen. Wahrscheinlich beides."

„Okay. Lass die Abdeckung offen, damit Luft drankommt. Je trockener, desto besser. Ich beeile mich. Versuch nicht, die Maschine zu starten." Mit dieser Warnung legte Robin auf.

Mike kontrollierte den Wasserstand. Er sank schnell und das Boot war wieder zur Gänze aufgetaucht. Nachdem er ein paar Bilder für die Versicherungsgesellschaft geschossen hatte, holte Mike den Holzklotz, der das Malheur verursacht hatte, und hievte ihn auf den Bootssteg. Er wollte ihn nicht wieder ins Wasser werfen, wo er eine Gefahr für alle anderen darstellte. Alles andere schien intakt zu sein, und Mike war wirklich froh darüber. Viele andere hatten weniger Glück gehabt.

„Ich habe alles, was wir brauchen", sagte William, als er wieder auf dem Bootssteg auftauchte. „Sie wollten mich erst nicht reinlassen, weil ihnen auch der Strom ausgegangen ist, aber ich habe ihnen gesagt, dass es für dich ist, und bar gezahlt. Hast du das schon mal gemacht?"

„Jep."

„Dann bitte sehr. Das hier sollte die Risse im Boden und in der Abdeckung flicken, bis du sie reparieren lassen kannst." William kletterte an Bord und reichte ihm zwei extragroße Reparatursets. „Was ist mit dem Mechaniker?"

„Er kommt sobald er kann. Robin wird heute sehr gefragt sein. Aber ich bin wohl als Erster durchgekommen. Solche Stürme lassen immer ein weitverbreitetes Chaos zurück. Er kriegt heute bestimmt viele Anrufe." Mike schaltete die Pumpe aus und kontrollierte den Boden. Es drang kein Wasser mehr in den Maschinenraum ein, also ließ er die Abdeckung offen.

„Was können wir sonst noch tun?", fragte William.

„Hier nichts weiter. Die Kajüte war trocken, da ist also alles in Ordnung, und meine Ausrüstung ist zu Hause."

„Sollten wir mal gucken, ob wir jemand anderem helfen können?", fragte William. Er stieg bereits wieder von Bord und Mike sprang auf, um mit ihm mitzuhalten. „Alles okay?", rief William den Weg entlang, und Mike erblickte Roger Griffith, der verloren an Deck seines Boots stand.

„Sie ist ziemlich mitgenommen", rief er zurück.

„Was ist passiert?", fragte Mike, als sie sich ihm näherten.

„War wohl nicht gut genug vertäut."

Bei näherem Betrachten sah Mike, dass den hölzernen Seiten des klassischen Schiffsrumpfs übel mitgespielt worden war. „Ist es noch dicht?"

„Bin gerade mit Pumpen beschäftigt, aber ich gehe mal nicht davon aus. Hier sind überall kleine Lecks, die ich flicken muss, damit sie nicht sinkt, und dann muss ich sie zum Reparieren aus dem Wasser holen." Roger schüttelte den Kopf. „Dieser Sturm sollte unsere Gegend gar nicht treffen, und die meisten von uns waren unvorbereitet. Als ich den Wetterbericht gehört habe, wollte ich noch mal herkommen, aber Jean hat mich im Unwetter nicht mehr aus dem Haus gelassen."

„Schauen wir mal, ob wir das Wasser aufhalten können. Robin ist schon auf dem Weg, vielleicht kann er ja auch einen Blick auf dein Boot werfen." Mike kletterte nach unten und entdeckte schnell ein Leck. Er dichtete es altmodisch mit Hanf ab und das Wasser lief augenblicklich schneller ab. Roger konnte von Glück reden, dass sein Boot nicht komplett überschwemmt war. Sie fanden ein zweites Leck und dichteten auch dieses ab. Beide Risse waren nur schmal, und jetzt, da der Rumpf erst einmal dicht war, tat die Pumpe ihr Übriges.

„Vielen Dank für eure Hilfe", sagte Roger als Mike wieder an Deck stieg.

„Kein Problem." Mike kletterte von Bord und erblickte William, der mit einem der anderen Schiffskapitäne sprach. Sie bewegten sich aufeinander zu und Mike erkannte Clete, der wild mit den Armen ruderte.

„Sieht aus, als wäre Robin hier", bemerkte Roger. Mike folgte seinem Blick zu dem vertrauten Truck mit Robins Logo auf der Seitentür. Mike nickte und machte sich auf den Weg, um ihn zu empfangen. William unterhielt sich weiter mit Clete. Angesichts des Chaos im Hafen war Robins Zeit Gold wert, und Mike wollte nicht eine Sekunde davon verschwenden.

Er schüttelte Robin die Hand und führte ihn zu seinem Boot. Robin kletterte in den Maschinenraum und machte sich an die Arbeit.

„Wie sieht's aus?", fragte William, der ein paar Minuten später dazustieß. „Ich habe mit Clete gesprochen. Er meint, dass die Leute im Großen und Ganzen recht gut durch den Sturm gekommen sind. Dieses eine Boot ist untergegangen, aber Clete meint, das wäre sowieso schon ziemlich abgewrackt gewesen. Der Sturm war dann nur noch der Todesstoß."

„Wir rappeln uns hier auf und machen dann weiter", kommentierte Robin von unter Deck. „Ich kann nur so viel sagen: Du hattest verdammtes Glück. Die Dichtungen sind alle intakt und es besteht keine Gefahr. Ich würde sagen, lass den Motor noch weiter trocknen. Das restliche Wasser muss noch raus, und das sollte dann reichen." Er machte sich wieder an die Arbeit und Mike drehte sich um. Er bemerkte, dass William ihn beobachtete. Die ansteigende Hitze war nichts im Vergleich zu Williams glühendem Blick. Mike schaute sich verstohlen um, um sicherzugehen, dass er niemandem sonst aufgefallen war. Ihm gefiel, dass William Interesse an ihm zeigte, aber es war keine gute Idee, allgemeine Aufmerksamkeit zu erregen.

Mike wusste nicht, was er von der letzten Nacht halten sollte. Es war schön gewesen, aber es konnte nicht mehr bedeuten. William würde wieder verschwinden, sobald sein Mietwagen abgeschleppt war und er sich einen neuen organisiert hatte. Am besten würde es sein, wenn Mike die letzte Nacht als einmalige Sache verbuchte und es dabei beließ. Er und William hatten einander genossen, aber bei Tageslicht war es am vernünftigsten, zu ihren alten Gewohnheiten zurückzukehren. Mit diesem Entschluss im Hinterkopf wandte sich Mike wieder William zu. Die Hitze war unverändert und Mikes Körper reagierte augenblicklich. Er drehte sich wieder weg und versuchte, an Schiffsmotoren zu denken, an Stürme und an Wasserschäden – an irgendetwas, nur nicht an den Blick, den er brennend heiß auf seinem Rücken spürte.

„Alles erledigt. Scheint trocken genug zu sein. Ich habe mich auch um die Verbindung des Turboladers gekümmert, wo ich schon einmal dabei war. Schau mal, ob das Ding anspringt." Robin kam von unten heraufgeklettert und Mike zog seine Zündschlüssel heraus, um den Schiffsmotor zu starten. Er brauchte ein paar Sekunden Anlaufzeit, aber dann sprang er an. Eine Weile lang stieß er schwarze Rauchwolken aus, bevor er gleichmäßig lief. „Das höre ich gerne." Robin lächelte und Mike ließ das Boot noch ein paar Minuten laufen, bevor er den Schlüssel wieder herumdrehte. „Da bist du gerade noch einmal davongekommen."

„Das glaube ich auch." Mike erwiderte Robins Handschlag und bedankte sich noch einmal. „Sieht aus, als stünden die Leute bei dir Schlange." Er nickte zu dem Männertrupp hinüber, der sich auf dem Bootssteg zusammengeschart hatte.

„Wie das in solchen Situationen eben so ist." Robin schnappte sich sein Werkzeug und ging wieder an Land.

Mike versuchte krampfhaft, William nicht zu beobachten und tat schwer beschäftigt. Er holte irgendwelche Dinge aus der Kajüte und begann damit, das Boot wieder aufzurüsten, indem er Sitze aus den Kissen baute. „Wir sollten sie möglichst schnell wieder laufen lassen", sagte er, als er fertig war. „Ich kann keine Touren durchführen, wenn ich die Maschine nicht vorher einmal richtig habe durchlaufen lassen und weiß, dass alles funktioniert."

„Lass uns schnell alles abdichten, dann können wir los", schlug William vor.

Mike nickte und breitete das GFK-Reparaturset aus. Er hatte durchaus schon mit Fiberglas gearbeitet, und so dauerte es nicht lange, bis der Riss im Maschinenraum aufgefüllt und geflickt war. Die Abdeckung zu reparieren dauerte etwas länger, und der Geruch des Materials unterschied sich etwas von dem, das Mike vorher verwendet hatte. Als er fertig war, ließen Mike und William die Flicken in Ruhe und setzten sich zum Essen in den Schatten.

Mike beobachtete William aus dem Augenwinkel, und William schien das gleiche mit ihm zu tun. Vom Meer wehte eine angenehme Brise, aber nichts schien die Hitze lindern zu können, die sich zwischen ihnen aufbaute. Mike war sich nicht sicher, worüber er reden sollte, und so aß er lieber schweigend, als etwas Dummes zu sagen. Diese ganze Geschichte machte ihn etwas nervös, und er war sich noch immer nicht sicher, was er davon halten sollte. Es lag ihm auf der Zunge, William zu sagen, dass die letzte Nacht wundervoll gewesen war, aber vielleicht sollten sie es einfach dabei belassen. Dann machte er den Fehler, sich William zuzuwenden und seinen Blick zu erwidern. Verdammt, in diesen tiefblauen Augen hätte er sich völlig verlieren können. Mikes Willensstärke schwand. Die Wahrheit war: Er wollte William ebenso sehr, wie William ihn letzte Nacht gewollt hatte.

Diese Gedanken und Wünsche waren nicht gut für ihn, das wusste er. Das konnte nur in einer Enttäuschung enden. *Aber ...*, sagte Mike sich selbst, *solange ich weiß, worauf ich mich einlasse, und dass William wieder wegfahren wird, ist alles okay. Wir haben ein bisschen Spaß und das war's.* Wenn er sich das immer und immer wieder erzählte, würde er es vielleicht irgendwann glauben.

„Ich denke, wir können jetzt los", sagte Mike, als sie ihr Mahl beendet hatten. „Ich will nur erst schauen, ob ich Gordon erreiche. Will wissen, ob es ihm gut geht, und ihm vom Boot erzählen."

Er wählte die Nummer und war erleichtert, als Gordon abhob. Es ging ihm gut, aber ein riesiger Baum war bei seinem Haus umgefallen, den er erst zerlegen musste. Er bot an, baldmöglichst zum Hafen zu kommen, aber Mike versicherte ihm, dass er alles unter Kontrolle hatte, und riet ihm, sich erst um sein Zuhause zu kümmern. Mike legte auf und schaute zu William, der lächelte.

„Sag mir, was ich tun soll, und dann ab." William war aufgeregt wie ein Kind am Weihnachtsmorgen. „Zu blöd, dass wir keine Angeln dabeihaben."

„Nö. Heute geht es nur um einen Motorentest." Mike machte die Leinen los und William ging ihm zur Hand. Kurz darauf lenkte Mike die *Decisions* aus ihrem Anlegeplatz und schipperte langsam durch den Kanal. Der Motor lief wie geschmiert und schnurrte ganz wie er es sollte.

„Wir sollten erst mal langsam starten."

„Jep." Am Ende des Kanals erhöhte Mike die Geschwindigkeit und steuerte aufs offene Meer hinaus. Dann wendete er und gab Vollgas. Falls jetzt irgendetwas passierte, sollten sie nicht zu weit vom Hafen entfernt sein, um schneller abgeschleppt zu werden. Mike horchte konzentriert, aber er konnte keine seltsamen Geräusche oder irgendwelche Anzeichen für Ärger ausmachen.

In einer langen, geschwungenen Kurve wechselte er wieder den Kurs und fuhr auf den Golf hinaus. Wasser und Wind waren ruhig und ihre Geschwindigkeit erfrischend. Mike vergaß seine Probleme für einen Augenblick und genoss es einfach, auf dem Meer zu sein.

William tauchte hinter ihm auf. Mike hatte ihn nicht gehört, aber er wusste ja, dass er mit an Bord war. Daher war er kaum überrascht, als sich plötzlich ein warmer Körper gegen seinen Rücken presste, und er lehnte sich zurück in die Umarmung. Sie waren ganz allein, weit weg vom Rest der Welt. Er konnte all seine Sorgen und Komplexe loslassen.

„Ich liebe dieses Tempo."

„Ich auch", stimmte Mike zu.

„Angeln ist super, aber manchmal denke ich, das beste am ganzen Ausflug ist es, einfach nur mal von allem wegzukommen." William schlang die Arme enger um Mikes Brust. Mike entspannte sich unter der Berührung. „Hier draußen gibt es keine Telefone und Leute, die irgendwas von dir wollen."

„Nö." Auf dem Meer war es friedlich und ruhig, und das liebte Mike an seinem Job. Etwa vier Tage die Woche verbrachte er auf dem Wasser, frei von allen Anforderungen, die ihn auf dem Festland erwarteten. Mike liebte seine Familie und Carrie war das Wichtigste in seinem Leben, aber irgendetwas hier draußen regte etwas tief in seinem Inneren.

Er war kurz davor, sich auf den Rückweg zu machen, als William an seinem Nacken herumnäselte und mit der Zunge sanft über seinen Halsansatz fuhr. Mike stöhnte leise und versuchte, seine Aufmerksamkeit auf das Wasser zu richten. Nicht nur das wurde von Sekunde zu Sekunde härter. William ließ seine Hände über Mikes Körper wandern. Nicht, dass er sich darüber hätte beschweren wollen, aber sobald sie sich unter sein Oberteil gestohlen hatten und über seinen Bauch glitten, wurde es ihm unmöglich, sich zu konzentrieren. Er verlangsamte den Motor, bis das Boot nur noch trieb, und ließ sich ganz in Williams Umarmung fallen.

Mike musste stark sein. Es war sein Job, auf Carrie und seine Mutter achtzugeben, für sie zu sorgen. Außerdem musste er sich seine Erinnerungen vom Leib halten. Mittlerweile war er ganz gut darin, aber manchmal holten sie ihn ein, und dann konnte nichts das erdrückende Gefühl von Verlust und Schwermut eindämmen.

„Woran denkst du?"

„Dies und das", sagte Mike so ehrlich, wie er es in dem Moment vermochte.

William zupfte an seinen Brustwarzen. „Dies und was?", fragte er und saugte an Mikes Nacken. Mike war klar, dass das einen Knutschfleck geben würde, der nach einer Erklärung verlangte. „Denn wenn du an irgendetwas anderes denkst, als an das, was ich gerade mit dir mache, dann mache ich irgendwas falsch und muss mir mehr Mühe geben." Williams Hände glitten weiter nach unten und Mike stöhnte auf. Er bog seinen Rücken durch, um William besseren Zugriff zu gewähren.

„Verdammt ..."

„Ich dachte, wo wir einmal allein hier draußen sind, und ..." William knabberte zärtlich an Mikes Ohr und ließ dann die Zunge spielerisch über das Ohrläppchen schnalzen. Mike erbebte. „Aber wenn du willst, dass ich aufhöre, musst du es nur sagen."

„Gott, nein!" Langsam drehte Mike sich um und glitt von seinem Kapitänssitz. William nahm seine Hand und führte ihn zur Abdeckung des Maschinenraums, die wieder an Ort und Stelle war. Er drückte ihn nach unten, bis Mike auf dem Rücken lag und zu ihm aufblickte.

Das Boot schaukelte sanft hin und her, als William sich zu ihm legte und ihn sanft küsste. Mike hielt die Spannung zwischen ihnen nicht mehr aus. Er schlang die Arme um Williams Hüfte und hielt ihn so fest er konnte, drückte sich an ihn, um so viel wie möglich von William aufzunehmen. William wusste, wie er ihn verführte, aber es war der energiegeladene Kuss, der Mikes Verlangen so richtig entfachte. Vielleicht war es so, weil er sich selbst so lange verleugnet hatte, aber eigentlich glaubte Mike nicht daran. William hatte irgendetwas Besonderes an sich, das er immer schon in ihm gesehen hatte. Bereits bei ihrer ersten Tour vor Jahren hatte Mike sich nicht von ihm abwenden können, und bei jedem einzelnen Treffen war es wieder so gewesen.

„Ich freue mich immer auf jede einzelne Tour mit dir." Am liebsten hätte Mike sich für sein dämliches Geplapper geohrfeigt.

„Ich mich auch." William zerrte an seinem Shirt und zog es ihm mit einem Ruck aus. Mike zischte, als sein Rücken mit der kalten Abdeckung unter ihm in Berührung kam. „Immer schon. Ich habe dich und deine Angeltouren durch Zufall gefunden, aber danach habe ich nur deinetwegen immer wieder gebucht." William fuhr mit den Händen über Mikes Brust. Mike fühlte sich, als würden ihm Stromstöße durch die Adern schießen.

Er legte seine Hand auf Williams und presste sie gegen seine Brust. „Du weißt schon, dass das nicht ewig andauern kann."

William hielt inne und seufzte leise. „Wir sollten einfach dankbar für die glücklichen Momente sein."

„Das ist verdammt noch mal deprimierend", brummte Mike.

„Ich weiß. Aber es … Ich weiß, was du hier alles hast, Carrie, dein ganzes Leben … und ich habe meins in Providence, und das kann ich auch nicht einfach zurücklassen. Gott, meine Familie würde ausflippen. Aber das heißt nicht, dass wir nicht das Beste aus unserer gemeinsamen Zeit herausholen können." William küsste ihn noch einmal. „Falls du das willst. Ich verstehe auch, wenn du die Sache lieber beenden willst. Wenn du zurück zum Hafen willst."

Mike zögerte nur ein paar Sekunden, bevor er William wieder zu sich heranzog, um ihn zu küssen. Seine Zeit bei der Navy hatte ihn gelehrt, das Beste aus allem zu machen, was ihm passierte, denn das einzig Konstante im Leben war die Veränderung, und daran musste er sich gewöhnen.

4

DIE SONNE erwärmte die Luft und Williams Gesicht, während er in Mikes Mund auf Entdeckungstour ging. Gott, die letzte Nacht war umwerfend gewesen, aber der heutige Tag setzte noch eins drauf. Mike machte die verblüffendsten Geräusche, und sie mussten sich keine Sorgen machen, dass jemand sie hören konnte. Hier draußen auf dem Wasser gab es nur sie beide. Niemand außer den Fischen konnte ihre leidenschaftlichen Schreie hören – und die scherten sich gewiss nicht darum.

Das Boot schaukelte vor und zurück, und als erst ihre Hosen auf dem Schiff verstreut lagen und Mikes Beine sich um seine Hüften schlangen, trugen sie ihren Teil zum Schwanken bei.

„Du weißt schon, dass ich nie wieder einen Blick auf den Maschinenraum werfen kann, ohne dabei zu erröten, oder?", flüsterte Mike mit den Lippen an Williams Mund.

„Willst du lieber aufhören?" William war sich sicher, dass er jetzt im Moment gar nicht aufhören könnte. Mike sah so gut unter ihm aus. Seine sonnengebräunte Haut glänzte, das Tageslicht zauberte helle Strähnen in sein braunes Haar, und aus seinen Augen sprach das pure Verlangen. „Ich höre direkt auf, wenn du das möchtest."

„Um Gottes willen, nein. Ich meine nur …" Mike legte seine rauen Hände an Williams Wangen. „Die Dinge werden nie wieder so sein, wie sie vorher waren."

William nickte. Er verstand sehr gut, was Mike meinte. Manchmal war das Leben zum Kotzen. Endlich hatte er bekommen, was er immer wollte, wovon er Nacht für Nacht träumte, und trotzdem durfte er es nicht behalten. Er musste wieder in sein altes Leben zurück und Mike sechs lange Monate nicht wiedersehen. „Alles wird anders sein." Er hielt Mike fest im Arm und atmete den Duft von Testosteron, frischer Luft und Salzwasser ein. Dann setzte er sich auf, kniete sich zwischen Mikes Beine und schaute auf ihn hinab. Er streckte die Hand aus, strich langsam und nachdrücklich über Mikes mächtiges, pralles Glied und hörte zu, wie Mike in die Schreie der Möwen über ihren Köpfen einstimmte.

„William." Mike erzitterte. William fand nichts heißer oder attraktiver, als jemandem dabei zuzusehen, wie er unter seiner Berührung die Kontrolle verlor. Mike bebte und stieß die Hüften nach vorn, um sich Williams Bewegungen anzupassen. William liebte es, wie sich seine glatte Haut anfühlte.

„Mir gefällt, was ich sehe."

„Ich bin nicht wie du", erwiderte Mike. „Nicht so gut aussehend und perfekt."

„So ein Quatsch. Du hast einen anstrengenden Job, und das sieht man auch. Man sieht die Sonne auf deiner Haut und das Salzwasser in deinem Gesicht. Deine Haut, die kleinen Falten um die Augen, das alles zeigt, dass du wirklich gelebt hast." William beugte sich zu ihm hinab. „Dein Leben besteht aus ehrlicher, harter Arbeit. Da ist nichts geformt oder glattgebügelt und du versteckst dich nicht hinter irgendeiner Maske." William bewunderte das. Mike war so unprätentiös, ein richtiger Mann, einfach so, wie er vor ihm lag, mit glasigem Blick und unkontrolliert keuchend, als William ihn immer weiter reizte. Es gab nichts Besseres als Mike mit offenem Mund, nach Luft schnappend, pulsierend und lechzend nach Erleichterung.

William ließ Mike los und gab ihm Zeit, wieder zu Atem zu kommen. Verdrossenheit schwappte über ihn wie eine Welle. Dann streckte Mike die Hand aus, zog ihn zu sich herunter und in einen leidenschaftlichen Kuss. William drückte Mike auf die Polsterung. Ihre Hüften rieben aneinander.

Mike drehte fast durch, und William liebte seine Energie und Lebendigkeit. Er war ein richtiger Naturbursche und so verdammt sexy. Selbst sein Stöhnen war tief, knurrig und gedehnt, während sie gegenseitig ihre Leidenschaft ins Unermessliche trieben. William schrie auf und bog seinen Rücken durch, als er spürte, wie Mike unter ihm zum Höhepunkt kam. Dann war alles ruhig und still, abgesehen von dem trägen Klatschen des Wassers gegen den Bug und die Schreie der Möwen am Himmel.

Langsam ließ William sich neben Mike sinken, rollte sich auf die Seite und fuhr mit den Fingern sanft über seine Brust, während sie beide nach Luft schnappten. „Wow."

„Das kannst du laut sagen", hauchte Mike. „Wer hätte das gedacht?"

„Jep." William setzte sich langsam auf, sammelte ihre auf dem ganzen Deck verstreute Kleidung ein und legte sie auf die Sitzpolster. Dann holte er einen Eimer aus dem Schiffsrumpf und schöpfte etwas Wasser aus dem Meer. Er wusch sich schnell und hielt Mike den Eimer hin. „Ich will das wirklich nicht sagen, aber wir sollten langsam zurück." William stand aufrecht, stolz und nackt an der Reling und spähte zum Land, das schwach am Horizont zu erkennen war. „Wann ist deine nächste Tour gebucht?"

„Morgen. Aber ich weiß nicht, ob das noch feststeht."

„Hast du genug Benzin?"

„Ich muss mal schauen, ob ich auftanken kann. Wer weiß, ob überhaupt Benzin zu bekommen ist, wenn wir wieder an Land sind."

„Das können wir nur auf eine Weise herausfinden."

William zog sich wieder an und wartete darauf, dass Mike es ihm gleichtat. Dann brachte Mike den Motor auf Touren und hielt auf den weißen Turm am Horizont zu, der ihren Heimweg kennzeichnete.

Mike hatte Glück – die Bootstankstelle betrieb ihre Zapfsäulen mit Hilfsstrom. Als Mike vollgetankt hatte, legte er wieder auf seinem Stammplatz an, und William half ihm, das Schiff zu vertäuen. Dann fuhren sie zurück zum Haus und luden die Angelausrüstung auf den Truck, die zurück aufs Boot gehörte.

Carrie kam aus dem Haus gerast und bettelte, mit ihrem Vater zurück zum Boot fahren zu dürfen. William hatte einige Telefongespräche wegen des Mietwagens zu erledigen, also blieb er beim Haus. Carrie brauchte ihre Vater-Tochter-Zeit, und William wollte sich dem nicht in den Weg stellen. Er schaute ihnen hinterher und erledigte dann schleunigst seine Telefonate, bevor seinem Handy noch der Saft ausging.

„GIBT ES etwas Neues vom Autoverleih?", fragte Mike, als er am Abend mit Carrie zurückkam. William hatte sie draußen empfangen und Mike schickte Carrie ins Haus, um Dolores mit dem Abendessen zu helfen.

William seufzte und fuhr sich mit der Hand durchs Haar. „Sie waren erleichtert, dass das Auto den Sturm ganz gut überstanden hat, und sie versuchen, in ein paar Tagen ein neues herzuschicken. Früher geht nicht. Anscheinend haben sie selbst Probleme mit Benzin und Strom. Zwei oder drei Tage wird es wohl dauern. Selbstverständlich entschuldigen sie sich für die Unannehmlichkeiten."

„Selbstverständlich", echote Mike.

„Wie auch immer, ich denke, ich sollte dir jetzt mal von der Pelle rücken und mir für die nächsten Tage ein Hotel suchen."

Wenn das Williams Wunsch war, hatte Mike nicht vor, ihn aufzuhalten, aber der Gedanke daran ließ ihn etwas dumpf und definitiv enttäuscht zurück. „Du weißt schon, dass die Hotels im Moment auch ohne Strom dastehen, oder? Es wird bestimmt schwierig, ein Zimmer zu finden. Bis die Dinge sich normalisiert haben, sitzt hier erst einmal jeder fest."

„Ja, vielleicht." William biss sich auf die Unterlippe. „Aber ich will dir und deiner Familie nicht zur Last fallen. Das kann ich unmöglich von euch verlangen."

„Ach, bitte. Carrie mag dich gern und meine Mutter ebenso." Mike verspürte einen Anflug von Panik. Sobald William weg war, würde es Monate dauern, bis er ihn wiedersah. „Willst du wirklich abreisen?" Er wusste, wie verzweifelt er klang, aber es tat weh, dass William ihn jetzt einfach so verlassen wollte. Vielleicht bedeutete ihm die ganze Sache ja mehr als William. Was, wenn er für ihn nur ein One-Night-Stand war, oder vielmehr ein One-Night-One-Day-Stand?

„Mike, ich …" William warf ein paar Blicke um sich und schaute ihn dann genauso an, wie auf dem Boot „Glaubst du wirklich, dass ich nach heute und gestern Nacht einfach so hierbleiben und so tun kann, als wäre nichts passiert? Deiner Mutter wird auffallen, dass ich dich beobachte, weil ich nicht anders kann. Du wirst neben mir sitzen, aber ich darf dich nicht berühren. Ich dachte, wenn ich in ein Hotel ziehe, dann könnte ich ein wenig Abstand gewinnen. Das ist alles."

„Na ja, Gott sei Dank wirst du kein Hotelzimmer finden, also wirst du wohl bei mir bleiben müssen – es sei denn, du willst lieber auf dem Boot übernachten. Die Tour morgen findet allerdings statt. Die Kunden haben angerufen, und sie sind fest entschlossen herzukommen." Ganz zu schweigen von dem Geld, das er dringend brauchte. „Aber ich denke, wir haben genug Platz, dass du mitkommen kannst."

William schüttelte den Kopf. „Okay. Aber ich sollte mir wenigstens ein paar Klamotten besorgen."

Mike seufzte erleichtert. Noch blieben ihm ein paar Tage mit William, und er würde das Beste aus der Zeit herausholen. Wenn William erst abgereist war, würde es schwer werden, wieder in sein altes Leben zurückzufinden. Er hatte wieder Geschmack an der Leidenschaft gefunden, und darauf wieder zu verzichten würde ihm nicht leichtfallen. „Du kannst ein paar von meinen haben. Ich telefoniere herum und frage bei den Geschäften in der Stadt nach, ob sie für uns aufmachen. Das tun sie bestimmt. Bis der Strom wieder da ist, haben die doch alle Gewinneinbußen."

„Was glaubst du, wie lange es noch dauert? Ich habe schon Bescheid gesagt, dass ich am Meeting in Atlanta nicht teilnehmen kann, aber ich sollte langsam wissen, was ich noch verpassen werde."

„Wahrscheinlich hat die Stadt selbst schon morgen wieder Strom. Im Rest der Region wird es wohl noch länger dauern." Vielleicht würde William in ein Hotel ziehen, sobald die Stadt wieder Strom hatte, aber Mike hoffte, dass er so lange wie möglich bei ihm blieb.

„Also hast du alles für morgen fertigbekommen?"

„Jep. Das Boot ist dicht und die Reparaturen sind gut geworden, wenn ich das mal so sagen darf. Alles gut für morgen." Mike fühlte sich nicht annähernd so erleichtert, wie er erwartet hatte, jetzt, da sich die Dinge wieder der Normalität zuwandten. Noch nie hatte er sich so verunsichert gefühlt.

„Gut. Dann müssen wir morgen früh aufstehen. Deine Mutter hat bestimmt auch schon das Abendessen fertig." William ging voraus.

„Bist du enttäuscht, dass du doch nicht ins Hotel kannst?", fragte Mike. William blieb stehen. „Nein, ich …" Er schaute sich um. „Mir gefällt es hier. Es ist so friedlich und ruhig. Das kenne ich von zu Hause nicht. Dort ist es immer hell und dann ist da der Straßenlärm. Hier gibt es nur den Wind und die Vögel." Er gluckste. „Na ja, letzte Nacht hat der Wind ein bisschen übertrieben, aber jetzt ist es wunderbar."

Mike blinzelte und legte den Kopf zur Seite. „Dir gefällt es wirklich hier? Ich dachte, du würdest dich hier langweilen. Hier gibt es nicht viel zu tun."

William schaute zum Haus, trat einen Schritt näher an ihn heran und senkte die Stimme. „Hier gibt es viel zu tun, und ich kann mir einen besonderen Mann vorstellen, mit dem ich das sehr gerne anpacken würde. Letzte Nacht haben wir so einiges getan, und auch was wir auf dem Boot getan haben, war ziemlich überwältigend."

„Das alles hat nichts mit Fischen zu tun, oder?", fragte Mike spielerisch.

„Irgendwie doch." William lehnte sich näher heran. „Ich habe einen ganz speziellen Fisch am Haken, der von Sekunde zu Sekunde interessanter wird."

Williams glühender Blick war berauschend. Wie alles an ihm, und genau hier lag das Problem. Mike wollte jede Sekunde in seiner Nähe verbringen. Während seines Ausflugs mit Carrie hatte er die meiste Zeit von William geträumt. Es war beängstigend, aufregend und nervenaufreibend zugleich. Mike fühlte, wie Hitze in ihm aufstieg, und er unterdrückte ein Stöhnen, als Carrie auf sie zugesprungen kam.

„Grandma sagt, ihr sollt zum Essen kommen."

Dankbar für die Ablenkung und die Gelegenheit, seine Gedanken zu ordnen, fing Mike sie auf. „Okay. Wir kommen sofort."

Er setzte sie wieder ab. Sie ergriff seine Hand und zerrte ihn förmlich zum Haus. „Grandma sagt, ihr sollt jetzt kommen, oder alles wird kalt."

„Kommen schon." Mike grinste und folgte seinem Augenstern.

In der Küche war der Tisch bereits gedeckt und Mike hatte sich schon hingesetzt. Carrie wies William seinen Platz zu.

„Daddy ist mit mir mit dem Boot gefahren. Das war so schnell und es hat total viel Spaß gemacht." Sie grinste.

„Schön, dass du Spaß hattest, Süße. Die Tour morgen steht übrigens fest, ich werde also den ganzen Tag weg sein."

„Okay. Ich dachte, ich nehme Carrie mit nach Tallahassee, und wir schauen mal, ob irgendetwas geöffnet hat. Wir brauchen Vorräte und Benzin, wenn wir welches kriegen." Seine Mutter sah müde aus, stellte Mike fest, als er ihr half, den Tisch abzuräumen, damit sie sich in Ruhe hinsetzen konnte. Sie arbeitete so hart. Mike brauchte ihre Hilfe in so vielen Dingen, und manchmal musste er feststellen, dass sie nicht mehr die Jüngste war.

„Lass mich dir helfen", bot William an und arrangierte gemeinsam mit Carrie Wassergläser auf dem Tisch.

Draußen war es bereits dunkel und das einzige Licht im Haus schuf eine interessante Atmosphäre für das Abendessen. Aber Mike hatte so etwas schon häufiger erlebt, und ein einziges Licht war besser als gar keins.

„Das ist wundervoll, Dolores. Sie sind eine fantastische Köchin."

„Ihre Mutter doch bestimmt auch."

William schüttelte den Kopf. „Meine Mutter hat lediglich ein Talent dafür, gute Köche und Caterer auszuwählen."

„Sie bekommen also zu Hause keine Hausmannskost?" Dolores klang, als hätte sie soeben einen Jahrhundertskandal miterlebt.

„Nö. Bei besonderen Anlässen heuert meine Mutter Caterer an, und ansonsten … na ja, sagen wir mal so: Ich habe schon sehr früh gelernt, wie man eine Mikrowelle bedient. Wir haben einen tollen Lebensmittelladen mit Lieferdienst und meine Mutter bestellt unser Essen meistens dort. Als wir klein waren, hatten wir einen Koch, aber als wir alt genug wurden, für uns selbst zu sorgen, wurde der überflüssig." William verspeiste den frisch gebratenen Zackenbarsch und das Gemüse, als wäre es Haute Cuisine.

„Wahrscheinlich haben Sie schon in einigen feinen Restaurants gegessen."

William nahm einen weiteren Bissen. „Ja und nein, verglichen hiermit." Er lächelte und Mike grinste, als er bemerkte, wie glücklich seine Mutter strahlte. Ihr Komplimente zu ihren Kochkünsten zu machen, war der sicherste Weg, sie für sich zu gewinnen. „Ich weiß es wirklich zu schätzen, dass ihr alle euer Haus für mich öffnet." William zog sein Portemonnaie hervor und reichte Mikes Mutter einige Scheine. „Ich will nichts hören. Wenn Sie morgen einkaufen, holen Sie bitte alles, was Sie für mich aufwenden müssen. Bitte." Er wandte sich wieder zu Mike, der spürte wie ihm die Hitze ins Gesicht stieg. „Das ist das Mindeste, was ich tun kann, um meine Dankbarkeit zu zeigen." William zwinkerte und wandte sich wieder an Dolores. „Und bitte kaufen Sie auch etwas Schönes für die junge Dame hier."

„Schokolade?", fragte Carrie.

„Das werden wir sehen", sagte Mikes Mutter, tätschelte Williams Hand und schenkte ihrer Enkelin ein Lächeln. „Vielen Dank." Sie steckte das Geld in ihre Tasche und warf Mike einen Blick zu, der ihm eindeutig sagte, dass es besser war, die Klappe zu halten. „Jetzt esst schon auf. Es gibt noch mehr."

William und Mike halfen beim Abwasch, damit Dolores sich eine Pause gönnen konnte, während Carrie am Tisch spielte. Sie hatten einen langen, arbeitsreichen Tag hinter sich, und als sie mit dem Haushalt fertig waren, gingen alle zu Bett. Es würde eine warme Nacht ohne Strom werden, und irgendwie musste die Hitze im Haus sich verteilen. Sie öffneten alle Fenster, um jede Gelegenheit zu nutzen, ein wenig Durchzug zu schaffen, und gingen dann in ihre Schlafzimmer. Mike fragte sich, ob er wohl Besuch bekommen würde, sobald es ruhig im Haus wurde, obwohl er wusste, dass das nicht die beste Idee war.

Schlussendlich schlief er alleine ein. Daran würde er sich wohl gewöhnen müssen, wenn William erst weg war.

5

„Mutter, es geht mir gut", beteuerte William, der allein in seinem Zimmer am Telefon hing. Ansonsten war es still im Haus. „Sie schicken mir schnellstmöglich einen neuen Wagen."

„Deinem Vater gefällt es gar nicht, dass du das Meeting verpasst. Er hat sich auf dich verlassen."

„Er kann sich um alles kümmern. Ich kann jetzt einfach nichts ändern. Da war ein Hurrikan, und selbst du musst zugeben, dass da auch die Westmorelands nichts ausrichten können."

„Sei nicht so altklug. Dein Vater braucht dich und wenn du nicht darauf bestanden hättest, unbedingt Angeln zu gehen, dann wärest du jetzt bei ihm, anstatt in diesem Hinterwäldlerkaff festzusitzen, das dir so viel bedeutet. Wenn du das Geschäft übernehmen willst, solltest du mehr Interesse zeigen."

William verdrehte die Augen. Er wusste nicht, wie oft er sich diese Moralpredigt schon angehört hatte. Aber dieses Mal reichte es ihm. „Ich verdiene auch ein eigenes Leben, abseits von der Familie, der Firma und, wenn nötig, auch von dir." Er wusste, dass sie das auf die Palme bringen würde. Wenn seine Mutter Aufwind bekam, konnte sie sich schlimmer gebärden, als ein Hai zur Fütterungszeit.

„Wird es nicht langsam Zeit, dass du diese Spinnereien aufgibst und das Familienunternehmen weiterführst?", erwiderte sie bissig. „Wir haben eine lange Tradition und Geschichte zu bewahren, und du als Ältester hast die Pflicht ..."

Irgendetwas in William rastete aus. Vielleicht war es die ganze Zeit, die er mit Mike verbracht hatte, und die ihm gezeigt hatte, wie sein Leben aussehen könnte, die die Tyrannei seiner Mutter noch grausamer klingen ließ, als für gewöhnlich. Tief in ihm formte sich ein Groll, und etwas, von dem er gar nicht gewusst hatte, dass es in ihm schlummerte, drängte sich plötzlich an die Oberfläche. „Vergiss es einfach", fauchte er. „Was auch immer du für Loyalität, Ehre und Pflichten unserer Familie hältst, ich bin anderer Meinung. Ich habe ein Recht darauf, mein eigenes Leben zu leben, und genau das werde ich auch tun. Und wenn das bedeutet, dass ich sobald du und Dad mal nicht mehr seid, die Firma Stück für Stück verkaufe und den Rest meines Lebens auf irgendeiner einsamen Insel verbringe, dann ist das so."

„Das würdest du nicht wagen."

„Dann dräng mich nicht. Ich will das Leben nicht führen, das ihr beide für mich ausgesucht habt. Das habe ich dir eben deutlich gesagt, und ich meine es auch so. Und deine ganzen Vorstellungen bezüglich Heirat und allem anderen, was mein Leben angeht, kannst du auch vergessen."

„Wie kannst du es wagen ..."

„Was? So mit dir zu sprechen? Mom, du hast die meisten deiner elterlichen Pflichten auf Nannys und Internate abgewälzt. Also erwarte jetzt nicht, dass meine Schwester oder ich unendlich viel Liebe und Zuneigung für dich hegen." Jedes Wort, das William sagte, entsprach der Wahrheit. Bis zum Erwachsenenalter war seine Mutter für ihn jemand gewesen, den er ein paar Wochen in den Schulferien zu Gesicht bekam. Als Kind hatte er sich ständig abgemüht, um ihre Aufmerksamkeit zu erlangen, und als er gemerkt hatte, dass es nichts nutzte, hatte er sie abgeschrieben und aus seinem Leben gestrichen. Seinem Vater stand William nur etwas näher, weil sie zusammenarbeiteten. „Wie ich gesagt habe, ich bleibe hier, bis ich einen Ersatzwagen kriege. Ich setzte mich gleich morgen früh als erstes mit Dad in Verbindung, und dann bin ich für den Rest des Tages nicht zu erreichen."

„Was hast du vor?"

„Ich gehe Angeln", antwortete William und drehte sich mit dem Gedanken an Mike zu seiner Zimmertür um.

„Das warst du doch schon", zischte seine Mutter.

„Ich stecke nun einmal hier fest und es gibt weder Strom noch Internet, also mache ich das Beste daraus." Das Allerbeste.

„Du verbringst zu viel Zeit mit Spielereien und zu wenig mit Arbeit."

Gott, sie würde einfach nicht lockerlassen.

„Da irrst du dich. Zweimal im Jahr komme ich hier her, und den ganzen Rest verbringe ich mit Arbeit. Und wenn man bedenkt, dass du in den letzten fünfundzwanzig Jahren nicht einen Tag gearbeitet hast, glaube ich nicht, dass du dir da ein Urteil erlauben solltest", schob William nach, dessen Geduldsfaden langsam aber sicher riss.

Die Stille in der Leitung war Antwort genug. Er stöhnte und ließ sich auf der Bettkante nieder, um sie auszusitzen. Wenn Gepolter und Machtdemonstration ihr nicht zu ihrem Willen verhalfen, versuchte es seine Mutter meistens mit Schuldgefühlen und strafender Stille. Die Nummer mit den Schuldgefühlen funktionierte bei ihm nicht, und was die strafende Stille anbelangte … nun, Schweigen war ihrem üblichen Dauergeplapper durchaus vorzuziehen.

„Bist du noch dran? Wenn nicht, gehe ich jetzt nämlich zu Bett."

„Ich habe dich dazu erzogen, deinen Vater und mich zu respektieren."

William sagte nichts, obwohl ihm auf der Zunge lag, dass man sich Respekt verdienen musste, und das nicht auf einer ihrer diversen Wohltätigkeitsgalas möglich war. William war es wichtig, anderen zu helfen, aber nicht, indem man abgefahrene Partys veranstaltete, wo sich die Reichen und Schönen von Providence und Newport zusammenrotteten, um zu plaudern, sich zu vernetzen und selbstverständlich zu lästern. „Ich muss jetzt schlafen gehen. Es war ein langer Tag und es ist ziemlich warm hier, weil die Klimaanlage nicht funktioniert. Ich rufe Dad morgen früh an."

„Gut. Ich muss jetzt ohnehin auflegen."

William wünschte eine gute Nacht und legte auf. Dann zog er sich aus und legte sich auf die Bettdecke. Er hoffte, dass wenigstens eine kleine Brise durch die Fenster zu ihm hereinwehen würde, und er fragte sich, ob Mike genau wie er in seinem Zimmer lag. Er spürte, wie ihn die Erregung ergriff, und er ließ die Hände nach unten wandern, bis ihm wieder einfiel, wo er sich befand. Er gluckste, und beim Gedanken an das ganze Rosa, die Puppen und Carries Spielzeugsammelsurium um ihn herum war die Erregung augenblicklich verflogen. Er verschränkte die Hände hinter dem Kopf, schloss die Augen und versuchte, nicht an Mike zu denken. Ein schwieriges Unterfangen.

WILLIAM STAND auf, als er Geräusche im Haus hörte. Er zog sich Mikes geliehene Klamotten an und gesellte sich zu ihrem Besitzer, der sich in der Küche eine Tasse Kaffee einschenkte.

„Wir müssen alles besorgen, was wir für heute brauchen", sagte Mike sanft. „Ich habe gehört, dass einige Teile von Apalachicola schon wieder Strom haben, also müssten wir genug Eis zusammenbekommen, um die Fische und unseren Proviant zu kühlen."

„Was ist mit denen, die wir schon gefangen haben? Ich habe ganz vergessen, dich danach zu fragen, mit dem Sturm und allem."

„Mom hat sie ausgenommen und eingefroren. Das ist vielleicht nicht das Beste, aber was hätten wir sonst tun sollen." Mike stellte eine Kühlbox zusammen und William sammelte alles ein, was noch zu retten war. Dann luden sie alles in den Truck und fuhren Richtung Stadt.

Die Sonne war noch längst nicht aufgegangen. William lehnte sich zurück und schloss die Augen, um noch ein paar Minuten Schlaf zu bekommen. Als der Truck zum Stehen kam, zwängte er seine Augenlider auf und gähnte. Dann half er Mike, die Ausrüstung zum Boot zu schaffen.

„Ich habe es geschafft, Eis zu besorgen", sagte Gordon und hob eine Kühlbox an Bord. Dann bereitete er alles für die Fische vor. „Ich habe auch die Köder bekommen, auch wenn es schwer war. Sie sind nicht mehr gefroren, aber wir können sie trotzdem verwenden."

„Was ist denn passiert?"

„Bei Gene's ist die Kühlung ausgefallen. Die haben die Türen geschlossen, damit die Köder noch eine Weile halten. Strom haben sie bereits wieder, aber trotzdem werden sie einen großen Teil ihrer Waren verlieren, deswegen haben sie mir einen ordentlichen Nachlass gewährt." Er reichte Mike eine Quittung. „Den Fischen wird's egal sein."

„Das stimmt." Mike bereitete seine Ausrüstung vor und William entschied sich dafür, den beiden aus dem Weg zu gehen und noch ein Nickerchen zu machen.

„Wie viele Leute sind es heute?", fragte Gordon.

„Vier Männer. Sie haben vor ein paar Wochen gebucht, ich kenne sie noch nicht", erklärte Mike.

William beobachtete ihn verstohlen. In den letzten beiden Nächten hatte er nicht viel Schlaf bekommen, also kam ihm ein bisschen Ruhe gerade recht. Plötzlich blendete ihn Scheinwerferlicht, das aber gleich wieder erlosch.

„Ist es das hier?", fragte eine sehr unmännliche Stimme.

„Ja", antwortete eine andere, die leicht lispelte. „Aber sei vorsichtig, wenn du an Bord gehst. Denk an letztes Mal." Dem Kommentar folgte Gelächter und ein hohes Seufzen. „Mike?"

William öffnete die Augen und sah Mike einer kleinen Menschengruppe zuwinken. Die vier Männer, die an Bord kletterten, trugen Poloshirts in unterschiedlichen Rosa- und Lilatönen.

„Ich bin Jerry und das sind Kyle, Steven und Skippy."

„Schön, dass ihr da seid", sagte Mike und William musste anerkennend feststellen, dass Mike beim Anblick der extravaganten Jungs nicht einmal mit der Wimper zuckte. Von Bubba konnte man das nicht behaupten. Der wirkte ein wenig blasser als sonst, als er ihnen die Hände schüttelte. „Das hier ist William. Er steckt dank des Sturms hier fest und schließt sich uns heute an, wenn das für euch okay ist."

Jerry schenkte ihm ein schmeichelndes Lächeln. „Das ist vollkommen okay." Einen Moment lang verspürte William eine verblüffende Mischung aus Abschätzung und Anerkennung. Jerry streckte die Hand aus. „Schön, dich kennenzulernen. Hast du diese Tour schon mal mitgemacht?"

„Ja", erwiderte William und schlug ein.

„Wir gehen zum ersten Mal Angeln. Letztes Jahr haben wir eine Segeltour gemacht, und Steven hat es immer wieder geschafft, ins Wasser zu fallen."

„Das lässt du mich wohl nie vergessen, was, Mary – ich meine, Jerry?", jammerte Steven verschnupft.

„Sei nicht so empfindlich, ich habe nur einen Witz gemacht." Jerry drehte sich zu Mike, der ihm zeigte, wo er sein Zeug verstauen konnte.

Als alle an ihren Plätzen saßen, warf Mike den Motor an und Bubba löste die Taue. Dann setzte sich Mike in seinen Kapitänsstuhl, hochaufgerichtet und gerade wie ein Brett.

GORDON BEWEGTE sich verkrampft, und rückte weitmöglichst von den anderen ab. Man musste kein Genie sein, um zu erkennen, dass er sich äußerst unwohl fühlte. Glücklicherweise schien es den anderen nicht aufzufallen, denn sie unterhielten sich lebhaft miteinander.

„Woher kommst du?", fragte Skippy und rutschte neben William. „Wir vier sind alle aus Boston." Skippys Dialekt war unverkennbar, aber man hörte seiner Stimme trotzdem an, dass er in einem Umfeld aufgewachsen war, das darauf bedacht war, die auffälligsten Sprachfärbungen zu tilgen. Er trug teure Khakishorts und ein lavendelfarbenes Poloshirt – das perfekte Outfit für eine Schwulenparade.

„Providence. Ich war zum Angeln hier und sollte eigentlich jetzt bei einem Meeting sein, aber der Sturm hatte andere Pläne. Meine Mietwagenfirma hat auch Probleme und sie können mir erst in ein paar Tagen ein neues Auto schicken, deswegen hole ich das Beste aus meiner Zeit hier heraus. Wie seid ihr zum Fischen gekommen?"

„Vor ein paar Wochen haben wir beschlossen, ein paar Tage frei zu nehmen, um etwas Lustiges zu planen, und Jerry hat dann diese Tour gebucht." Skippy lehnte sich näher zu ihm heran. „Ich war ja für ein Partyboot, aber er wollte fischen, deswegen gehen wir fischen."

„Ihr werdet euch super unterhalten. Mike ist ein toller Kapitän und Bubba kümmert sich gut um euch."

Skippy verdrehte die Augen. „Meinst du den Typen, der am liebsten vom Schiff springen und ans Ufer schwimmen würde? Ich bitte dich. Der Kerl hat einen Blick auf uns geworfen und wollte gleich das Schiff verlassen. Ein Handschlag war das höchste der Gefühle. Seitdem meidet er uns, als könnte er sich mit Schwulsein anstecken." Er verdrehte die Augen noch einmal und William musste zugeben, dass es – vor allem für Mike – ein ziemlich lustiger Trip hätte werden können, wenn die Jungs sich nicht so eindeutig aufführen würden.

„Bubba ist schon in Ordnung. Nur ein bisschen konservativ."

„Weiß er über dich Bescheid?", fragte Skippy. William schüttelte den Kopf und schaute dann zu Mike hinüber, was er augenblicklich bereute. Skippy war extrem aufmerksam. Die anderen Jungs unterhielten sich und lachten, ohne den anderen Leuten auf dem Schiff allzu große Beachtung zu schenken, aber Skippy war aus einem anderen Holz geschnitzt.

„Was machst du so, wenn du nicht gerade fischen gehst?"

„Anwalt." Skippy gähnte affektiv. „Im Unternehmen meines Vaters. Er wollte, dass ich Jura studiere, also habe ich es gemacht." Er zuckte die Schultern, als wäre ihm der Wunsch seines Vaters in Fleisch und Blut übergegangen und nicht der Rede wert. „Ist keine große Sache. Ich bin ganz gut darin und bringe der Firma ein paar Milliönchen ein. Das macht meinen Vater glücklich, also kann ich mir ab und zu für ein paar Trips mit meinen Freunden frei nehmen." Offensichtlich war Skippy nicht so tuntig, wie er sich zu geben versuchte.

„Was ist mit den anderen?"

„Allesamt von Beruf aus Sohn. Allerdings hat Kyle tatsächlich einen richtigen Job. Darüber haben wir uns auch kennengelernt. Ich verwalte sie alle." Skippy zwinkerte und William grinste. Skippy erinnerte ihn an ein Chamäleon, und er schien ziemlich gut darin zu sein. William mochte ihn auf Anhieb. „Was ist mit dir?"

„Westmoreland Motors. Familienunternehmen", antwortete William und Skippy nickte.

„Von denen habe ich gehört. Ich arbeite mit meinem Vater …"

„… aber deine Mutter hält die Fäden in der Hand", beendete William lächelnd seinen Satz.

„Herrgott, ja. Meine Mutter hat zu allem eine Meinung. Unsere Abendessen arten meistens zu einer Vorstandssitzung aus." Skippy rollte mit den Augen. „Nur beim Gedanken daran kriege ich schon Verstopfung."

„Und wenn dein Vater mal was macht, das deine Mutter nicht so toll findet, dann tanzen die Puppen."

Skippy lachte. „Und wenn Mutter sagt, dass Dad der Boss ist, und ihr nichts ferner liegt, als sich einzumischen?"

William gluckste. „Dann weißt du, dass du tief in der Scheiße steckst, weil es darauf keine richtige Antwort gibt. Wenn Dad tut, was er will, wird Mom sauer, und wenn er auf Mom hört, verliert er sein Gesicht und wird selbst wütend."

„Dank des Unternehmens wird ein eigentlich entspanntes Essen im Kreise der Familie zu einem reinen Minenfeld."

William stöhnte leise. „Und dann fragen sich alle, warum ich so oft wie möglich auswärts esse." Er hob sein Wasser und Skippy tat es ihm gleich. Sie stießen mit den Plastikgläsern an und lachten. Nur selten fand William jemanden, der die Fallstricke seines Lebens so gut nachvollziehen konnte. „Ich komme ein paar Mal im Jahr her, um den Kopf frei zu bekommen."

„Hast du Kapitän Mike so kennengelernt?", fragte Skippy und William gab sein Bestes, sich keine Reaktion anmerken zu lassen. „Ist schon gut. Ich sag nichts. Die werden es nicht merken, solange sie Spaß, Bier und Wodka haben."

„Alkohol und Schiffe sind keine gute Kombination." Als wollte sie Williams Worten Nachdruck verleihen, schaukelte die *Decisions* heftig auf und ab, während sie den Schutz des Hafens hinter sich ließen und mit Kurs aufs offene Meer Welle um Welle nahmen. Der Seegang war nicht allzu stark, aber die angeregte Unterhaltung der anderen Passagiere erstarb recht schnell. „Werden die seekrank?"

Skippy zuckte die Schultern und William kramte in seinem Rucksack.

„Hey, Jungs. Nehmt ein paar hiervon. Die beruhigen den Magen und machen aber nicht schläfrig." Er reichte ihnen die Packung und alle nahmen eine Tablette, bevor sie mehr Getränke aus der Kühlbox zogen. „Haltet euch lieber erst mal an Wasser, bis sich eure Mägen beruhigt haben."

„In ein paar Minuten versuchen wir, unsere Lebendköder zu finden, dann geht's weiter raus", erklärte Mike. „Bubba stattet euch dann alle mit einer Angel aus und wir bringen euch bei, wie das funktioniert." Seine Stimme zeigte nichts von dem Spaß und der Tatkraft, die er an den Tag gelegt hatte, als er das letzte Mal mit William Angeln gewesen war. Mike war jetzt ganz der kühle Geschäftsmann und lächelte nicht einmal. William wollte ihm gern sagen, dass er sich entspannen und ein bisschen Spaß haben sollte, aber das war heute nicht angesagt. Gordon war so verschlossen wie eine Auster, während sie zugleich einen Haufen Spaßvögel an Bord hatten.

Mike wendete und steuerte das Boot dann geradeaus. Ein paar Minuten später stellte er den Motor aus und Gordon kletterte hoch auf den Bug und hielt Ausschau. „Wir suchen nach einer weißen Boje."

„Okay, Jungs", sagte Jerry und alle sprangen auf und starrten in verschiedene Richtungen, während die Wellen an den Schiffsrumpf klatschten.

Als Steven sich über die Reling beugte, wandte William sich erst ab, trat dann aber zu ihm, um ihm zu helfen. „Geht's dir jetzt etwas besser?", fragte William und reichte Steven eine Flasche Wasser.

„Jep." Steven nahm das Getränk und kam langsam wieder auf die Beine.

„Bleib eine Weile hier an der frischen Luft sitzen und schau auf den Horizont. Halt den Kopf so gerade wie möglich und pass deine Bewegungen denen des Bootes an. Das beruhigt deinen Magen."

„Danke." Steven klang ganz ausgelaugt. Er schaute zu den anderen hinüber, die nach den Bojen suchten. „Ich glaube nicht, dass sie uns sonderlich mögen. Ich habe Jerry gesagt, dass das hier keine gute Idee ist." Er wandte sich ab und schaute aufs Wasser hinaus.

„Die beiden sind gute Kerle. Gib ihnen ein bisschen Zeit." William hoffte, dass das reichte, um Gordon etwas lockerer werden zu lassen. Er war sich ziemlich sicher, dass William wegen Gordon so nervös war, aber es war nur eine Frage der Zeit, bis auch die anderen Jungs die Anspannung bemerkten, und das würde kein gutes Licht auf Mike werfen. Allerdings würde es auch nichts bringen, das Thema anzusprechen. „Schon was gefunden, Bubba?", rief William.

„Nö. Sieht aus, als hätte der Sturm alles durcheinandergewirbelt." Sie suchten noch eine Weile weiter und gaben dann auf. Gordon kehrte wieder zu ihnen zurück. „In Kürze kommen wir an unserem ersten Angelplatz an, also sucht euch schon mal ein bequemes Plätzchen." Er wartete, während die Jungs lautstark nach dem Logenplatz an der Reling suchten.

William ließ ihnen den Vortritt und nahm den letzten verbleibenden Platz ein. Dann wandte er sich an Skippy zu seiner Linken.

„Bubba hängt jetzt einen Fisch als Köder an deinen Haken. Dann wirfst du die Schnur aus. Lege deinen Daumen genau hierhin, damit die

Schnur nicht wieder zurückspringt und sich alles verheddert. Wenn du merkst, dass die Schnur unten angekommen ist, ziehst du ein bisschen und wartest, bis etwas anbeißt. Dann drehst du die Spule wie verrückt."

„Muss ich den Fisch selbst vom Haken nehmen?"

„Ne. Die haben scharfe Zähne und du kannst dich sogar an den Flossen schneiden. Überlass das also lieber Mike oder Gordon. Manche Fische müssen wir wieder zurückwerfen und andere dürfen wir behalten. Die beiden wissen da Bescheid und helfen euch dabei." William erhob die Stimme. „Die Jungs sind Experten und machen das seit Jahren, also hört besser auf sie."

Einvernehmliches Nicken.

„Was habt ihr mit den Unmengen an Fisch vor, die ihr fangen werdet?"

„Wir haben ein Haus am Strand gemietet und hatten eigentlich vor, eine Party oder so was zu schmeißen. Wir haben einen Grill und Steven ist unser Chefkoch, deswegen ist er dafür verantwortlich, was mit den Fischen passiert." Jerry hatte alles gut durchgeplant.

Als Mike den ersten Angelplatz erreichte, versah Gordon alle Haken mit Ködern und sie machten sich ans Fischen. Bei William biss direkt einer an, und der fühlte sich verdammt riesig an. Er drehte wie verrückt und kämpfte gegen die dünne Schnur. Verdammt wollte er sein, wenn er nicht einen riesigen Zackenbarsch zutage förderte!

„Was ein Glück!", erklärte Mike und nahm den Fisch vom Haken. Er warf ihn ohne zu zögern in das Fass mit Eis. Auch Jerry fing einen Fisch, und die anderen folgten ihm kurz danach. Zwei kleine Zackenbarsche und zwei Rote Schnapper, die sie wieder ins Meer zurückwarfen. Danach nahm ihr Fangerfolg ab. William gelang ein weiterer Fang, ein kleiner Zackenbarsch, der auch wieder zurückgeworfen werden musste. Dann holte Mike ihre Angelschnüre ein und hielt auf einen anderen Fleck zu.

Voller Erwartung und Aufregung sprachen sie über die Fische und darüber, was sie noch zu fangen hofften. Gordon erledigte seine Arbeit effizient wie immer und versah alle Angeln mit Ködern. Von jedem der Jungs bekam er ein Dankeschön. Steven sah weniger grün und entspannter aus, als es auf Mittag zuging, und sie von einem Angelplatz zum nächsten zogen. Später aßen sie zu Mittag, und während Mike erneut vor Anker ging, lachten die Jungs und erzählten sich Geschichten von ihren verrücktesten Erlebnissen. Natürlich drehten sich alle um Männer, und Gordons Augen wurden kugelrund.

Der Nachmittag verging ebenso wie der Morgen. Sie fingen noch einige Fische, die direkt ins Fass wanderten, und ziemlich viele Fische, die sie wieder freilassen mussten.

„Letzter Fangplatz", rief Mike, als die Sonne schon tief am Himmel stand.

Gordon bereitete ein letztes Mal die Köder vor und sie machten sich zum Angeln bereit. Steven rief, er habe etwas am Haken und neben ihm kurbelte auch Jerry wie verrückt an seiner Spule. Als Jerrys leerer Haken durch die Wasseroberfläche brach, zog er seine Angelrute nach oben und der Haken schoss durch die Luft – direkt in Gordons Oberschenkel. Er schrie auf und die anderen legten augenblicklich ihre Angeln nieder. Mike sprang ihm sofort zur Seite, während Jerry sich überschwänglich entschuldigte. Gordon fluchte unterdrückt, und William, der ihm am nächsten stand, konnte die wenig schmeichelhaften Worte gut verstehen. Genau wie Mike. Der war ganz eindeutig mit der Situation überfordert, aber schnell wurde klar, dass die anderen Gordons Gemurmel auch verstanden hatten und es gekonnt ignorierten.

„Das reicht. Lass mich mal einen Blick darauf werfen."

„Nein", erwiderte Kyle ohne einen Anflug von Groll. „Ich habe einen Arztkoffer in meinem Gepäck." Er wandte sich an Steven. „Holst du ihn mir bitte? Mike, hast du Scheren da? Gordon, leg dich ruhig hin." Die Autorität in seiner Stimme ließ alle anderen strammstehen.

„Hier ist dein Koffer."

Mike reichte ihm eine Schere und Kyle zerschnitt als erstes die Angelschnur, bevor er Gordons Shorts ein Stück hochschob. Glücklicherweise hatte sich der Haken nicht zu tief ins Fleisch gebohrt.

Kyle kürzte den Rest der Angelschnur und das hintere Ende des Hakens. „Du musst jetzt die Zähne zusammenbeißen und wegschauen. Ich muss den Haken einmal durchdrücken, dann kann ich ihn entfernen und die Wunde desinfizieren."

„Bist du Arzt?", presste Gordon heraus.

„Jep. Plastischer Chirurg." Kyle grinste und wandte sich wieder Gordons Bein zu.

William trat einen Schritt heran und legte seine Hände auf Gordons Schultern. „Du musst stillhalten." Er wandte den Blick ab. Gordon griff nach seinem Arm, biss die Zähne zusammen und versuchte, nicht zu schreien.

„Hast es schon geschafft", sagte Kyle. „Ich desinfiziere jetzt die Wunde. Sie ist nicht so groß, dass sie genäht werden müsste, aber hol dir besser eine Tetanusspritze, wenn du in der letzten Zeit keine hattest. Und beobachte die Wunde in den nächsten Tagen. Wer weiß, was an diesem Haken hing."

William ließ Gordons Schultern los und Kyle desinfizierte und verband die Wunde.

„Das sollte reichen, aber geh trotzdem so schnell du kannst zum Arzt."

„Mach ich." Gordon kam wieder auf die Beine, während Mike so schnell er konnte auf den Hafen zusteuerte.

William half Gordon, sich bequem hinzusetzen und räumte die Ausrüstung zusammen, soweit er wusste, wohin mit all dem Kram. Die Stimmung auf dem Boot entspannte sich schnell wieder. Alle lachten und redeten den ganzen Rückweg über. Als sie angelegt hatten, half William den Jungs, ihren Kram von Bord zu schaffen, und füllte die Fische in eine ihrer Kühlboxen um.

„Unser Haus liegt ein Stück die Küste rauf, vielleicht eine Meile oder so", sagte Jerry. „Ich kann mich nicht mehr an die Adresse erinnern, aber es ist weiß mit vielen Mauern im Vorgarten."

„Das kenne ich", sagte Mike leicht beeindruckt.

„Wir nehmen die Fische aus und bereiten sie direkt zu, also wenn ihr uns Gesellschaft leisten wollt, seid ihr herzlich Willkommen." Jerry reichte Gordon, Mike und William die Hand, kletterte auf den Bootssteg und lief zu dem riesigen SUV, der neben Mikes Truck parkte.

„Gott, das war ja mal was ganz Neues", schnaufte Gordon. „Ich glaube, so einen affektierten und überdrehten Tag habe ich noch nie erlebt." Er verdrehte die Augen. „Ich habe mich gefragt, ob die mich jetzt den ganzen Tag lang anstarren, oder so."

William biss sich auf die Unterlippe. Herrgott noch mal. Warum dachten eigentlich alle Heteromänner, selbst die Schmuddeligen mit Bierbauch, dass jeder Schwule automatisch ein Auge auf sie werfen würde? „Ich glaube, darüber brauchst du dir keine Sorgen zu machen." William hatte den Mund halten wollen. Wirklich.

„Was soll das denn heißen?" Gordon drehte sich zu ihm um, die Hände in die Hüften gestemmt.

„Hast du dir die Jungs mal angeguckt? Die trugen ordentliche Klamotten, teures Rasierwasser, jedes einzelne Haar war perfekt gestylt, zumindest am Anfang der Tour. Und du machst dir Sorgen, die könnten auf dich abfahren?" Er verdrehte übertrieben die Augen.

„Willst du damit sagen, ich wäre nicht gut genug für solche Typen?"

„Ich sage nur, dass sie dein permanenter Out-of-Bed-Look, dein Bierbauch und dein Eau de Fisch bestimmt nicht anturnen würde." William wandte sich an Mike, der den Blick abgewandt hatte und ausgesprochen beschäftigt tat.

„Da hat er recht", stimmte Mike zu. „Wann hat dich das letzte Mal eine Frau angeschaut, wenn du so herumgelaufen bist, wie jetzt?" Gott sei Dank kam er William zur Hilfe. „Egal, wer unsere Kunden sind, unser Job ist es, ihnen einen schönen Tag zu bereiten. Ich habe gehört, was du gesagt hast, und sie haben es auch gehört." Mikes Nasenflügel bebten und er wirkte ungewohnt streng. „Es ist mir egal, was du von unseren Gästen hältst, aber behalte es bitte für dich. Diese Jungs haben für einen ganzen Tag auf dem Boot bezahlt, und das heißt, dass wir sie mit demselben Respekt behandeln, wie alle anderen Kunden auch."

„Aber …" Gordon schien sich nicht sicher zu sein, was er von Mikes Worten halten sollte.

„Das sind unsere Kunden, und sie bezahlen unsere Rechnungen."

„Aber was, wenn sie wieder in den Norden zurückkehren und allen von uns erzählen, und wir dann überrannt werden von Männern wie …" Er schaute zum Bootssteg, wo die vier schon längst nicht mehr zu sehen waren.

„Ich denke, dem hast du schon gut genug vorgebeugt. Ich kann es mir nicht leisten, Werbung zu machen, deswegen sind wir auf die Mundpropaganda unserer Gäste angewiesen. Wovon werden die vier wohl erzählen? Davon, dass sie einen tollen Tag hatten, oder dass der Erste Offizier Dinge gesagt hat, die man eigentlich nicht sagen sollte?" Mike entspannte sich wieder, aber er schien immer noch wild entschlossen und, soweit William es erkennen konnte, sehr nervös, auch wenn William bezweifelte, dass Gordon sich irgendetwas dabei denken würde. Was Mike hier tat erforderte Mut. „Lass auf jeden Fall jemanden dein Bein anschauen. Unsere nächste Tour ist am Donnerstag."

„Du willst immer noch …?"

„Natürlich, du Hornochse. Du bist immer noch mein Bubba. Wie lange kennen wir uns jetzt schon? Denk nur bitte das nächste Mal an unsere Kunden."

Gordon nickte und ging langsam auf seinen alten Truck zu.

„Das war interessant", sagte Mike, während sie die Ausrüstung abluden. „Ich hatte schon immer vermutet, dass Gordon ein Problem mit Homosexuellen hat, aber die Bestätigung tut weh."

„Ja, da hast du recht. Ich weiß, dass du Bedenken hattest, etwas zu sagen, weil … na ja, ich sag mal, aus Datenschutzgründen." William konnte gut verstehen, dass Mike in dieser kleinen, konservativen Stadt nicht offen sein konnte, würde das doch ein großes Risiko für ihn selbst und sein Geschäft bedeuten. „Ich hätte den Mund halten sollen."

„Nein." Mike drehte sich um während Gordons ausparkte. „Gordon hat sich unprofessionell verhalten, und das dürfen wir nicht sein, wenn wir das Geschäft am Laufen halten wollen. Allein in unserem Hafen gibt es viele andere Boote, die Angeltouren anbieten, ganz zu schweigen von den Nachbarstädten und dem Rest der Küste. Ich kann mir nicht leisten, Kunden vor den Kopf zu stoßen, nur weil Gordon extreme Ansichten hat, die ins Private gehören." Mike legte die Seile ab, die er schleppte, und fluchte unterdrückt.

„Das nimmt dich alles ziemlich mit", stellte William fest und half Mike beim Verstauen der Ausrüstung.

„Natürlich. Als er diese fiesen Sachen gemurmelt hat, nachdem er vom Haken getroffen wurde … es hat sich angefühlt, als würde er sie zu mir sagen." Mike sammelte die elektronischen Gerätschaften.

„Ich räume die Kühlboxen hinten in den Truck." William hievte die erste hoch und trug sie zum Wagen. Als er die zweite holte, gingen die Straßenlampen auf dem Parkplatz an. „Hey, schau mal." Es schien wieder Strom zu geben, denn der ganze Stadtteil war plötzlich hell erleuchtet.

William nahm sich ein paar Minuten Zeit, um nach seinem Mietwagen zu schauen. Er stand noch dort, wo er ihn hinterlassen hatte und sah ganz proper aus – einmal abgesehen davon, dass er nicht anspringen wollte. William rief noch einmal bei der Leihwagenfirma an, und dieses Mal erfuhr er, dass am nächsten Tag jemand kommen, seinen alten Wagen abholen und ihm gleichzeitig einen neuen bereitstellen würde. Er war gleichermaßen erleichtert und traurig. Natürlich brauchte er einen eigenen Wagen, aber sobald er ihn hatte, würde es keine Entschuldigung mehr geben, warum das Meeting in Atlanta nicht absolute Priorität hatte.

Er schaltete sein Smartphone aus und drehte sich zu Mike um, der das Boot für die Nacht sicherte. Der Tag neigte sich dem Ende und Mike schaltete die batteriebetriebenen Lichter an. Er bewegte sich mit einer vornehmen, fließenden Anmut, die gar nicht zu seiner Größe passte. William vermutete, dass Mike jetzt die Ausrüstung verstaute, aber eigentlich war es ihm egal.

„Du magst ihn, oder?"

Überrascht drehte William sich um. „Ich dachte, ihr wäret schon weg."

Skippy warf seinen Rucksack über die Schulter. „Der ist vom Truck gefallen, deswegen bin ich wieder hergelaufen, um ihn zu suchen." Er stand direkt neben ihm, und William wusste, dass er dasselbe sah, wie er. „Du weißt, dass das vollkommen in Ordnung ist."

„Ja und nein. Ich gehöre nicht hier her und er würde niemals in die exklusive Welt meiner Eltern in Providence passen." Vor seinem geistigen Auge sah er Mike auf eine Wohltätigkeitsgala seiner Mutter spazieren. William lächelte. Verdammt, vielleicht war es genau das, was dieser spießige Haufen brauchte. Aber er würde Mike niemals so etwas aussetzen. Die Gerüchte konnten grausam sein.

„Ich bin mir nicht sicher, ob du wirklich nicht hierhergehörst." Skippy stupste ihn kumpelhaft in die Seite. „Und ob er bei dir zu Hause reinpasst, damit kenne ich mich ein bisschen aus. Das muss er nämlich nicht, solange er zu dir passt."

Genau das war die Frage, und William wusste, dass er sich dessen noch nicht sicher sein konnte. Und wahrscheinlich würde er auch nicht die Gelegenheit haben, es herauszufinden.

Mike fuhr mit seiner Arbeit fort und war sich seines Publikums nicht bewusst.

„Mike ist …" Williams Worte schafften es nicht an dem Kloß in seinem Hals vorbei. „Das hier ist die einzige Welt, die er kennt. Er kümmert sich um seine Mutter und seine Tochter … Ich glaube nicht, dass ich schon mal jemanden wie ihn getroffen habe."

„Das verstehe ich." Skippy rückte von ihm ab. „Ich muss jetzt wieder zurück, aber die Einladung war ernst gemeint. Wir haben jede Menge Fisch und tonnenweise Essen. Leistet uns doch ein bisschen Gesellschaft, ihr alle."

„Ich frage mal Mike."

Skippy machte sich auf den Weg zur Straße und William ging zum Boot, wo Mike gerade fertig wurde. „Skippy war gerade hier, er hatte seinen Rucksack verloren. Er hat seine Einladung noch mal wiederholt."

Mike schaltete die Lichter aus. „Ich weiß nicht, ob ich hingehen soll. Gordon und …" Mike schaute sich auf dem größtenteils dunklen Bootssteg um, und William spürte, wie er sich abschottete.

„Okay, dann lass uns fahren. Carrie wartet bestimmt zu Hause auf dich." Er würde Mike nicht drängen. Das hier war nicht sein Revier. Seinetwegen konnte er hier sein und hatte einen Schlafplatz, und er hatte bestimmt kein Recht, Mike vorzuschreiben, wie er sein Leben zu führen hatte. Er hatte eine Familie und eine Tochter.

Mike nickte und kletterte vom Boot, schaute noch einmal zurück, um zu kontrollieren, ob alles in Ordnung war, und dann fuhr er sie beide nach Hause.

„Daddy!", rief Carrie vergnügt, während sie aus dem Haus stürmte und sich in Mikes Arme warf. „Habt ihr viele Fische gefangen?"

„Jep, und wir sind zu einer Party eingeladen worden. Deswegen zieh dich jetzt schnell um, dann können wir los." Mike folgte ihr ins Haus.

Wie vom Donner gerührt stand William einen Augenblick regungslos da, bevor er sich den beiden anschloss. Mike überraschte ihn immer wieder, was nur wenige Leute vermochten. Im Kontakt mit den gesellschaftlichen Kontakten seiner Eltern und ihrer ganzen Scheinheiligkeit hatte er gelernt, Menschen sehr genau zu beobachten, und er war sehr gut darin, andere zu durchschauen. Deshalb hatte sein Vater ihn auch unbedingt bei dem Meeting in Atlanta dabeihaben wollen. Aber Mike schaffte es, ihn zu überraschen.

In seinem Zimmer zog William saubere Shorts und ein frisches T-Shirt an.

„Bist du dir sicher, dass du nicht mitwillst?", fragte Mike seine Mutter.

„Absolut. Ich bin froh, wenn ich ein paar ruhige Stunden habe." Sie scheuchte sie alle aus der Tür, und nachdem Carrie sicher auf dem Rücksitz angeschnallt war, fuhr Mike zum Strand.

Die Nacht war überraschend ruhig, und das Haus, vor dem sie parkten, war atemberaubend. William fragte sich laut, warum es den Sturm so gut überstanden hatte.

„Das Haus wurde gebaut, als die Leute noch wussten, was sie taten", erklärte Mike. „Ich bin mein ganzes Leben daran vorbeigefahren und wollte es immer schon von innen sehen. Mein Großvater hat mir immer Geschichten von der Familie erzählt, die es gebaut hat."

Sie stiegen aus und Mike nahm Carrie bei der Hand. William folgte ihnen zur Eingangstür, die sich öffnete, bevor sie dort ankamen.

Jerry trat heraus. „Toll, dass ihr gekommen seid", sagte er glücklich. „Kommt rein. Die Party findet hinten statt." Er hielt ihnen die Tür auf und sie traten ein. Das Haus war unglaublich, ausgestattet mit Antiquitäten und faszinierenden Holzarbeiten und Handwerkskunst. Es sah aus, wie ein Bild aus einem Geschichtsbuch.

„Wie seid ihr an dieses Haus gekommen?", fragte William.

„Na ja, es gehört einem Klienten unserer Firma, und der hat es mir für das Wochenende überlassen." Jerry schloss die Tür. „Das Haus ist seit Jahren im Besitz der Familie. Der Deal war, dass wir darauf achten, dass es den Hurrikan gut übersteht, und wie ihr sehen könnt, hat das alte Mädchen es geschafft. Am Dach sind ein paar Schäden entstanden, aber die Verwalter haben sich schon um die Reparatur gekümmert." Jerry führte sie durch den überwältigenden Innenbereich, vorbei an Räumen, die gut in ein Vorkriegsmuseum gepasst hätten.

„Daddy", sagte Carrie ehrfürchtig, so als würde sie gerade zum ersten Mal in ihrem Leben ein Feuerwerk sehen.

„Ich weiß. Ist das nicht hübsch hier?"

Sie nickte und Jerry führte sie zur Gartentür und hinaus auf mehrere Morgen Grasfläche und Sand. Das Haus lag überraschend weit vom Meer entfernt, und die Steinmauer zwischen dem Grundstück und dem Wasser ließ keinen Zweifel, wie das Haus den Wellen und Wogen standgehalten hatte.

„Jungs, schaut mal, wer da ist", rief Jerry und die anderen drei winkten ihnen zur Begrüßung zu.

„Ist das deine Tochter?", fragte Kyle lächelnd.

„Jawohl. Das ist Carrie. Sie liebt Fisch und ich hoffe es ist okay, dass ich sie mitgebracht habe, aber wir haben nicht allzu viel Zeit zusammen ..."

„Natürlich ist das okay", rief Steven, der in Shorts und einer *Kiss-the-Cook*-Schürze am Grill stand. Die anderen Jungs nahmen die Aufschrift beim Wort.

William warf dem irritierten Mike seinen besten „Was hast du denn erwartet?"-Blick zu, sagte aber nichts.

„Daddy, die Männer küssen sich", flüsterte Carrie hörbar und Mike lief rot an.

William gab sich Mühe, so zu tun, als hätte er ihren Kommentar nicht gehört, aber seine Neugier siegte, denn er wollte unbedingt wissen, wie Mike diese Situation meisterte. Dem schien es jedoch die Sprache verschlagen zu haben. „Carrie", sagte William und ging in die Hocke, bis er auf einer Höhe mit ihr war. „Es ist okay, die Leute zu küssen, die man gern hat."

„Aber Jungen küssen Mädchen."

„Und manchmal küssen Jungs auch andere Jungs, wenn sie sich gernhaben. Das ist auch in Ordnung." William hoffte, sich damit nicht auf zu dünnes Eis zu begeben, und er warf einen Blick zu Mike.

„Das stimmt. Wenn man sich gern hat, ist alles andere egal."

„Da hat unsere Lehrerin aber was ganz anderes gesagt", gab Carrie zurück und schaute zwischen ihnen hin und her. William trat einen Schritt zurück. Das war jetzt Mikes Baustelle.

„Lehrer haben nicht immer recht. Was William und ich dir gerade gesagt haben, stimmt aber. Es ist egal, ob Jungen Mädchen küssen oder andere Jungen, solange sie sich mögen und beide einverstanden sind. Okay?" Mike schaute äußerst unbehaglich drein, und William war sich nicht ganz sicher, ob es an dem Gespräch mit seiner Tochter lag, oder an dem Ort, an dem sie sich befanden. „Jeder darf jeden lieben, den er will."

„Aber Mrs. Carter …"

„Süße, Mrs. Carter ist eine nette Dame, aber sie hat nicht immer recht. Wirklich." Er umarmte Carrie und flüsterte über ihre Schulter hinweg: „Und sie ist die Frau des Pfarrers und bringt ihre Meinung überall ein, wo sie nichts zu suchen hat."

William nickte zustimmend. Dann wandte er sich an ihre Gastgeber. „Wie kann ich euch helfen?"

„Wir haben alles unter Kontrolle, also setz dich hin und entspann dich." Kyle brachte ihnen zwei Bier und eine Limonade für Carrie und deutete auf ein paar Stühle im Schatten einer großen Pergola. Ein paar Ventilatoren wirbelten die Luft auf.

Mike setzte sich. Carrie kletterte auf seinen Schoß und nippte an der bauchigen Orangina-Flasche.

„Das mag ich. Können wir auch welches kaufen?", fragte sie grinsend.

„Schauen wir mal", erwiderte Mike und schaute auf das Etikett. „Vielleicht für besondere Anlässe."

„Kann ich zum Strand? Ich will Muscheln sammeln." Carrie rutschte von Mikes Schoß. „Ich gehe auch nicht ins Wasser."

„Okay. Aber bleib in Sichtweite, okay?" Carrie stellte die fast leere Flasche auf den Tisch neben Mike und stürmte davon. „Weißt du … ich wusste eben einfach nicht, was ich ihr sagen sollte."

„Wenn ich da einen Schritt zu weit gegangen bin …"

Mike schüttelte den Kopf. „Ich habe nie darüber nachgedacht, wie ich …" Er seufzte. „Wahrscheinlich sollte ich ihr sagen, was sie meiner Meinung nach wissen sollte, anstatt davon auszugehen, was andere möglicherweise denken könnten. Ich will nicht, dass Carrie in die Schule geht und die anderen Kinder sie schikanieren oder ihr sagen, dass sie falsch liegt."

„Wie geht's Bubba?", fragte Kyle, setzte sich ihnen gegenüber und legte die Füße auf einen Hocker. Er trug Socken.

„Er sah ganz okay aus."

„Geht er morgen auch zum Arzt?" Kyle nippte an seinem Martiniglas.

„Bubba geht erst zum Arzt, wenn der Tod an seine Tür klopft oder ihm ein Bein abfallen würde. Das ist sein Motto. Zieh's durch und lass dich von nichts aufhalten, bis du aus den Latschen kippst."

„Da sollte lieber jemand einen Blick drauf werfen. Der Haken war schmutzig und die Wunde wird sich höchstwahrscheinlich entzünden."

„Ich werde ihm damit in den Ohren liegen." Mike schaute zum Wasser, wo Carrie sich gerade vorbeugte, etwas aufhob und dann wieder fallen ließ.

„Sie ist goldig", sagte Kyle. „Ich habe ihre Frage gehört."

„Ja. Ich denke, ich hätte mir ein paar Gedanken machen sollen, bevor ich sie hergebracht habe. Hier bei uns ist man ... ein bisschen konservativer. Wir gehören hier zwar nicht offiziell zum Bibelgürtel, aber der Großteil der Leute lebt doch sehr nach den christlichen Prinzipien."

Kyle nickte. „Wenn du meine Meinung dazu hören willst: Ich denke, du solltest Carrie nach deinen Vorstellungen erziehen, und nicht nach denen deiner Mitmenschen. Und nur damit du es weißt: Deine Antwort war genau richtig. Im Endeffekt muss sie sich ihre eigene Meinung und Wertvorstellungen bilden. Du kannst sie führen, aber sie wird zu einer jungen Dame mit einem eigenen Kopf heranwachsen."

„Davon gehe ich aus." Mike schien immer noch verwirrt, und William wollte seine Hand nehmen, um ihn zu beruhigen, aber er war sich nicht sicher, wie Mike reagieren würde, jetzt wo Carrie in der Nähe herumlief. Also versuchte er, Mike seine Zusicherung telepathisch zu schicken und ließ die Hände auf seinen Oberschenkeln liegen. „Ich will, dass sie glücklich ist und weiß, dass es mehr auf der Welt gibt als diese Stadt und das, was ich ihr bieten kann."

William konnte nicht anders. Er griff trotzdem nach Mikes Hand. „Du gibst jeden Tag dein ganzes Leben für sie her, und das ist das einzige, was zählt."

Kyles Blick wanderte zu ihren ineinander verschränkten Händen und seine Augen weiteten sich kaum merklich. „Das hätte ich jetzt nicht gedacht."

„Ich schon", sagte Skippy und kam zu ihnen herübergesprungen. „Ich habe bessere Antennen für so was als du!" Er ließ sich auf Kyles Schoß fallen. „Das habe ich immer, Herr Doktor."

„Skippy", sagte Kyle leise.

„Spielst du mir den Doktor, wenn ich böse bin? Krieg ich dann eine Spritze in den Popo?" Er wackelte mit den Augenbrauen, stöhnte und legte die Arme um Kyle.

„Fangt ihr beiden schon wieder an?", fragte Jerry. „Ihr könntet lieber schon mal alles aus dem Haus holen."

„Bin schon dabei." Skippy wand sich von Kyles Schoß und hastete ins Haus. Kyle schien erleichtert, folgte ihm aber kurz darauf. William fragte sich, was das mit den beiden zu bedeuten hatte, aber es stand ihm nicht zu, sie darauf anzusprechen. Er hatte ein seltsames Gefühl, als wäre Skippy in Kyle verliebt, während dieser zögerte und ihn zurückwies. William hatte das Gefühl, dass Kyles Widerstand wuchs, je hartnäckiger Skippy es versuchte, und dass sich im Laufe der Zeit eine Art Spiel zwischen den beiden entwickelt hatte.

William stand auf und ging zum Strand, wo Carrie noch immer den Sand nach Schätzen durchkämmte. „Hast du was Schönes gefunden?"

„Einen Vierteldollar", sagte sie grinsend. „Und ein paar tolle Muscheln." Sie zeigte ihm ihre Ausbeute.

„Darf ich?", fragte William und nahm ihr die Münze aus der Hand. Sie hatte wirklich die Größe eines 25-Cent-Stücks, sah aber anders aus. „Das ist kein Vierteldollar." Er gab ihr die Münze zurück. „Ich glaube, die kommt aus Spanien und ist sehr alt. Zeig sie mal deinem Dad."

„Wirklich? Ist das ein richtiger Schatz?" Carries Augen leuchteten.

„So kann man es wohl nennen. Wo hast du das denn gefunden?", fragte William. Sie zeigte ihm die Stelle. William buddelte ein wenig herum, fand aber nichts mehr. Es handelte sich um eine einzelne Münze, die von irgendwoher an den Strand gespült worden war, um in der Sammlung eines kleinen Mädchens zu landen.

„Kann ich sie Dad zeigen?" Sie umklammerte die Münze jetzt besonders fest.

„Klar. Hau rein." William lächelte als Carrie über den Sand davonrannte. Er folgte ihr und kam wieder bei den anderen an, als sie sich zusammengeschart hatten, um Carries Fund zu bewundern.

„In Tallahassee gibt es einen Münzhändler. Wir können zu ihm fahren und hören, was er dazu sagt." Mike steckte das Geldstück in die Tasche und Carrie rannte zurück zum Strand, um nach mehr zu suchen. „Wir essen gleich!"

„Sie ist total aufgeregt", teilte William ihm mit und beobachtete Carrie, die den Sand musterte. „Sie sieht aus, als hätte sie gerade das Goldfieber gepackt."

„Wenn sie das macht, dann kann sie sich ja irgendwann um ihren alten Herrn kümmern." William klopfte Mike sanft auf die Schulter und sie setzten sich zum Essen an den Tisch auf der Veranda.

„Ich sollte sie besser mal rufen."

Kyle stupste Mike an. „Lass sie gewähren. Sie kann essen, wenn sie Lust dazu hat. Die Sonne ist bald weg und dann ist ihr Spaß vorbei."

Das Essen war ein Fest für alle Sinne. Steven war wirklich begnadet, und nach einer Weile kam auch Carrie herbei und setzte sich neben Mike. Der Fisch war vorzüglich, mit einer leichten Buttersoße, die hervorragend mit dem frischen Fisch harmonierte. Dazu gab es buntes Gemüse und knackigen Salat.

William seufzte zufrieden, während ihre neuen Freunde eine Geschichte nach der anderen auftischten – Steven erzählte von Missgeschicken in der Küche und Skippy von dummen Kriminellen. Schließlich schaltete Kyle sich mit einem Bericht von chirurgischen Malheuren ein. Mike erzählte von Walen und riesigen Wasserschildkröten im Meer. William hatte wenig hinzuzufügen und blieb weitestgehend ruhig. Sein Arbeitsalltag war ziemlich stumpfsinnig. Ihm wurde bewusst, wie unbewegt und gewöhnlich sein Leben doch geworden war, und wie sehr er die vertraute Wärme des Golfwinds vermissen würde, wenn er nach Hause zurückkehrte. Er wollte, dass das hier niemals endete, aber die echte Welt rief immer lauter nach ihm.

6

MIKE FÜHLTE sich immer wohler beim Abendessen mit den Jungs, und als die Sonne gänzlich untergegangen war und sich die Dunkelheit über das Wasser gebreitet hatte, merkte er das erste Mal den langen Tag in den Knochen. Dennoch wollte er nicht, dass der Tag endete.

„Vielen Dank für dieses wundervolle Abendessen." *Und eine erhellende Erfahrung.*

„Gern geschehen."

Mike zögerte. „Ich sollte mich noch für einige Dinge entschuldigen, die heute gesagt worden sind." Er war sich nicht sicher, wie er das, was ihm seit Stunden durch den Kopf ging, ansprechen sollte. Niemand hatte über Gordons Verhalten gesprochen, aber der Gedanke daran hatte ihn den ganzen Abend über nicht losgelassen.

„Ist schon okay", sagte Jerry lächelnd und wandte sich an William. „Dir wünsche ich morgen eine gute Rückreise."

„Danke dir." William reichte allen die Hand und Mike führte Carrie sanft ums Haus herum zum Truck.

Im Wagen sprachen sie kein Wort. Carrie war müde und schlief sofort ein. Mike umklammerte das Steuerrad, während er nach Hause fuhr.

„Was ist los?", fragte William leise. „Wenn du das Lenkrad noch fester anfasst, werden deine Finger komplett weiß."

„Morgen fährst du wohl ab." Mike versuchte, so neutral wie möglich zu klingen, aber Einsamkeit und Verlust hatten sich bereits in seiner Seele eingenistet.

„Ich muss", flüsterte William. „Ich muss zu meinen Daten und Fakten zurückkehren und meinem Dad helfen, das Unternehmen zu führen. Zu Geschäftsessen gehen und Veranstaltungen, die so fade sind wie der Gummiadler, der dabei serviert wird."

Mike drehte sich zu ihm um und sah William schwer schlucken. Seine Aufmerksamkeit wanderte kurz zu dem Knoten in seiner Brust, bis er sich wieder auf die Straße konzentrieren konnte. „Ich schätze, das alles hier wird wohl zu einer schönen Erinnerung verblassen."

„Nein. Das hier wird *die* Erinnerung." William wandte sich ab und schaute die letzten paar Meilen über aus dem Fenster, bis Mike in die Auffahrt einbog.

Mike trug Carrie ins Haus und seine Mutter steckte sie ins Bett. William war noch nicht hereingekommen und Mike trat wieder vor die Tür, wo er hinauf in den Himmel starrte.

„Ich weiß, dass ich wieder zurückmuss."

„Jep." Mike war das ebenfalls bewusst, aber trotzdem tat es weh. Das hier war ein Intermezzo in ihrer beider Leben, ein Bruch mit der Normalität, der nicht ewig dauern konnte. Mike machte sich keine Illusionen. Er konnte unmöglich William darum bitten, sein Leben aufzugeben, um zu ihm zu ziehen und mit ihm zusammen zu sein. Diese ganze Affäre hatte nur drei Tage angedauert, auch wenn Williams Abreise ihm das Herz zerreißen würde.

„Ich will nicht. Mir gefällt es hier."

Mike brachte es nicht über sich, William darum zu bitten, bei ihm zu bleiben. Das konnte er nicht von ihm verlangen. In den letzten Tagen hatte er einen Teil seiner wahren Persönlichkeit ans Tageslicht gelassen, zumindest in Williams Gesellschaft. „Mir gefällt es hier auch." Er schluckte schwer. „Mir gefällt es, wenn du bei mir bist, und wer ich bei dir sein kann." Diese Person würde gemeinsam mit William verschwinden.

An dieser Stelle gab es nichts mehr zu sagen. Die Situation war nicht zu ändern. Mike drehte sich um, ging ins Haus und ließ William zurück. Er hatte immer noch Arbeit vor sich, und die würde sich nicht von allein erledigen.

Er brauchte eine Stunde, um sich um das Essen und das Stromaggregat zu kümmern. Als er sich fürs Bett fertig machte, hörte er, wie sich die Gartentür öffnete und wieder schloss. In der Küche traf er auf William und kurzentschlossen öffnete er jedem von ihnen ein Bier. Es gab keine Worte, die das Loch, das sich tief in ihm auftat, hätten beschreiben können.

Mike leerte die Dose mit wenigen Schlucken und wollte am liebsten direkt noch eine. Ihm war alles recht, was den gähnenden Alltagsschlund, der sich vor ihm auftat, schließen und die fiesen Stiche der Einsamkeit in seinem Kopf betäuben konnte. „Bis morgen dann." Mike stand auf und ging ins Bad. Er wusch sich schnell, ging in sein Zimmer und lauschte William, der nach ihm ins Bad ging.

Er hoffte nichts mehr, als dass William in sein Zimmer kommen würde, wusste aber auch, dass ein sauberer Schnitt das Beste wäre. Ein paar Minuten später jedoch, als es ganz still im Haus geworden war, fühlte er mehr, als dass er es hörte, wie William in sein Schlafzimmer trat. Mike sagte nichts, als William sich zu ihm legte. Worte waren bedeutungslos.

Mike zog William zu sich heran und hielt und küsste ihn so fest er konnte. Schon nach kurzer Zeit bebten ihre Körper. In Sekundenschnelle wurden sie ihre Kleidung los und die Dunkelheit vermischte sich mit Hitze, bis beides von einem plötzlichen Lichtblitz durchzuckt wurde. Mike brauchte einen Moment, bis er verstand, woher dieses Licht kam.

„Warte hier", flüsterte er und zog eilig Hose und T-Shirt an. Dann hastete er durchs Haus, schloss alle Fenster und schaltete das Licht aus. Dann steckte er die Wasserpumpe und alles andere wieder in die normalen Steckdosen und schaltete den Stromgenerator aus. Als er fertig war, hatte die Klimaanlage das Haus schon etwas gekühlt, und er schaute noch schnell nach Carrie, bevor er in sein Schlafzimmer zurückkehrte. Schritt für Schritt kehrte die Normalität zurück, was gleichzeitig gut und schlecht war, langweilig und routiniert.

Er schloss die Tür hinter sich und stieg zurück ins Bett. William erwartete ihn mit ausgebreiteten Armen und einem Mund, der den seinen im Nu verschlang. Mike streifte seine Kleidung ab und hatte die Unterbrechung sofort wieder vergessen. Er presste sich gegen William, Brust an Brust, Hüfte an Hüfte. Sie hatten nur noch ein paar Stunden und er würde das Beste aus der Zeit herausholen.

„Endlich", stöhnte William tief. Er schubste Mike aufs Bett und setzte sich grinsend rittlings auf ihn. „Und ich werde dafür sorgen, dass du mich noch lange Zeit spürst."

Mikes ganzer Kopf wirbelte beim Gedanken daran. Er stöhnte, während sein Schwanz an seinem Bauch pulsierte. „Oh ja."

„Gut. Wo …?"

„Schublade." Mike schaffte es, den Finger auszustrecken.

William streckte die Hand zum Nachttisch aus. Das silberfarbene Päckchen schimmerte kurz im Licht, das durch das Schlafzimmerfenster fiel. „Ich hoffe, das ist okay."

Mike stöhnte und William erstickte das Geräusch mit einem Kuss, der Mikes Zehen zucken ließ. Verdammt, er würde es vermissen, wie William es schaffte, dass er alles jetzt und sofort vergaß. Ärger, Probleme und Sorgen verblassten. Als William mit der Zunge um eine seiner Brustwarzen fuhr, stöhnte Mike und ließ sich ganz in seine Lust hineinfallen. William arbeitete sich nach unten vor, leckte und liebkoste ihn, und Mikes Hirn setzte einen Augenblick aus. Er war sich sicher, dass er es nicht einmal bemerken würde, wenn das Haus über ihm einstürzte.

„Dreh dich um", keuchte William und Mike folgte ihm gehorsam. Er verschränkte die Arme unter seinem Kissen und wartete ab. William strich seinen Rücken hinab, über seinen Hintern und spreizte dann seine Beine, bevor er mit den Fingern über die Innenseiten seiner Oberschenkel fuhr. Mikes Beine zitterten und er fragte sich, was als nächstes kam. Es dauerte nicht lang und er wurde schlauer. William zog seine Hinterbacken auseinander und blies heiße Luft über sein empfindliches Fleisch. „Du bist ein Wahnsinnstyp, Mike. Ich hoffe, das ist dir klar." William massierte sein Hinterteil und näherte sich mit den Fingern seiner Öffnung.

Mike bog den Rücken durch und wimmerte erwartungsvoll und verängstigt zugleich. Das letzte Mal war so lange her, und er hoffte, dass alles noch so funktionierte wie damals.

William zog sich wieder zurück und Mike drehte sich neugierig um. Er brauchte sich keine Gedanken zu machen, denn schon waren Williams Finger wieder da, glitschig und heiß. „William", stöhnte Mike und presste sich ihm entgegen, als ein kräftiger Finger in ihn eindrang. Dann lag er still und erstickte sein Keuchen mit dem Kissen. Wie sehr er das vermisst hatte! Er zitterte und krallte sich am Kissen fest, während William ihn dehnte und dann die Finger zurückzog.

Mike wusste, was jetzt folgte. Er hielt den Atem an, wartete und bereitete sich auf den nächsten Schritt vor. Er lechzte förmlich danach, und als William sich gegen seine Öffnung presste, entspannte Mike sich. Seine Muskeln erinnerten sich noch und reagierten genauso wie sie es vor langer Zeit getan hatten. Er schnappte nach Luft und versuchte, nicht die Beherrschung zu verlieren. Er versagte auf ganzer Linie und erstickte seine Schreie im Kissen, während William tiefer in ihn eindrang, ihn öffnete und voll und ganz ausfüllte, als sie miteinander verschmolzen.

„Gut so", säuselte ihm William ins Ohr und knabberte sanft daran.

Mike wollte mehr und presste sich ihm entgegen, nahm alles von William auf, was er bekommen konnte. Dann hielt er still, während seine Muskeln aufbegehrten. William nahm die Bewegung wieder auf und kratzte über diesen einen besonderen Punkt in seinem Inneren. Mike war es, als würden Lichter hinter seinen Augen explodieren und Glocken in seinen Ohren klingen. So schnell sich Erregung und Leidenschaft auch aufbauten, es ging ihm nicht schnell genug. William schien ganz genau zu wissen, was er brauchte und wie viel er brauchte. Er bewegte seine Hüften wie

Wellen im Meer, während er sich im Sekundentakt aus ihm herauszog und dann wieder in ihn eindrang, minutenlang, und ihn bis fast zur Spitze trieb. Als William sich zurückzog und Mike auf den Rücken drehte, waren sich ihre Gesichter so nah, dass Mike ihm direkt in die Augen schauen konnte. Alles ergab plötzlich einen Sinn, und ihm war, als hätte jemand ein Licht in seinem Kopf entzündet. Er hatte zwar keine Zeit, darüber nachzudenken, aber er wusste auch so im selben Moment, was er fühlte und was dies alles bedeutete.

William glitt erneut tief in ihn hinein und in Mikes Kopf breitete sich wieder eine wohlige Leere aus. Er schlang die Arme um Williams Nacken und zog ihn zu sich herunter, während seine Selbstbeherrschung immer weiter schwand. Als er sich nicht mehr halten konnte, fiel Mike zurück in die Kissen und William massierte sein Glied im Einklang mit ihren Bewegungen.

Mike verlor die Kontrolle. Mehr gab es dazu nicht zu sagen. Seine Lust lag ganz in Williams Händen. In seinen starken, entschlossenen Händen. Mike versuchte kurz, sich wieder zu sammeln, aber als Williams Blick sich in seine Augen bohrte und er seinen Winkel leicht veränderte, um ihn zum Höhepunkt zu bringen, konnte er endlich richtig loslassen und sich Hals über Kopf verlieben. Das war es, was er fühlte, und er ließ sich von dieser Wärme einhüllen, solange es möglich war.

EINE WEILE später kam Mike wieder zu sich. Williams lächelndes Gesicht schwebte nur weniger Zentimeter über ihm.

„Na, wieder unter den Lebenden?"

„Was ist denn passiert?"

„Du warst kurz weg. Aber das ist gut. Wir sind wohl auf einer Wellenlänge." William strich sich das Haar aus der Stirn. „Ich sollte mich wohl mal wieder in mein Zimmer verziehen."

Allein den Gedanken daran fand Mike unerträglich und er hielt William einfach fest. Es war Nacht und im Haus herrschte Ruhe, abgesehen von dem sanften Summen der Klimaanlage. Mike war froh über die Kühle, aber noch dringender brauchte er William. „In ein paar Stunden ist alles vorbei."

„Mike, ich … "

„Ich weiß, dass du woanders hingehörst und viel zu tun hast. Ich verstehe das und ich erwarte nicht, dass du hierbleibst. Du kommst hierher, um Spaß zu haben und dich zu entspannen." Mike fühlte sich so verdammt verletzlich. Seine Gefühle lagen völlig nackt auf dem Präsentierteller, und er hasste es, so entblößt zu werden. Das hatte man ihm schon vor langer Zeit abtrainiert. *Behalte deine Flanke im Blick, halte die Stellung, gib deinem Bruder Rückendeckung, halte deine Gefühle im Zaum und bleib stark und standhaft.*

„Das war mehr als nur ein entspannender Angeltrip. Vielleicht hat es so angefangen, aber zumindest für mich hat es ganz anders geendet." William zog ihn näher zu sich heran. „Aber wir beide haben Verpflichtungen und Menschen, um die wir uns sorgen."

Erst vor ein paar Tagen waren sie sich derart nah gekommen. Diese Zeit hatte einiges tief in Mikes Innerem verändert, und vielleicht ging es auch William so. Mike hoffte es zutiefst. Aber die Realität rief immer lauter und lauter nach ihnen.

„Ich weiß." Mike schloss die Augen und seine Gedanken schweiften ab. Wenigstens in diesem Moment war er glücklich, und in der Navy hatte er gelernt, das Beste aus allem zu machen, denn nichts war für die Ewigkeit. Irgendwann hörte das Surren in seinem Kopf auf und er döste zufrieden ein.

EIN GERÄUSCH im Haus weckte Mike auf. William lag immer noch schlafend neben ihm. Es musste noch Nacht sein, denn durch die Fenster fiel kein Lichtstrahl. Ein leises Klirren sagte ihm, dass seine Mutter im Bad sein musste. Er lag regungslos und horchte, bis sie wieder in ihr Zimmer ging. Dann hörte er Williams leisem Schnarchen zu, bis er selbst wieder einschlief.

„Daddy!"

Der Schrei fuhr ihm durch Mark und Bein und er setzte sich auf. „Komme sofort!", antwortete er schnell und stieg aus dem Bett, bevor Carrie noch in sein Schlafzimmer platzte. William schlief immer noch, aber das würde wahrscheinlich nicht mehr lange so bleiben. Mike schlüpfte in Shorts und T-Shirt und schlich sich leise aus dem Raum. „Was ist los?"

„Meine Münze ist weg." Carries Unterlippe zitterte und Mike seufzte leise.

„Sie ist hier drin." Er zeigte auf die Schüssel auf dem Küchentisch. „Sie ist dir auf der Heimfahrt aus der Tasche gefallen, deswegen habe ich sie hierhin gelegt."

„Schau mal, ob William schon wach ist. In ein paar Minuten gibt es Frühstück." Dolores stand am Herd. „Mit Strom ist es doch besser." Sie schien glücklich darüber, dass endlich wieder Normalität einkehrte. Zu dumm, dass Mike ihre Euphorie nicht teilte.

Zurück in seinem Zimmer fand er ein leeres Bett vor. Mike wartete, bis das Bad frei war, wusch sich und setzte sich dann zu den anderen an den Tisch.

„Ich bin mitten in der Nacht wachgeworden und dachte, ihr könntet vielleicht frieren, weil die Klimaanlage zu hoch eingestellt war", sagte Mikes Mutter und ihm lief ein Schauer über den Rücken.

„War alles in Ordnung. Dankeschön." William fing Mikes Blick auf und er versuchte, seiner Reaktion nichts anmerken zu lassen. „Es war ganz gut, dass die Klimaanlage wieder lief. Es war zuletzt doch ziemlich stickig. Aber jetzt ist es angenehm." Williams Handy klingelte und er nahm den Anruf an, während Mikes Mutter Eier und Speck auftischte.

„Danke. Das sollte klappen … Ich erwarte Sie dann dort … Danke." William legte auf und setzte sich wieder hin. „Das war die Mietwagenfirma. Sie kommen in einer Stunde zum Hafen, um das alte Auto abzuholen. Ist das okay?" Mike nickte. Eine andere Antwort traute er sich nicht zu.

Seine Mutter stellte ihm einen Teller vor die Nase. Mike starrte auf das Essen. Ihm war der Appetit vergangen. Er musste sich wirklich zusammenreißen.

„Ich werde dich vermissen, William."

„Ich dich auch, Spätzchen." William schenkte Carrie ein Lächeln. „Aber deine Puppen sind bestimmt froh, wenn sie ihr Zimmer wieder für sich haben." Er lachte und Carrie kicherte, während Dolores auch ihr einen kleinen Teller hinstellte.

Carrie stand auf und verließ die Küche. Kurz darauf tauchte sie mit einer rosafarbenen Muschel wieder auf, die sie vor William auf den Tisch legte. „Die ist für dich. So kannst du ein bisschen was vom Golf mit nach Hause nehmen."

Mit schimmernden Augen umarmte William Mikes Tochter. „Die nehme ich gerne mit." Sein Gesichtsausdruck war so aufrichtig und warmherzig, dass Carrie ihn noch einmal umarmte, bevor sie sich wieder hinsetzte.

Mike zwang sich dazu, ein paar Bissen zu Essen, aber alles, was er probierte, schmeckte fade. Er hatte keinen Hunger, konzentrierte sich aber auf seinen Teller, damit man ihm seine Enttäuschung nicht vom Gesicht ablesen konnte.

„Willst du noch was?", fragte Dolores, aber Mike reichte ihr nur seinen leeren Teller und schüttelte den Kopf.

„Ich muss jetzt alles fertigmachen." Er stieß seinen Stuhl zurück und ging direkt nach draußen. Er brauchte dringend frische Luft und Sonne, um seiner düsteren Stimmung entgegenzuwirken. Zehn Minuten später kam William mit seinem Rucksack aus dem Haus und legte ihn in den Truck.

„Wir müssen los." Mike stieg ein und bemühte sich, alle Gedanken zu verdrängen. Er fuhr wie auf Autopilot und sprach nur wenig.

William schaute aus dem Fenster. „Ich habe nichts von alledem erwartet", sagte er, als sie das Ortseingangsschild passierten.

„Ich auch nicht." Mike vertraute seiner Stimme nicht. Er schaffte es gerade so, diese drei Wörter herauszupressen. Er war ein Seemann, verdammt, und er würde nicht in Tränen ausbrechen, egal, wie sehr es in ihm brodelte.

„Du weißt, dass ich gehen muss."

„Ja, ich weiß."

„Ich hatte eine schöne Zeit hier", sagte William, als der Truck über den Parkplatzschotter rumpelte und neben dem Abschleppwagen hielt, der gerade Williams altes Auto auflud.

„Das klingt irgendwie komisch, nach allem, was zwischen uns passiert ist." Mike wusste nicht genau, was er sagen sollte. Alles schien ihm seltsam.

„Ich musste noch nie jemanden so zurücklassen. Was sagt man da? Das war eine wunderschöne Zeit, aber ich muss wieder in die Realität zurückkehren, so öde sie auch sein mag? Ich könnte jetzt sentimental darüber jammern, wie sehr ich dich vermissen werde, aber ich hoffe, das weißt du auch so."

Mike parkte ein und ließ den Motor laufen. „Ich weiß, weil ich dich auch vermissen werde." Er fühlte sich wie eines dieser blonden Mädchen in den Filmen, die seine Mutter so gern schaute. „Wir können uns nicht immer gegen unser Schicksal auflehnen." Gott, wie oft er das schon versucht und nichts damit erreicht hatte.

„Ich komme wieder zurück. Das weißt du." William streckte die Hand nach der Tür aus. Mike traute sich nicht, ihn hier zu küssen, wo jeder sie beobachten konnte, aber er nahm Williams Hand in seine, um wenigstens noch etwas Intimität zu bekommen und sich das Gefühl von Williams sanften

Fingern einzuprägen. Bald würde er sich nur noch vorstellen können, wie sie sich auf seinem Körper anfühlten.

Ein Auto hielt neben ihnen und Mike wusste, dass ihre Zeit vorbei war. William öffnete die Tür und seine Finger entglitten Mikes Griff und lösten ihre letzte Berührung.

„Tut mir leid, dass es so lange gedauert hat", sagte der Fahrer zu William, der die Tür des Trucks zuschlug und auch ihr Gespräch unterbrach.

Mike schaltete den Motor aus und stieg aus, um Williams Sachen in den neuen Mietwagen zu räumen. Ein weiteres Auto hielt neben ihnen an, und nachdem William dem Mann, der ihm seinen Wagen gebracht hatte, diverse Formulare unterschrieben hatte, stieg dieser ein und fuhr davon. Mike und William standen allein neben dem schwarzen Mercedes.

„Das war's dann wohl", sagte Mike und hielt ihm die Tür auf. „Fahr vorsichtig und viel Erfolg bei deinem Meeting."

William stieg ein und ließ das Fahrerfenster runter. Mike streckte die Hand aus und William ergriff sie. „Das werde ich. Pass du gut auf dich und deine Mädels auf."

Sie schauten einander an und Mike wünschte, er hätte irgendwelche intelligenten Worte parat, irgendetwas Unvergessliches, aber ihm kam nichts in den Sinn. Er schaute einfach nur in Williams Augen und prägte sich sein Gesicht ein.

Dann ließ er Williams Hand los und trat vom Wagen zurück. Das Fenster fuhr wieder hoch und langsam parkte William aus. Mike schaute ihm hinterher, als er nach rechts abbog und hinter der nächsten Kurve verschwand.

Das war es wohl. Nach der Aufregung der letzten Tage war das ein wirklich enttäuschendes Ende. Der Sturm hatte William in sein Leben gewirbelt und jetzt hatte ihn die Ruhe und die Normalität wieder fortgetragen.

Mike stieg wieder in seinen Truck und zog die Tür hinter sich zu. Er saß regungslos auf dem Fahrersitz und schaute über den Hafen und das Meer im Hintergrund. Das hier war sein Leben und sein Zuhause. Hierher war er zurückgekehrt, als er nach den turbulenten Jahren bei der Marine Trost gebraucht hatte. Bis vor einer Stunde hatte er nie wirklich darüber nachgedacht, einmal fortzuziehen. Was für ein verrückter Gedanke. Alles, was er kannte und wovon er etwas verstand, gab es hier. Die einzige Möglichkeit, wie er seinen Lebensunterhalt verdienen konnte, lag nur einen Steinwurf entfernt und wippte leicht im Kielwasser der vorbeiziehenden

Boote. Nein. Williams Welt mochte aufregender sein, aber Mike gehörte nicht dazu.

Er startete den Motor und die Klimaanlage begann ihren Kampf mit der Hitze im Truck. Es fiel Mike gar nicht wirklich auf. Seine Gedanken waren noch bei jemand anderem, der gerade in sein eigenes Leben zurückfuhr. Mike schalt sich einen Idioten, sein Herz an jemanden zu verschenken, der nur für ein paar Tage bei ihm war und jetzt wieder verschwand. Mike wusste doch, wie es sich anfühlte, verlassen zu werden. Nichts anderes hatte sein Vater mit ihm gemacht ... und dann Benny. Vielleicht war es ihm einfach nicht vergönnt, dass einmal jemand bei ihm blieb. Vielleicht sollte er endlich begreifen, dass es seine Aufgabe war, Carrie aufzuziehen, den einzigen Lichtblick in seinem Leben.

Er legte den Gang ein, parkte rückwärts aus und fuhr nach Hause. Die Dinge ließen sich nicht ändern und er würde ihnen entschieden entgegentreten, wie er es mit allem anderen auch tat.

7

„WILLIAM, HAST du mir überhaupt zugehört?", fragte sein Vater von der anderen Seite des Konferenztischs.

William seufzte. Jeder Tag in den letzten fünfeinhalb Monaten war der blanke Horror gewesen, und langsam ging ihm die Energie aus. „Ja, klar. Ich habe die ganze Zeit zugehört. Du und die Gewerkschaftsvertreter habt in einem fort geplappert, ohne auch nur einmal darauf zu hören, was die andere Seite überhaupt sagt. Eine Stunde lang habt ihr aneinander vorbeigeredet. Jetzt sag mir einfach, was dein letztes Angebot ist, und ich übernehme von hier an. Ich weiß, was wir uns erlauben können, aber wie wahrst du dein Gesicht und die Arbeitnehmerschaft bekommt trotzdem, was sie braucht?" William merkte, dass seine Geduld angesichts dieser fortwährenden Zeitverschwendung immer weiter nachließ.

„Warum hast du dich dann nicht direkt drum gekümmert?" Sein Vater starrte ihn an, stand auf und kam um den Tisch.

William erwiderte den Blick. „Weil du ohnehin auf Mutter hörst und dich von ihr in die dümmsten Entscheidungen drängen lässt. Sie versteht nichts von Unternehmensführung."

„Deine Mutter hat wertvolle Kontakte und Informationen für das Unternehmen."

„Nein, hat sie nicht." William stand auf und beugte sich über den Tisch. „Das macht sie dir schon so lange vor, dass du es mittlerweile glaubst. Unsere Geschäftspartner arbeiten mit uns zusammen, weil sie dich mögen. Jeder einzelne Fabrikarbeiter weiß, wer du bist, weil du zu ihnen gehst und mit ihnen sprichst. Warum glaubst du, hat die Gewerkschaft nicht längst zum Streik ausgerufen, obwohl der Vertrag letzten Monat ausgelaufen ist und wir seitdem nur herumeiern? Du bist der Grund, nicht sie." Seine Mutter war in der letzten Zeit noch mehr als sonst auf den Dingen herumgeritten, und sein Vater hörte um des lieben Friedens Willen auf seine Frau. William allerdings gab vermehrt Widerworte, und allmählich wurde er das ständige Gestreite leid.

„Was soll ich deiner Meinung nach denn tun? Ich habe mir die ganze Zeit Mühe gegeben, dass du im Unternehmen aufsteigst und die Führung übernimmst, aber du hältst dich immer noch zurück."

Natürlich tat er das. Wie sollte er seinem Vater erklären, dass seine Träume nichts mit dem Familienunternehmen zu tun hatten? Stattdessen wanderten sie immer wieder zurück zum Golf, den Wellen und einem ganz besonderen Charterbootkapitän. Seit Monaten.

„Siehst du, darüber rede ich gerade. Du verrennst dich in irgendwelchen Träumereien und ich versuche, mit dir zu reden."

„Ist dir schon mal in den Sinn gekommen, dass ich das alles hier gar nicht führen will?"

Seinem Vater fiel die Kinnlade herunter. Es gab wenig, was Maximilian Westmoreland zum Schweigen brachte, aber dieser Satz hatte ihn getroffen. „Du willst was nicht?"

„Du hast mich aufs College geschickt, meine Kurse ausgewählt und mir gesagt, was ich lernen muss, und ich habe wie ein Idiot alles befolgt, weil ich dich glücklich machen wollte. Aber das hier – den ganzen Tag in Konferenzräumen verbringen, Meetings, Büros, all das – das macht mich verrückt, und ich hasse es." Endlich hatte William es ausgesprochen. Nach all den Jahren hatte er seinem Vater gegenüber Rückgrat gezeigt. „Das ist einfach nur ein trostloses Dasein."

Sein Vater blinzelte. „Denkst du, ich wollte das alles hier? Mein Vater hat genau das Gleiche gemacht. Ich wollte Pilot werden und in einem dieser riesigen Flugzeuge um die Welt reisen. Stattdessen habe ich eine kleine Maschine gekauft und fliege damit nach Nantucket und Martha's Vineyard, wenn ich die Gelegenheit dazu habe. Das liebe ich. Aber ich habe auch Verpflichtungen, genau wie du."

„Aber du hast dein ganzes Leben hier verbracht und die Firma liegt dir im Blut", gab William zurück.

„Ja. Mir gefällt, was ich tue, und dir wird es eines Tages auch gefallen."

„Nein, das wird es nicht." William setzte sich wieder hin und klappte sein Notebook auf. „Ich mache ein Vertragsangebot für die Gewerkschaft fertig, damit wir das hier hinter uns haben. Wir werden nicht alle ihre Forderungen erfüllen, aber es wird ein für beide Seiten fairer Deal." Der seelenzerfleischende Teil dieses Gesprächs war offenbar vorbei.

„Und was, wenn er mir nicht gefällt?"

93

„Du wirst damit leben können." William tippte seine Notizen ab und warf einen Blick aus dem Fenster. Schnee bedeckte die Stadt und der Wind blies einzelne Flocken vom Dach, die vielleicht schön anzusehen sein mochten, aber nur die Kälte verstärkten, die in der letzten Zeit von William Besitz ergriffen hatte.

„Also gut. Setz auf, was du für richtig hältst und reich es mir bis zwei Uhr ein. Ich überprüfe es dann."

„Nein, Dad. Ich werde ein Treffen anberaumen und mich darum kümmern. Dieses Hin und Her schlaucht uns alle." William hielt den Blick gesenkt. Er war müde, unleidlich, und all das ging ihm auf die Nerven. Er brauchte dringend Urlaub. Es war Zeit, wieder eine Angeltour zu buchen.

Oder normalerweise wäre es das, aber er hatte ein bisschen Angst. Er hatte nicht mehr viel mit Mike gesprochen. Ein paar E-Mails, und William hatte Mike, Carrie und Dolores ein Paket zu Weihnachten geschickt. Er hatte eine Karte bekommen, aber das war alles. William hatte nicht mehr auf Kontakt gedrängt als Mike. Anscheinend war ihnen beiden bewusst geworden, was sie getan hatten, und dass man die Dinge vielleicht besser unverändert ließ.

„Okay. Dann stehe ich hinter dir."

William hob den Blick von den Seiten, die vor seinen Augen verschwammen. „Danke, Dad." Er war seit Monaten nicht bei der Sache, obwohl sich niemand dafür zu interessieren schien. „Ich sag dir, wie es läuft."

Als sein Vater den Konferenzraum verließ, fiel William zum ersten Mal das Rucken in seinem Gang auf. Sein Vater schonte das linke Bein, und William fragte sich, wieso. Am einfachsten würde er wohl von seiner Mutter Auskunft bekommen, aber wenn etwas nicht stimmte, sollte sein Vater es ihm lieber selbst erzählen. Vielleicht war auch alles in Ordnung.

Gott, bitte lass Dad gesund sein. William wollte wirklich nicht, dass das ganze Gewicht des Unternehmens auf seinen Schultern lastete.

William rief den Firmenanwalt an und bat ihn in den Konferenzraum, um die Konditionen ihres Angebots auszuarbeiten. Der Anwalt bot ihm an, den Deal selbst anzubieten, aber William war entschlossen, die Sache selbst durchzuziehen. Seiner Meinung nach wurde viel zu viel durch Mittelmänner erledigt, und ein paar Gespräche im direkten Gegenüber und gegenseitiges Zuhören waren dringend nötig.

Als der Vertrag ausgearbeitet war, ging William hinunter in die Fabrikhallen, wo ihn die Führungskräfte an der Tür empfingen. Innerhalb einer Stunde schlossen sie eine vorläufige Vereinbarung, die für beide Seiten akzeptabel war, und er berichtete seinem Vater davon.

„Aber das ist doch genau mein Angebot von vor zwei Wochen!" Er verdrehte die Augen und ließ sich müde hinter seinem Schreibtisch nieder.

William schaute sich in dem vertäfelten Raum um, der sich seit der aktiven Führungszeit seines Großvaters nicht verändert hatte. Er hatte ihn immer gehasst. Alles war so schwer und beklemmend und es gab nur zwei Fenster. Sein Großvater hatte das Büro einst so eingerichtet, um seine Gesprächspartner einzuschüchtern.

„Manchmal liegt es nur daran, wie man sein Angebot präsentiert. Ich habe mich mit ihnen hingesetzt und zugehört. Der Hauptunterschied ist, dass wir ihnen ein bisschen mehr die Stunde zahlen, als sie verlangt haben, dafür übernehmen sie aber einen etwas größeren Anteil des Krankenversicherungsbeitrags. Für den Betrieb ist es also kein Nachteil, und für uns bedeutet das konkret, dass die Angestellten es jetzt darauf anlegen, dass die Kosten für die medizinische Versorgung möglichst geringgehalten werden. Ich habe außerdem zugesichert, dass nächstes Jahr ein Gewerkschaftsvertreter in dem Komitee sitzen wird, das den Gesundheitsdienstleister auswählt."

„Aber ..."

„Dad, dieser Posten macht uns fertig, und sie müssen sehen, wie teuer das ist. Dann stimmen sie vielleicht einer Alternative zum Cadillac-Plan zu, den wir bisher anbieten. So, wie die Dinge jetzt liegen, werden sie 20 Prozent der Prämie selbst tragen und wir zahlen 80. In zwei Jahren wird sich das Verhältnis auf 25 und 75 Prozent verschieben. Zu dem Zeitpunkt haben sie aber schon ein Mitbestimmungsrecht, also werden unsere Wünsche auf Augenhöhe sein." William reichte seinem Vater die ausgearbeiteten Pläne.

„Wann ist die Abstimmung?"

„Möglichst bald, und sie wird wohlwollend ausfallen, wenn ich bedenke, wie glücklich sie waren, demnächst mehr Mitspracherecht zu haben." William schickte sich an, das Büro zu verlassen. Er war müde und froh, dass diese ewigen Diskussionen ein Ende hatten.

„Konntest du schon einen Blick auf das Angebot für Howard Yachts werfen?"

„Jep. Schick ihn zurück an den Vertrieb und sag ihnen, der muss noch herausgeputzt werden. Wir schicken die Motoren nach New York und von da an sind sie dafür verantwortlich, sie dahin zu verschiffen, wo sie

sie brauchen. Andererseits dürfen sie die Verschiffungskosten tragen und zusätzlich 25 Prozent Aufwandsentschädigung."

„So haben wir das früher aber nicht gemacht."

„Ich weiß. Aber sie werden es schon schlucken. Sie kriegen die Motoren zu einem annehmbaren Preis, obwohl wir die Kosten erhöhen mussten, und wir ziehen nicht den Kürzeren, weil wir uns auch noch um den Transport kümmern müssen."

Sein Vater seufzte. „Und deshalb möchte ich gerne, dass du die Firma übernimmst. Du hast kein Problem damit, die Dinge anders anzugehen. Darum brauche ich dich."

„Ja, Dad. Ich weiß." William blieb stehen, eine Hand schon an der Türklinke. „Aber fällt dir auf, dass mich anscheinend jeder braucht? Du hier im Büro. Mom will, dass ich ihr bei der Wohltätigkeitsarbeit für das Hasbro Children's Hospital helfe, die ihr zu viel wird. Und Rachel kommt jedes Mal zu mir, wenn sie ein Problem mit Mom hat, weil sie sich selbst nicht traut, ihr Kontra zu geben. Ich will nicht länger derjenige sein, zu dem alle wegen jeder Kleinigkeit angerannt kommen. Irgendetwas muss sich tun, und ich glaube, ich will im Moment einfach nur, dass sich alle selbst um ihren Kram kümmern und mich in Ruhe lassen." William riss die Tür auf und verließ das Büro ohne einen weiteren Blick zurück. An Lindas Schreibtisch blieb er kurz stehen. „Gehen Sie da lieber erst mal nicht rein, es sei denn, Sie haben eine Notfallflasche Scotch in der Schublade. Die könnte er gebrauchen."

William ging in sein eigenes Büro zurück, schloss die Tür hinter sich und stellte den Anrufbeantworter an. Dann stellte er sich ans Fenster und starrte auf die Stadt in der Ferne. Er mochte diesen Raum. Hier gab es mehr Fenster und es war viel heller. Draußen begann es zu schneien. William schloss die Augen und stellte sich vor, wie die Sonne auf sein Gesicht schien und ihn eine warme Brise umspielte. Er wollte – nein, er brauchte dringend eine Auszeit. Schon seit längerem. In seinem Winterurlaub ging er meistens zum Fischen nach Florida, aber er hatte es vor sich hergeschoben, Mike anzurufen.

Er wollte es ja wirklich. Das war nicht das Problem. William war sich nur nicht sicher, wie Mike nach ihrem Abschied über ihn dachte. Ja, sie waren im Guten auseinandergegangen, und William hatte Mike wochenlang so sehr vermisst, als hätte man ihm eine Gliedmaße amputiert. Das war wenigstens ein bisschen besser geworden. Aber was, wenn Mike nicht auch so empfand, und sich weiterentwickelt hatte, während William sich an ihm festgeklammert hatte? Er wusste, dass er ein Feigling war.

William nahm sein Handy hoch, wählte Mikes Nummer aus und wartete ab. Er erwischte nur den Anrufbeantworter, hinterließ eine kurze Nachricht und legte wieder auf. Wenn Mike nicht auf seinen Anruf reagierte, hätte er wenigstens eine Antwort.

Es klopfte leise an der Tür und er drehte sich um, aber Linda steckte den Kopf ins Büro, bevor er sie hereinbitten konnte. „Ihr Vater möchte Sie sehen."

William schüttelte den Kopf. „Sagen Sie ihm, dass ich den ganzen Tag über Meetings habe. Herrgott, sagen Sie ihm irgendwas, aber lassen Sie mich bitte heute in Ruhe."

Die Tür öffnete sich erneut und sein Vater drängte sich an Linda vorbei in den Raum. Sie ging rückwärts hinaus und zog die Tür hinter sich zu.

„So habe ich dich nicht erzogen."

William schüttelte den Kopf. „Das stimmt. Das waren nämlich die Nannys." Wie ein Déjà-vu. „Ich brauche Zeit zum Nachdenken, und ich will Urlaub." Zwei, drei Wochen Sand und Spaß, und er würde sich besser fühlen.

„Perfekt", sagte sein Vater, und William dachte einen Moment lang, er hätte sich verhört. „Bevor du losgegangen bist wie ein Feuerwerk, wollte ich dir von dem Anruf von Winston Cunningham erzählen. Zurzeit liegt die *Vargo* in St. Martin vor Anker und er hat einige unserer neuesten Produkte bestellt. Er dachte, seine Jacht wäre untermotorisiert, deswegen hat er es ein bisschen übertrieben. Wie auch immer, er hat angerufen, weil er möchte, dass jemand von der Firma für ein paar Wochen zu ihm reist und die Maschinen auf Herz und Nieren prüft."

William fiel die Kinnlade herunter. „Du machst doch Witze."

„Nein. Er meint, du wärest der beste Mann für den Job, und das Schiff würde in dieser Zeit ganz dir gehören. Es gibt nur einen Haken: Sein Kapitän hat sich Malaria eingefangen. Ekelhaft. Er hat bei einer Hilfsaktion in Haiti gearbeitet und ist krank geworden, obwohl er geimpft war. Winston fragt, ob wir einen qualifizierten Kapitän kennen. Er ist bereit, ein gutes Gehalt zu zahlen."

„Alles klar." William verspürte einen Anflug von Freude. „Wenn ich jemanden finde, der Winstons Ansprüchen genügt ..."

„Das Schiff gehört für zwei Wochen ganz dir. Umsonst. Du musst nur dafür sorgen, dass es läuft, wie es soll." Sein Vater lächelte. „Reicht das als Urlaub? Du hast auf jeden Fall ein paar Wochen Abstand von Mom und Rachel."

William seufzte und lächelte. „Genau das brauche ich jetzt."

„Gut. Er erwartet dich in einer Woche. Ich denke, bis dahin solltest du hier alles erledigt haben."

William stand auf und umrundete seinen Schreibtisch, um seinen Vater zu umarmen. Das taten sie nicht sehr oft, und er merkte, wie sein Vater zögerte, bevor er ihn in die Arme schloss und fest an sich drückte.

„Hoff nur, dass Mom keinen Wind davon kriegt, sonst will sie noch, dass wir dich begleiten."

William stöhnte. „Oh Gott. Muss sie nicht auf fünf, sechs Events, oder so?"

„Bestimmt." Sein Vater schien erleichtert, und in William keimte der Gedanke auf, dass die Ehe seiner Eltern nur so lange gedauert hatte, weil seine Mutter beschäftigt genug war und seinen Vater immer wieder in Frieden ließ. „Jetzt häng dich ans Telefon und schau, dass du einen guten Kapitän findest."

„Ich kümmere mich sofort darum." William ließ seinen Vater los und schaute ihm hinterher. Er machte sich immer noch Sorgen um sein Bein. Dann erinnerte er sich wieder an seine Aufgabe und machte sich für einen Telefonmarathon bereit. In diesem Moment klingelte sein Handy. Es war Mike und William schoss eine Idee durch den Kopf. „Hey."

„Ich habe deine Nachricht bekommen. Magst du nach Florida kommen?" Mikes Stimme klang aufgeregt und brachte Williams Herz zum Rasen.

„Ja. Ich hatte dich angerufen um zu fragen, wann du Zeit hättest. Aber in der Zwischenzeit habe ich eine bessere Idee gehabt. Kennst du zufällig jemanden, der eine Jacht steuern kann?", fragte er lächelnd.

Die spöttische Antwort kam laut und deutlich. „In der Navy habe ich als Steuermann und Ingenieur auf einem Zerstörer gedient. Wie groß ist denn diese Jacht?"

William grinste. „Knapp über dreißig Meter, oder so."

„Okay. Ich denke, das sollte klargehen. Ich bin hier auch ein paar Mal für größere Schiffe unter Vertrag genommen worden, wenn die Leute in der Klemme saßen. Meine Zertifikate von der Küstenwache sind auch alle noch gültig."

„Wunderbar." Das war ja einfacher als gedacht. „Dann habe ich ein Angebot für dich. Ich gebe dir die Kontaktdaten des Eigentümers, dann kannst du selbst mit ihm sprechen. Stell es dir als ein Bewerbungsgespräch vor. Wenn er einverstanden ist, schicke ich dir ein Ticket nach St. Martin. Abfahrt ist in einer Woche. Unsere Aufgabe ist primär, die neuen Motoren zu überprüfen, die meine Firma eingebaut hat, und solange gehört die *Vargo* uns. Zwei Wochen lang." William hatte das Gefühl, er könnte vor Aufregung platzen.

Mike zögerte trotzdem. „Was ist mit Carrie?"

„Bring sie ruhig mit. Ich weiß, dass sie ein bisschen Schulzeit verpasst, aber sie wird auch auf der Tour viel lernen. Vielleicht kann sie ja einen Aufsatz darüber schreiben. Wir haben zwar ein bisschen Arbeit zu erledigen, aber die meiste Zeit können wir auf der Jacht tun, was wir wollen." Allein die Vorstellung war verdammt aufregend. „Du musst nur Eindruck auf Winston machen."

„Ich gebe mein Bestes. Aber was ist mit meinen gebuchten Touren?"

„Wenn es dir nicht passt, ist es auch okay. Aber du würdest zweitausend Dollar die Woche bekommen." Das hielt William nur für fair, angesichts der ganzen Unannehmlichkeiten.

„Ich habe nur ein paar Touren angenommen. Dieses Jahr ist es hier recht kalt, und alle wollen lieber Sonne und Wärme im Winterurlaub."

„Na ja, wenn du mit dabei bist, können wir zwei Wochen in der sonnigen Karibik auf einer Luxusjacht verbringen, ganz unter uns." Allein der Gedanke daran brachte sein Herz zum Rasen. „Also, wenn du magst."

„Natürlich. Als ich deinen Anruf gesehen habe, hatte ich nur gehofft, dass du ein paar Tage nach Florida kommen würdest. Es wäre schön, dich wiederzusehen. Die Zeit war viel zu lang." Die Sehnsucht in Mikes Worten ließ Williams Knie schlottern.

„Das war es. Fast sechs Monate." Er hatte wieder Hoffnung, dass Mike genauso fühlte wie er. Sechs Monate Traurigkeit und der Wunsch, irgendwo anders zu sein. Sechs Monate Einsamkeit, obwohl er mit fünf anderen Menschen in einem Haus wohnte. Sechs Monate Kälte und Kummer, Dinge tun, die er nicht tun wollte, und an einem Ort zu sein, an dem er auf keinen Fall sein wollte. Die Wände des Familienanwesens und seines Büros rückten Tag für Tag näher.

„Ich rede mit wem auch immer ich muss und dann sehen wir weiter", sagte Mike und William gab ihm die Kontaktdaten durch. Mike versprach, ihn anzurufen, sobald er eine Antwort hatte.

Sie legten auf und William grinste breit, zum ersten Mal seit langem voller Freude. Die Dinge sahen wieder freundlicher aus, und vielleicht würden sie einmal so laufen, wie er es sich vorstellte ... wenigstens ein paar Wochen lang. Über alles andere konnte er sich Gedanken machen, wenn er ein paar Wochen Sonne, Sand und Wärme getankt hatte, und jemanden wiedergefunden hatte, von dem er sich wünschte, ihn niemals hätte gehen zu lassen.

DANN GING alles ganz schnell. William organisierte die Flugtickets und verbrachte die nächste Woche damit, seinen Koffer zu packen und alles in der Firma für seinen Vater unter Dach und Fach zu bringen.

„Ich kann nicht glauben, dass du deinen Vater tatsächlich zwei Wochen lang allein lässt", sagte seine Mutter, als sie in seine Wohnung gerauscht kam, während er die letzten Sachen zusammenpackte.

„Mutter", sagte er, schloss seinen Koffer und ließ die Riegel zuschnappen, „du weißt doch, dass ich hierdrauf keine Lust mehr habe." Er drehte sich um und schaute ihr offen ins Gesicht. Es war an der Zeit, das Kommando zu übernehmen. „Du bist meine Mutter und ich liebe dich, aber ich lasse nicht zu, dass du weiterhin mein Leben ruinierst. Wenn ich von diesem Ausflug zurückkomme, kaufe ich mein eigenes Haus. Ich denke, ein bisschen Abstand tut uns allen gut." Er blieb ruhig und hob nicht die Stimme. „Ich nutze die Zeit jetzt auch, um mir zu überlegen, was ich mit dem Rest meines Lebens anfangen will."

„Zu welchem Zweck?", fragte sie mit eisigem Blick.

„Ich hasse meinen Job und will das alles nicht länger machen. Er ist öde und langweilig. Ich möchte meine eigenen Herausforderungen."

„Aber was, wenn dein Vater in Rente geht? Wer macht dann weiter?", kreischte sie.

William seufzte. „So wie die Dinge jetzt stehen, würde ich weitermachen, wenn Dad in Rente geht, und alles verkaufen. Ich brauche ein bisschen Zeit für meine Entscheidung, und da hilft es gar nichts, wenn du mir sagst, was ich tun soll." Er trat einen Schritt auf sie zu. „Und jetzt verschwinde."

Sie wusste definitiv nicht, was sie von dieser Information halten sollte, schien aber zu merken, dass sie ihn zu sehr gedrängt hatte. Sie hob begütigend die Hände und sagte: „Dann nimm dir die Zeit, aber denk daran, dass dir dieses Unternehmen, von dem du so wenig hältst, das College bezahlt hat, und alles, was unsere Familie besitzt."

„Ich weiß." William musste das Tempo ein wenig drosseln. Erschöpfung und die Anforderungen seiner Familie umzingelten ihn. „Dann gib mir die Zeit. Ich habe alles geregelt und Dad kann mich anrufen, wenn es nötig ist. Außerdem ist das hier eine Geschäftsreise für einen Kunden."

„Zwei Wochen auf einer Jacht." Sie verdrehte die Augen und ließ die Arme sinken.

„Ich kontrolliere die Motoren für einen Kunden."

„Vielleicht kommen dein Vater und ich ja hinterher und leisten dir Gesellschaft …"

William hob die Hände und schüttelte den Kopf. Panik stieg in ihm auf. „Nein. Wenn du und Dad mal Urlaub braucht, nehmt ihn euch. Aber ich brauche diese Zeit jetzt für mich." Seine Mutter trieb ihn langsam in den Wahnsinn. „Außerdem werden wir die meiste Zeit auf dem Meer verbringen, sobald wir in St. Martin abgelegt haben, außer es gibt irgendein Problem."

„Du willst zwei Wochen alleine verbringen?" Natürlich zählte sie das Servicepersonal und die Crew an Bord nicht mit.

„Mir geht's gut, keine Sorge." Er küsste sie auf die Wange. „Ich brauche das jetzt, und wenn ich zurückkomme, dann spreche ich mit dir und Dad darüber, was ich wirklich will."

Sie verließ seine Wohnung. William suchte seine letzten Sachen zusammen und ging zu Bett. Am nächsten Morgen musste er früh aufstehen.

KURZ VOR Mittag setzte sein Flugzeug auf der Insel auf und William fand sich in einer anderen Welt wieder. Die Sonne schien hell und Palmen wiegten sich sanft im tropischen Wind. Kurz darauf war er schon aus dem Flugzeug ausgestiegen und saß im Taxi auf dem Weg zum Hafen auf der niederländischen Seite der Insel.

William schaute aus dem Fenster, während sie die Hauptstraße der Stadt entlangfuhren. Touristen schlenderten von Shop zu Shop, alle in bunte, tropische Farben gekleidet. Er fühlte sich jetzt schon leichter und glücklicher. Das Taxi hielt am Jachthafen und William stieg aus, bezahlte den Fahrer und ging dann zum Eingang. Er zeigte seinen Ausweis vor und wurde zur *Vargo* begleitet. Das Schiff glänzte weiß in der Sonne, elegant und schnittig. Es war wunderschön. Ein Mitglied der Crew eilte zu ihm.

„Wir hätten Sie doch schon vom Flughafen abgeholt", sagte sie, hob seinen Rucksack hoch und trug ihn an Bord. „Ich bin Antoinette, Ihre Schiffsstewardess. Ich zeige Ihnen zunächst die Hauptkabine."

„Wunderbar. Ist unser Kapitän schon eingetroffen?"

„Er hat heute Morgen angerufen und uns mitgeteilt, dass sein Flug Verspätung hat und er wahrscheinlich gegen zwei Uhr eintrifft. Ich würde ihn in den Crewunterkünften einquartieren. Mir wurde auch gesagt, dass er seine Tochter mitbringt. Ich könnte sie in der normalen Kapitänskabine unterbringen, aber …"

„Kein Grund, die Sachen des alten Kapitäns herumzuschleppen. Stecken Sie Kapitän Mike in eine der Gästeunterkünfte und seine Tochter in die Kabine, die einer Zehnjährigen am besten gefallen würde. Mike und ich sind alte Freunde." Mehr Erklärungen waren nicht notwendig. Allerdings bezweifelte William, dass Geheimnisse die Nähe auf dem Schiff lange überdauern würden.

„Wunderbar." Sie führte ihn an Deck und von da aus in eine geräumige Kabine mit einem Doppelbett. Der Raum war ein Musterbeispiel für Effizienz. „Möchten Sie, dass ich Ihre Sachen auspacke?"

„Das ist nicht nötig, wenn Sie andere Pflichten haben …" Aber andererseits war das ihr Job, also ließ William sie gewähren. „Danke sehr."

Er trat hinaus aufs Hauptdeck mit dem Salon und dem offenen Speisesaal, der in ein Sonnendeck über dem Schiffsheck überging. Klubsessel mit knautschigen Kissen schrien förmlich nach Luxus auf hoher See. Die Ausstattung war beeindruckend. Teures Holz und eine Bar mit Kristallgläsern. William war sich nicht sicher, ob er nach den zwei Wochen überhaupt wieder würde abreisen wollen.

„Möchten Sie zu Mittag essen?", fragte Antoinette ihn eine Weile später.

„Das wäre sehr nett, aber nur, wenn Sie und die anderen Crewmitglieder sich mir anschließen." William hatte keine Lust auf allzu große Formalitäten. Er musste sich in Erinnerung rufen, dass er da war, um die Motoren zu kontrollieren. Ja, ihm war, als wäre er im Urlaub, aber einen Job hatte er trotzdem zu erledigen. „Ich würde gerne die Pläne für die nächsten zwei Wochen durchgehen."

„Ganz recht. Ich sage den anderen Bescheid." Sie eilte davon und brachte ihm sein Mittagessen. Der Koch und die anderen Angestellten setzten sich zu ihm und stellten sich vor.

„Ich bin Rodrigo, Ihr Koch. Bitte lassen Sie mich wissen, wenn Sie irgendetwas besonders gern essen. Das hier ist Anna – sie ist die Hauswirtschafterin."

„Sie wird sich auch um die Tochter des Kapitäns kümmern", fügte Antoinette hinzu. „Philippe hier ist der Erste Offizier. Er wird eng mit dem Kapitän zusammenarbeiten."

„Schön, Sie alle kennenzulernen. Ich bin William Westmoreland, und wie Sie bereits wissen, wurden neue Motoren in das Schiff eingebaut. Winston hat mich gebeten, sie die nächsten Wochen über zu beobachten. Also ja, ich bin auch ein Freund der Familie."

„Dann sind Sie geschäftlich und zum Vergnügen hier?", fragte Rodrigo.

„Ja. Aber ich würde es gut finden, wenn wir ungezwungen miteinander umgehen." Er reichte die Platten in der Runde herum und wartete, bis alle sich etwas genommen hatten, bevor er sich selbst bediente. Der Fisch war umwerfend und er stöhnte leise. Rodrigo lächelte. „Der Kapitän – ich hoffe, er kommt bald an – ist ein Freund von mir und hilft mir bei meiner Arbeit. Bitte unterstützen Sie ihn wo Sie nur können."

„Wie sehen Ihre Pläne aus?"

„Winston hat mir gesagt, dass er Ankerplätze in St. Thomas und Antigua hat, und dass die meisten anderen Inseln auch Plätze bieten, wenn wir uns im Voraus anmelden. Deswegen dachte ich, wir steuern morgen erst einmal St. Thomas an, um die technischen Aspekte zu überprüfen und um sicherzugehen, dass die Motoren laufen. Dann gehen wir die längere Strecke nach Antigua an. Wir bleiben dort ein paar Tage und fahren dann am Ende der zwei Wochen wieder zurück. Ich möchte, dass es zwei geruhsame Wochen werden, aber ich will die Motoren auch auf Herz und Nieren prüfen."

„Wollen Sie tauchen gehen?", fragte Antoinette. „Ich bin ausgebildete Tauchlehrerin."

„Das wäre wunderbar. Ich würde es sehr gerne lernen, und ich glaube, Carrie und Mike wären auch begeistert." Winston hatte ihm klar zu verstehen gegeben, dass er im Gegenzug für seine Hilfe jegliche Annehmlichkeiten der Jacht nutzen durfte, und er sich amüsieren sollte. „Ansonsten entscheiden wir alles spontan. Ich weiß, dass Sie alle Ihre Jobs hervorragend erledigen. Er hat in höchsten Tönen von Ihnen allen geschwärmt."

„Danke sehr", sagte Philippe mit einem leichten französischen Akzent.

„Wenn Sie irgendwelche Fragen an mich haben, gerne raus damit."
Im Moment schien es nicht allzu viele zu geben und William aß in Ruhe
sein Mittagessen. Die anderen unterhielten sich nur gedämpft, und William
vermutete, dass die Crew sich noch nicht sicher war, was sie vor ihm
ansprechen durften. „Wie lange sind Sie schon hier in St. Martin?"

„Ungefähr einen Monat", antwortete Philippe. „Die letzten Motoren
haben nicht so gut funktioniert. Mr. Cunningham hat neue bestellt, und
die wurden dann hier eingebaut. Auf der anderen Seite der Insel gibt es
eine Werft, dort wurde das gemacht. Wir haben die Motoren ein paar Mal
laufen lassen, aber die meiste Zeit haben wir auf dem Anlegeplatz auf Sie
gewartet. Wenn der Kapitän nicht krank geworden wäre, wären wir mit dem
Testlauf jetzt durch."

„Wie geht es ihm denn?"

„Ganz gut, hat man uns gesagt. In ein paar Wochen kommt er zurück."

„Wunderbar." William stand auf und die anderen erhoben sich
ebenfalls, aber er bedeutete ihnen, sitzen zu bleiben. „Ich muss mich um ein
paar Sachen kümmern, also lassen Sie es sich bitte weiter schmecken." Die
langen Arbeitstage der letzten Wochen und der frühe Flug zehrten an ihm.
Er ging nach unten in seine Kabine, die aussah wie aus dem Ei gepellt, und
schaute nach, wo seine ganzen Sachen verstaut worden waren. Dann legte
er sich hin und lauschte durch die offenen Fenster dem Gesang der Vögel
und dem trägen Plätschern der Wellen am Bug. Nach ein paar Minuten
schlief er ein.

Ein sanftes Klopfen weckte ihn wieder. „Sir, der Kapitän hat vom
Flughafen aus angerufen. Philippe ist losgefahren und holt ihn und seine
Tochter ab. In zehn Minuten sind sie da."

„Danke, Antoinette", sagte William rieb sich die Augen und setzte
sich auf. Er streckte sich und verließ seine Kabine, um an Deck zu sehen
und nach Mike Ausschau zu halten.

Mike sah gut aus, wie er so über den Bootssteg lief und Carries Hand
hielt. William lächelte und winkte. Mike reagierte mit der gleichen Geste
und Carrie sprang aufgeregt auf und ab. William traf die beiden auf der
Landungsbrücke und Carrie umarmte ihn zur Begrüßung, während sie sich
neugierig umschaute.

„Daddy, können wir so eins haben?"

„Ach Schatz", ermahnte Mike sie, kletterte an Bord und wandte sich
William zu. „Wie geht es dir?"

William wollte Mike am liebsten zeigen, wie es ihm ging, indem er ihn in den Arm nahm und ihn küsste, bis ihm die Luft wegblieb. „Mir geht's gut, jetzt da ihr da seid. Kommt, ich zeige euch, wo ihr schlaft." Antoinette hatte sich bereits des Gepäcks angenommen, also führte William die beiden nach unten. Zuerst zeigte er Carrie ihre Kabine.

„Ist das für mich?", fragte Carrie und trat hinein. „Das ist ja größer als mein Zimmer zu Hause. Daddy hat gesagt, unsere Zimmer würden klein sein und da, wo die Crew schläft."

„Nichts da. Ihr seid meine Gäste und dein Daddy ist außerdem der Kapitän, deswegen schlaft ihr hier." Der Ausdruck auf ihren Gesichtern war unbezahlbar. „Anna ist die Hauswirtschafterin, die passt auf dich auf. Sie packt deine Sachen aus und hilft dir, wenn du irgendwas brauchst. Okay?"

„Okay!" Carrie grinste und William hatte keine Schwierigkeiten, sie sich als Prinzessin vorzustellen.

„Mike, du bist hier drüben." Er ging den Gang entlang zur nächsten Kabinentür, öffnete sie und sie traten hinein. William schloss die Tür und wartete keinen Augenblick, um dem Drang nachzugeben, der monatelang von ihm Besitz ergriffen hatte. „Verdammt, hab ich dich vermisst." Er küsste Mike hart und kam beinahe in seiner Hose, als Mike ihn in die Arme schloss.

„Zwei Wochen …"

„Ja." William war versucht, Mike aufs Bett zu drücken und den Mann seiner Kleidung zu berauben, aber da Carrie irgendwo in der Nähe herumlief, war das nicht die beste Zeit dafür. „Diese Tür hier führt in meine Kabine, also hatte ich gehofft, dass du das Bett drüben häufiger benutzt, als dieses hier." William öffnete die Tür zur luxuriösen Hauptkabine.

„Hast du das Ganze irgendwie geplant?"

„Natürlich. Ich habe dich doch angerufen." William lächelte.

„Ich meine, hast du diese Jacht gemietet?", fragte Mike und verengte die Augen.

William schüttelte den Kopf. „Ich mag vielleicht ein bisschen Geld haben, aber dieses Ding für zwei Wochen zu mieten, würde locker fünfzig Riesen kosten." Er hob die Augenbrauen.

„Oh. Also das war nicht nur ein Trick, um mich ins Bett zu kriegen."

William lachte. „Schatzi, natürlich ist es das. Ich habe dich zwei ganze Wochen lang bei mir. Wir müssen zwar ein paar Dinge erledigen, wie die neuen Motoren überprüfen und ich habe für jedes noch so kleine Problemchen Leute parat stehen. Aber als mein Dad mir diesen Auftrag anvertraut hat – und damit die Chance einfach mal rauszukommen – warst du mein erster Gedanke, als es hieß, wir bräuchten noch einen Kapitän."

„Und was, wenn ich dieses Ungetüm hier nicht manövrieren könnte?"

„Dann hätte ich jemand anderen gefunden und du und Carrie wäret meine Gäste gewesen, so wie jetzt. Ich habe dich vermisst und nicht nur wegen der Geschichten im Schlafzimmer." William streichelte Mikes stoppelige Wange.

„Bist du dir sicher? Ich meine, ein smarter, weltgewandter Typ wie du und …"

William starrte ihn an. „Sag das doch nicht. Okay? Du bist so verdammt viel mehr, als du selbst glaubst." Er küsste ihn noch einmal und es fühlte sich an, als wäre er endlich zu Hause angekommen.

Mike umarmte ihn noch ein wenig fester, und als ihm der Atem ausging, legte William den Kopf auf Mikes Schulter, um nach Luft zu schnappen. „Du bist verspannter, als ich dich jemals gesehen habe", flüsterte Mike in sein Ohr und William nickte. „Familienangelegenheiten?"

„Einfach alles. Ich liebe es, auf dem Wasser zu sein, hier unten im Süden. Jede einzelne Sekunde kann ich genießen. Aber meine Familie will mich in ein Büro stecken, und die verdammten Wände engen mich so ein. Ich bin nicht mein Vater, auch wenn er das gerne hätte."

„Versteht dich irgendjemand?", fragte Mike.

William nickte. „Ich glaube, mein Dad fängt langsam damit an."

Mike stand reglos da, bis er Carrie rufen hörte. William holte tief Luft und trat einen Schritt zurück. „Ich treffe mich jetzt mit der Crew und wir erstellen einen Plan für diesen Motorentest."

„Okay. Philippe kennt den groben Plan. Ich habe ihn beim Mittagessen erklärt."

„Gut. Ich schaue mir die Motoren an und überprüfe alles. Morgen können wir ablegen."

„Wunderbar. Du hast genug Zeit, dieses Baby hier raus zu bugsieren und dich mit ihm vertraut zu machen."

Mike ging wieder zurück in seine Kabine. Einen Moment später hörte William, wie Carrie und Mike sich durch die Verbindungstür unterhielten. Dann war alles still.

William musste dringend seine Anspannung loswerden, und dafür gab es nur ein Gegenmittel. Er brauchte Zeit an der frischen Luft, in der

Sonne und im Wind. Und verflucht, was er noch mehr brauchte, waren starke Arme und eine breite Brust, die sich an ihn schmiegte. Aber das würde noch etwas warten müssen. Wie so oft mussten die besten Dinge in seinem Leben sich erst einmal hintenanstellen.

8

MIKE VERBRACHTE den Großteil des Tages mit der Crew, vor allem mit Philippe, der sehr kompetent war. Sie gingen den kompletten Ablauf auf der Jacht durch und erledigten alle nötigen Kontrollen.

„Denken Sie, Sie kriegen das hin?", fragte Philippe als sie fertig waren.

„Ja, das denke ich. Ich habe einen Zerstörer gesteuert. Natürlich sind die etwas anders, aber ich habe schon häufiger große Schiffe in kleine Anlegestellen manövriert. Morgen früh bringen wir die Lady hier ganz gemächlich raus."

Philippe nickte. „Das schaffen Sie sicherlich."

Sie verließen die Kommandobrücke und Mike ging hinunter in den Maschinenraum. Die Dieselmotoren glänzten, als er sie auf der Suche nach irgendeinem Haken von oben bis unten musterte. Alles war überaus sauber, keine Tropfen oder undichte Stellen. Das war ein gutes Zeichen. Zurück auf der Brücke startete Mike die Motoren. Er ließ sie im Leerlauf und ging wieder hinunter, um genau hinzuhören. Sie schnurrten wie ein Kätzchen. Sollte es Probleme geben, dann würden sie sich erst auf dem Meer zeigen. Er schaltete die Motoren wieder aus und verließ die Kommandobrücke.

„Und, wie sieht's aus?", fragte William, als Mike zu ihm in den Salon trat, wo er angesichts des Kartenstapels auf dem Tisch mit Carrie Uno gespielt hatte. Carrie umarmte Mike und rannte dann wieder zurück zum Tisch.

„Gut. Morgen früh können wir los. Der Hafenmeister weiß schon Bescheid."

„William sagt, dass es Hühnchen zum Essen gibt", sagte Carrie.

„Ja, Süße. Sieht so aus, aber das ist nicht das Brathähnchen von Grandma." Er wuschelte ihr durchs Haar.

„Nein. Aber Rodrigo hat anscheinend vor, uns zu beeindrucken. Ich habe ihm gesagt, er soll irgendetwas Familiäres machen, sodass wir alle zusammen hier draußen essen können. Hier ist so viel Platz, und in der letzten Zeit hatte ich mehr Protzigkeit um mich, als ich vertrage."

„Verstehe." Mike zog einen Stuhl heran.

„An der Bar gibt es eine riesige Auswahl. Bediene dich, noch musst du ja nicht ans Steuer."

„Daddy, darf ich in den Whirlpool? William hat gesagt, ich soll warten, bis du fertig bist." Carrie setzte den Gesichtsausdruck auf, der ihr normalerweise immer zu ihrem Willen verhalf.

„Zieh deinen Badeanzug an, dann kannst du hinein. Ich gehe mit dir hin." Mike liebte seine Tochter über alles. Er schaute ihr hinterher, als das Kartenspiel vergessen war und sie die Treppen zu ihrer Kabine hinabstürmte.

„Sie ist wirklich eine Marke." Mike brauchte ein Weilchen, bis ihm klarwurde, dass William über Carrie sprach, den Blick dabei aber nicht von ihm genommen hatte. „Habe ich dir schon gesagt, dass ich dich vermisst habe?" Er nahm Mikes Hand und hielt sie auch weiter fest, als Antoinette sich vernehmlich räusperte.

„Ich habe ein Flasche Champagner im Kühlschrank bereitgestellt." Sie errötete entzückend.

Auch Mike zog seine Hand nicht zurück. Ihm war klar, dass sie ihr Geheimnis auf so engem Raum nicht lange würden wahren können. Aber er war nicht darauf vorbereitet, dass Carrie die Wahrheit über ihn erfuhr. Er war sich nicht sicher, wie sie es aufnehmen würde, und im Moment war ihm wirklich nicht nach dieser Art Drama.

„Das klingt wunderbar." William ließ seine Hand los, stand auf und ging zur Bar, um sich einen Drink zu mixen. „Vielen Dank für die ganze Hilfe eben."

„Sehr gerne." Sie wandte sich zum Gehen, hielt aber inne. „Wir sind hier wie Las Vegas. Was auf dem Schiff passiert, das bleibt auch auf dem Schiff." Sie nickte und ging.

„Was hast du für die Tour geplant, außer die Motoren zu checken?"

„Antoinette ist Tauchlehrerin, wenn ihr Lust habt, kann sie es uns beibringen. In Antigua gibt es wunderbare Tauchplätze, habe ich gehört, und Winston hat jede Menge Ausrüstung. Außerdem haben wir zwei Jetskis und ein Speedboot für Küstentouren an Bord. Mir wurde gesagt, ich soll von allem Gebrauch machen."

Mike runzelte die Stirn. „Warum das?"

„Der Eigentümer ist ein alter Freund meines Vaters. Irgendwann in der Steinzeit waren sie zusammen auf der Schule, und Dad hat ihm einen Freundschaftsrabatt auf die Maschinen gegeben. Ich vermute, dass sich im Gespräch irgendwann rausgestellt hat, dass Winston jemanden braucht, der die Motoren kontrolliert, und ich brauchte zufällig Urlaub. Ein himmlisches

Arrangement für meinen Vater, ich war die letzten Wochen nämlich ziemlich motzig."

„Oha?"

„Ja. Es ist Winter und kalt und es gibt keine Sonne und du lebst nicht in Providence."

Dieses Geständnis überraschte Mike ein wenig. „Ich dachte ... na ja, nachdem du weg warst, dachte ich, du hättest alles vergessen."

„Daddy!", rief Carrie und kam in ihrem pinken Badeanzug wieder in den Salon gerauscht. „Machst du mir das gerade?" Sie drehte sich um und Mike dröselte ihre verdrehten Träger auseinander.

„Na dann, gehen wir Blubbern", sagte William und griff nach seinem Drink. Er führte sie zum Vordeck mit dem Whirlpool. William startete die Düsen und Carrie stieg langsam hinein. Die beiden Männer setzten sich auf zwei Stühle.

„Ihr könntet auch reinkommen", deutete Carrie nicht sehr effektiv an.

„Alles gut", sagte Mike. Die Sonne und der warme Wind waren unglaublich. „Zu Hause war es kalt."

„Das kann ich bestimmt toppen. Als ich abgereist bin, hatten wir fast einen Meter Schnee."

Mike erschauderte allein beim Gedanken daran. „Das Kälteste, das ich jemals erlebt habe, war meine Fahrt ums Kap der Guten Hoffnung, als wir hier Sommer hatten. Gott, was das kalt und fies. Die Hälfte der Crew, alles erfahrene Seeleute, ist krank geworden." Er wollte nicht zu intensiv an diese Zeit denken müssen. Sie brachte jedes Mal die Erinnerungen an Benny zurück, wie sie sich in ihrer Kabine zusammengedrängt und auf die Wärme gewartet hatten. Nein, das wollte er wirklich nicht noch einmal durchleben.

„Als ich ein Kind war, wollte mein Vater mich unbedingt mit auf die Jagd nehmen. Ich habe keine Ahnung, warum, aber er war felsenfest entschlossen. Vielleicht wollte er einen echten Mann aus mir machen, oder ihm war der Gedanke gekommen, wir müssten ein bisschen Vater-Sohn-Zeit miteinander verbringen."

Mike fiel auf, dass die Pumpe des Whirlpools ausgegangen war, und Carrie über dem Rand hing und ihnen ebenfalls zuhörte.

„Dad und ich hatten dieses Zelt, das er bestellt hatte, außerdem Schlafsäcke und eine Taschenlampe. Wir haben das Zelt aufgestellt und Dad hat mich in den Wald geführt, wo wir stundenlang hockten und auf ein Reh warteten, das nie aufgetaucht ist. Am Ende des Tages waren wir ganz kalt und nass. Dad meinte, wir hätten genug und wir sind zurück zum Zelt, wo wir ein Feuer gemacht haben. Dad hatte sich wohl vorgenommen, irgendwas zu schießen – vielleicht Steaks vom Markt, ich habe keine Ahnung." Er gluckste, aber es klang nicht humorvoll. „Er hatte nicht genug zu Essen mitgenommen und wir hatten das meiste schon aufgegessen. Also haben wir das gegessen, was übrig war, und sind schlafen gegangen.

Es war arschkalt und über Nacht fing es an zu schneien und der Wind hat den Schnee überall hin geweht. Wir mussten ständig die Zeltplane festhalten, weil mein Vater das Zelt falsch herum aufgestellt hatte, und der Wind direkt in den Eingang blies. Irgendwann haben wir aufgegeben und sind mit unseren Schlafsäcken und der Lampe ins Auto geflüchtet. Kaum waren wir draußen, blies der Wind das Zelt fort und es landete in einem Baum. Mein Dad war total erschrocken. Er hat mich quasi auf den Rücksitz geworfen, wo ich mich dann in meinem Schlafsack hingelegt habe. Gott, war das kalt. Dad hat den Motor angelassen und die Heizung auf Volldampf gestellt. Als es einigermaßen warm war, hat er die Heizung wieder ausgeschaltet und seinen Sitz zurückgestellt. Irgendwann bin ich wohl eingeschlafen, aber ich bezweifle, dass er in der Nacht ein Auge zugemacht hat."

„War dir kalt?"

„Nee. Am nächsten Morgen war das Auto ganz mit Schnee bedeckt, und wir mussten es ausgraben, bevor wir in die nächste Stadt fahren konnten. Da haben wir uns dann in einem Diner wie verrückt vollgestopft. Danach hat Dad mich nie wieder mit auf die Jagd genommen. Das nächste Mal, als er fand, wir müssten mal wieder etwas gemeinsam unternehmen, sind wir in Südfrankreich gelandet und hatten über dreißig Grad. Das war eine sichere Nummer. Ich habe den Winter immer gehasst und bin jedes Mal froh, wenn er wieder vorbei ist."

„Kommst du deswegen nach Florida?", fragte Carrie.

„Ja. Ich will meinen Urlaub irgendwo verbringen, wo es warm ist." William stellte die Düsen wieder an und Carrie machte es sich im Pool bequem, während Mike und William sich entspannten, bis es Zeit fürs Abendessen wurde.

Der Tisch war bereits gedeckt und im ganzen Raum roch es himmlisch. Karibische Gewürze, Hühnchen, frisches Obst und Gemüse in Schüsseln drängten sich auf der Tafel. William holte den Champagner, köpfte die Flasche und schenkte allen ein. Carrie bekam Apfelsaft in einem Champagnerglas und alle setzten sich an den Tisch.

Mike hatte schon auf ein paar Jachten gearbeitet, aber das hier war mit keiner vergleichbar. Die Angestellten hatten nur auf professioneller Ebene mit den Eigentümern interagiert, aßen nicht am großen Tisch und kamen nur äußerst selten in die Annehmlichkeiten der Jacht. Mike warf immer wieder Blicke zu William. Er hatte ihn schon als netten, großzügigen Menschen kennengelernt, merkte jetzt aber erst, wie sich das auch auf komplett Fremde erstreckte.

„Danke für dieses wunderbare Essen", sagte William und hob sein Glas.

„Nein, danke Ihnen", erwiderte Antoinette, während sie alle am Champagner nippten und sich dann wieder dem Essen zuwandten.

Mike beobachtete die anderen und vor allem William. Er fühlte, wie sich sein Herz immer weiter öffnete. Nachdem William fortgegangen war, war Mike sich nicht sicher gewesen, ob er mit alle dem wieder umgehen konnte. Er hatte William in sein Herz gelassen, und dann war er verschwunden. Mike wusste, dass auch William seine Pflichten hatte, das war nur logisch, aber Logik hatte wenig zu tun mit den Nächten, in denen er wach lag und sich fragte, ob er William jemals wiedersehen würde. Er hatte sein Leben weitergeführt und war zur Normalität zurückgekehrt. Ja, er hatte William die ganze Zeit vermisst, aber es war das Vernünftigste gewesen, einfach weiterzumachen. Dann war dieser Anruf gekommen – und jetzt das. Er war in der Karibik gelandet, saß William gegenüber und fragte sich, ob dieses Mal alles anders laufen würde.

Irgendjemand reichte ihm das Hühnchen und riss Mike so aus seinen Gedanken. Er nahm sich eine Portion und reichte die Platte weiter, tat sich Gemüse auf und begann zu Essen. Um ihn herum entwickelte sich ein reges Gespräch, aber Mike war so in seine Gedanken versunken, dass er diesem nicht allzu viel Beachtung schenkte. Er wollte nicht unhöflich sein, war aber gedanklich ganz woanders.

„Um neun Uhr legen wir ab", sagte Mike, als sich das Essen dem Ende zuneigte, und alle stimmten zu. Die Crew bedankte sich bei William für seine Gastfreundschaft, räumte den Tisch ab und begab sich wieder an ihre Pflichten. „Ich mache jetzt noch einen letzten Motorencheck."

„Carrie kann solange bei mir bleiben", bot William an und griff nach dem Kartendeck. Er reichte es an Carrie weiter und als Mike den Salon verließ, war sie schon mit Mischen und Austeilen beschäftigt und bereit für eine erbitterte Partie.

Mike ging auf die Brücke und schaute von dort aus über den Hafen hinaus aufs Meer. Der Rest der Crew ging den eigenen Pflichten nach und Mike stand einfach da, schaute, dachte nach, dankbar, dass er ein paar Minuten Zeit für sich hatte.

„Was macht dich so nachdenklich?", fragte William hinter ihm.

Mike schaute auf die Uhr und wurde sich erst jetzt bewusst, wie spät es schon war. Er hatte völlig sein Zeitgefühl verloren. „Wo ist Carrie?"

„Zum Lesen in ihre Kabine gegangen. Ich bin wohl kein guter Gegner. Sie hat mich dreimal in Folge abgezogen." William schlang die Arme um Mikes Hüfte. „Tut mir leid, dass ich nicht häufiger angerufen habe."

„Tja, das können wir uns wohl beide vormachen. Ich wusste einfach nicht, was ich hätte sagen sollen, und irgendwie war es einfacher, an dem Punkt stehen zu bleiben, wo wir aufgehört hatten … Wahrscheinlich ging es dir ähnlich. Das ist doof, oder? Wir sind beide erwachsen und wissen trotzdem nicht, worüber wir reden sollen."

„Sieht so aus. Wahrscheinlich sind wir im Reden beide nicht so gut." Williams Hände glitten unter Mikes Oberteil. „Manchmal muss man die Dinge so nehmen, wie sie sind. Aber ich habe dich vermisst und die ganze Zeit an dich gedacht. Wahrscheinlich war ich deswegen so überspannt."

„Untervögelt?", fragte Mike. Er hatte sich oft gefragt, ob das alles zwischen ihnen war. Für ihn auf jeden Fall nicht. Wenn dem so wäre, wäre vieles einfacher gewesen.

„Ich habe dich vermisst." William fuhr sanft mit den Lippen über seinen Nacken. „Komm schon. Wenn du hier fertig bist, solltest du Carrie ins Bett stecken. Morgen ist ein großer Tag." Er griff nach Mikes Hand und sie gingen von der Brücke hinunter zu den Kabinen. Mike öffnete Carries Tür, William wünschte ihr eine gute Nacht und trollte sich dann davon.

Nachdem er Carrie ins Bett gesteckt hatte, ging Mike in seine eigene Kabine. Er musste eine Entscheidung treffen. Immer wieder wanderte sein Blick zu der Tür, hinter der William wartete. Ein Teil von Mike wollte einfach zu ihm.

Auf der Brücke hatte William ihm seine Wünsche klar dargelegt. Aber Mike war sich nicht sicher, ob es das Richtige war. Sich das letzte Mal von William zu verabschieden, war ihm derart schwergefallen, dass er sich nicht sicher war, ob er es noch ein weiteres Mal schaffen würde.

Mike zog sich aus und schlüpfte zwischen das weiche Bettzeug, starrte auf die Tür und fragte sich, ob William zu ihm kommen und ihm die Entscheidung abnehmen würde. Aber die Tür blieb verschlossen und Mike starrte immer weiter darauf, während sein Körper zu schmerzen begann und die Sehnsucht seine Gedanken verschleierte.

Hier lag er, auf einer Jacht, als Williams Gast und Kapitän. Zwei Wochen hatten sie Zeit und er lag hier in seiner Kabine und fragte sich, ob er zu ihm gehen sollte. Mike fühlte sich wie ein Trottel. Sie waren beide erwachsen und sechs Monate lange hatte Mike sich gefragt, wann und ob er Williams Hand wieder auf seiner Brust fühlen oder seinen warmen, moschusartigen Duft einatmen und seine fordernden Lippen schmecken durfte. Alles, was er wollte, war Williams Nähe, und doch lag er da und zögerte.

Mike schlug die Decke zurück und stieg aus dem Bett, als sich die Tür zwischen den Kabinen öffnete und William auftauchte. Er sagte nichts, stand einfach da, so unglaublich, wunderbar wie immer. Mike trat auf ihn zu. Er hatte sich entschieden, dass diese Zeit mit William die einsamen Monate, die unweigerlich folgen würden, wert war. Wenn er die Chance auf ein bisschen Glück bekam, sollte er sie nutzen, und in den nächsten zwei Wochen hatte er die Gelegenheit dazu.

William kam ihm entgegen, nahm seine Hand und führte ihn zum riesigen Bett. „Es fühlt sich an wie das erste Mal."

Mikes Beine stießen an die Matratze und Williams Lippen pressten sich auf die seinen, während er seine starken Arme besitzergreifend um Mikes Hüfte schlang. Er hatte die Gardinen zugezogen, die Tür zu Mikes Kabine hinter sich geschlossen, und die Welt dort draußen ausgesperrt. Es gab nur noch sie beide, und Mike fühlte sich wie der Mittelpunkt der Welt. So erging es ihm jedes Mal mit William, besonders, wenn sie allein waren, und sogar in aller Öffentlichkeit. William beobachtete ihn, schien verrückt nach ihm zu sein. Die Aufmerksamkeit, wenn auch gelegentlich aus der Ferne, war schmeichelhaft, und William so nah zu sein und die Hitze zu spüren, die er ausstrahlte, berauschte Mike.

„Ich weiß nicht genau, was du von mir willst." Mike schluckte, bemüht, der Situation keinen Dämpfer zu verpassen, aber er musste wissen, was William erwartete.

„Alles, aber nur das, was du mir geben willst. Ich weiß, dass wir nur ein paar Wochen haben und danach wahrscheinlich alles wird wie zuvor." William legte die Hände auf Mikes Schultern, und er fühlte, wie die Wärme seiner Berührung tief in sein Innerstes drang. „So sehr ich mir wünschte, die Situation wäre anders, sehe ich doch keinen Ausweg. Mein Vater wird immer älter und möchte, dass ich die Firma übernehme."

„Aber willst du das auch?", fragte Mike, stand still und badete in Williams Wärme wie eine Katze im Sonnenschein.

„Nein." Williams Nähe zog Mike an wie ein Magnet. „Ich will mein eigenes Leben und meine eigenen Entscheidungen treffen. Ich bin immer Dads Plänen gefolgt, das weiß ich. Als ich jünger war habe ich sogar mein Bett gemacht, um nicht mit ihm zu streiten."

„Warum denn nicht?" Mike setzte sich auf die Bettkante.

„Den untersten Weg zu gehen war am einfachsten, und irgendwann brauchte ich einen Job und Geld, also dachte ich, arbeite ich halt für die Familie. Meine ganze Erziehung war schließlich darauf ausgerichtet. Aber es gefällt mir nicht. Ich baue Motoren für Boote und Jachten und verbringe meine ganze Zeit in einem Büro, das ich hasse wie die Pest."

„Was würdest du denn tun, wenn du die Wahl hättest?", fragte Mike und schaute zu ihm auf. William setzte sich neben ihn.

„Das, was du tust. Ich würde ein Boot kaufen und mit Leuten angeln gehen – oder schnorcheln auf einer dieser Inseln. Ich liebe das Wasser, habe ich immer schon." William seufzte. „Aber jetzt ist es zu spät. So wütend und niedergeschlagen ich manchmal bin, hunderte Familien zählen auf mich. Meine Schwester und ihr Mann, meine Eltern, die Familien jedes einzelnen Fabrikarbeiters sind davon abhängig, dass ich das Geschäft vorantreibe." Williams Stimme wurde leiser. „Aber was ist mit meinem Leben?" Dieser letzte Satz hörte sich fast an, wie ein Gebet. „Ich weiß, was ich tun muss, und ich werde es auch tun, weil ich keine andere Wahl habe."

Mike schüttelte zurückhaltend den Kopf. „Du hast vollkommen freie Wahl. Schau dich doch um." Er rückte näher zu ihm heran. „Du hast alles, was man sich nur wünschen kann, aber du siehst es nicht. Du sagst, dass du tun wirst, was du tun musst, weil man es von dir erwartet und viele Menschen ihr Vertrauen in dich setzen. Das klingt eher so, als würdest du dich drücken. Du machst einfach so weiter wie bisher, weil du so den Weg des geringsten Widerstands gehen kannst." Er küsste ihn, weil er sich nicht länger zurückhalten konnte.

„Was soll ich deiner Meinung nach tun?", fragte William, als sie sich voneinander lösten, um nach Luft zu schnappen.

Mike gluckste. „Du tust, was du willst. Triff die richtige Entscheidung. Apalachicola wartet auf dich. Wir könnten ein zweites Boot anschaffen, mit dem du dann auf Tour gehst. Ich weiß nicht. Du musst dich nur entscheiden." Mike hatte dasselbe durchgemacht. „Ich besitze vielleicht nicht viel, aber ich kann jeden Tag das tun, was ich mag, und ich bin meistens glücklich."

Er lächelte. „Manchmal auch ein bisschen einsam, vor allem, wenn dieser eine Yankee sich mal wieder monatelang nicht blicken lässt."

William stimmte in sein Lachen ein, lehnte sich nach vorn und schubste Mike rücklings auf die Matratze. „Wie sieht deine Lösung aus? Soll ich nach Apalachicola kommen und mit dir arbeiten?"

„Meine Lösung ist, dass du dir überlegst, was du mit dem Rest deines Lebens anfangen willst. Du kannst in deinem Büro arbeiten. Du kannst mit mir zusammenleben und arbeiten. Du kannst auch etwas ganz anderes machen – was immer du willst." Mike zupfte an Williams Shirt und zog es ihm über den Kopf. „Ein Admiral bei der Navy hat mir mal gesagt, dass man immer auf Grundlage aller Informationen, die man besitzt, die beste Entscheidung treffen sollte. Manchmal braucht man Eier dafür. Dann habe ich ihn gefragt, was passiert, wenn ich die falsche Entscheidung treffe. Weißt du, was er mir gesagt hat? Der einzige Weg, eine falsche Entscheidung zu umgehen, ist es, gar keine Entscheidung zu treffen."

William erstarrte über ihm. „Also du meinst, ich habe …"

„Du musst wissen, was du willst, und hinter deiner Entscheidung stehen. Ob gut oder schlecht, aber irgendwann musst du einen Entschluss fassen." Mike hoffte, dass er irgendeinen Platz in Williams Entscheidung fand. „Ich kann es dir nicht abnehmen. Das muss von dir kommen." Er zog William zu sich herunter. Genug geredet. Hier im Bett würde William wohl kaum die Erleuchtung kommen. Es reichte, dass er darüber nachdachte, wie seine Zukunft aussehen sollte – und damit ihre gemeinsame Zukunft, wenn es denn eine gab.

Mike war sich nicht sicher, was passiert war, oder was genau er gesagt hatte, aber irgendwie hatte er einen Nerv getroffen. William erwachte in seinen Armen zum Leben. Nur Sekunden später drückte er ihn flach auf die Matratze und ihre Kleidung flog in alle Richtungen davon, bis sie nichts mehr voneinander trennte. Mike machte sich nichts vor. William hatte bestimmt keinen radikalen Lebenswandel durchlaufen, aber vielleicht war er auf dem richtigen Weg. Und auch Mike selbst würde einige Entscheidungen treffen müssen.

9

WILLIAM WAR überwältigt von Mike und dem, was er ihm gesagt hatte. Natürlich hatte er recht, das wusste William genau. Er musste eine Entscheidung treffen, und das würde er. Aber zuerst hatte er einen unglaublichen Mann in seinem Bett, auf den er monatelang gewartet hatte, und William war fest entschlossen, Mike zu zeigen, wie sehr er ihn vermisst hatte.

„Gott, es ist einfach viel zu lange her", flüsterte William, fuhr mit der Zunge über Mikes Nacken und presste sich eng an ihn. Er sehnte sich nach Körperkontakt und wollte alles auf einmal. Sein Kopf schwirrte angesichts all der Möglichkeiten, und er zitterte vor Erregung.

„Ich habe dich auch vermisst." Mike umarmte ihn fest und William fühlte, wie sich ein warmes Gefühl in seiner Brust ausbreitete. So umsorgt zu werden war irrsinnig scharf. Es hatte William von Anfang an überrascht, wie direkt Mike war, wenn sie allein waren. Er verstand, dass er in der Öffentlichkeit gerne eine gewisse Diskretion an den Tag legte, aber unter vier Augen machte Mike das Ganze doppelt wett. „Ohne dich war es ziemlich einsam im Haus und auf dem Boot."

„Ich habe versucht, dich zu besuchen, aber nichts hat funktioniert. Jedes Mal, wenn ich dachte, ich könnte vorbeikommen, hat sich irgendetwas auf der Arbeit ergeben und mein Dad brauchte mich." William hasste es, so lange weggewesen zu sein. Es war für sie beide nicht fair gewesen. Mike hatte recht: William hatte seine Entscheidungen immer gefällt, indem er vor ihnen weggelaufen war. Er hatte sein eigenes Glück für die Bedürfnisse seiner Familie auf Eis gelegt. Durch seine Nichtentscheidungen hatte er im Endeffekt doch eine Wahl getroffen, aber es war keine, die ihn glücklich machte.

Mike machte ihn glücklich. Verdammt, Mike war für ihn das fleischgewordene Glück.

William lachte, als Mike mit den Fingern über seine Seite fuhr. „Kitzelig?" William revanchierte sich und pikste Mike in die Hüften. Sie beide endeten in einem lachenden Haufen auf dem Bett und ließen sich schließlich los, bevor sie voneinander abließen. Mike küsste ihn noch einmal, und augenblicklich schoss die vertraute Hitze durch Williams Adern.

„Du hast so ein unglaublich warmes Lachen", stöhnte Mike, während William die Hände über seinen Rücken gleiten ließ und Mikes muskulöses Hinterteil umfasste. Gott, wie sehr er ihn wollte – er lechzte förmlich danach, in Mike zu versinken. Obwohl er nichts übereilen wollte, pochte seine Lendengegend allein beim Gedanken daran.

William rollte sich über Mike und schaute ihm in die Augen. Dann zwängte er ein Knie zwischen Mikes Beine und tastete mit den Fingern nach seiner Öffnung. Mike stöhnte und gab ihm somit die Antwort auf seine unausgesprochene Frage. William hatte alles, was sie brauchten, auf dem Nachttisch drapiert, in der Hoffnung, dass Mike seine Einladung annahm. Er brauchte ein paar Sekunden, bis er alles gefunden hatte, aber dann entlockte er Mike seufzende und stöhnende Laute, die den ganzen Raum erfüllten. Er hoffte zutiefst, dass niemand sonst an Bord sie hören konnte, aber wenn sie es doch konnten, dann sollten sie Mikes ganze Leidenschaft mitbekommen. Er konnte sich kein schöneres Geräusch vorstellen, und als William in Mike eindrang, warf er den Kopf zurück und konnte seine eigene Erregung nicht länger zurückhalten.

Mike schnappte nach Luft und umklammerte ihn fest. „Hatte ganz vergessen, wie verdammt groß du bist. Nachdem du weg warst, gab es niemanden mehr."

„Dito." Als William Mike kennengelernt hatte, war ihm gleich klar gewesen, dass er niemanden sonst mehr wollte.

„Wirklich? Ich meine, ich habe ja nicht viel Gelegenheit, aber du ..." Mikes Worte erstarben und gingen in ein Stöhnen über.

„Natürlich. Ich hatte die pure Perfektion. Warum sollte ich jemand anderes wollen?" William beugte sich zu Mike hinab, legte die Hände um sein Gesicht und küsste ihn hart. „Ich will niemand anderen." Er stieß die Hüften nach vorn und Mike verdrehte die Augen. William liebte den Anblick, wie Mike mit offenem Mund ganz in seiner Leidenschaft aufging. Ein dünner Schweißfilm glänzte auf seiner sonnengebräunten Haut. Er war ein richtiger Mann und roch auch danach. Das allein turnte ihn unendlich an. William hätte schwören können, dass er auch mit verbundenen Augen Mike in einem Raum voller Männer hätte wiedererkennen können, allein anhand seines Geruchs, der immer einen Hauch von Salz und Meer hatte. Er konnte sich nichts Köstlicheres vorstellen.

William atmete tief ein und presste die Hüften gegen Mikes Hinterteil, fügte sie fest ineinander und genoss es, wie Mike sich an ihm festklammerte. „Du bist wunderschön, wenn du so daliegst."

Mike gluckste und stöhnte zugleich. „Ich war nie schön. Wie kannst du dir da überhaupt sicher sein? Ist doch viel zu dunkel."

„Ich muss dich nicht sehen, um zu wissen, wie du aussiehst. Und du bist atemberaubend. Du bist mir schon bei unserem ersten Treffen aufgefallen, und seitdem konnte ich meinen Blick nicht mehr von dir abwenden. Wenn du den Raum betrittst, kann ich mich auf nichts anderes mehr konzentrieren."

„William ..."

„Das stimmt." William bewegte die Hüften und die Lust übermannte sie beide. Er brauchte diese Lebendigkeit. Wie sehr er das alles vermisst hatte, Mikes wellenförmige Muskeln unter seinen Händen, seine Wärme, die ihn umhüllte, das lang gezogene, tiefe Stöhnen, das in jede Ecke des Raumes drang, als Mike sich nicht mehr beherrschen konnte. Er liebte ihn, aber er traute sich nicht, es zu sagen. Sie waren so lange getrennt gewesen, und ihnen stand eine weitere Trennung bevor. William musste die Worte für sich behalten. Wenn er sie sagte, dann ... William verstand sich selbst nicht. Es war nicht so, als würde er es nicht fühlen. Sie machten Liebe. Das war so viel mehr als nur Sex, und er hoffte, dass Mike das verstand, denn als William versuchte, die magischen Worte auszusprechen, blieben sie in seiner Kehle stecken und er behielt sie noch für sich.

„Oh Gott ..."

„Lass los, Mike. Ich weiß, dass du versuchst, dich unter Kontrolle zu halten, aber das musst du nicht. Gib's mir einfach."

Mike erzitterte unter ihm und William stieß hart in ihn hinein. „Ich will ... dass ... das noch ... dauert", presste Mike durch die Zähne heraus. Seine Lippen bewegten sich kaum merklich. „Baseball ... Mutter ... Tochter ..."

Mikes Bemühungen brachten William zum Lachen und er nahm eine neue Position ein. Das Stöhnen, das daraufhin folgte, erstickte das Gemurmel und Mike riss die Augen auf. William beobachtete den leichten Schweißfilm auf seiner Haut, während die Vorhänge im Einklang mit dem sanften Schaukeln der Jacht flatterten.

Mike stöhnte und verkrampfte sich, und dann erreichte er Hals über Kopf und gleichzeitig mit William den Höhepunkt. William brach über Mike zusammen, der ihn fest umklammerte. William schloss die Augen und ließ sich eine Weile treiben, bevor er sich neben Mike rollte und Dankgebete zu den Sternen und an die ganze Galaxie schickte, dass er Mike noch einmal fühlen durfte.

„Wow", keuchte Mike.

„Wem sagst du das." Williams Gedanken drehten sich noch immer wild im Kreis, als sich ihre Lippen in einem sanften Kuss trafen. All das aufgestaute Begehren der letzten Monate war fürs Erste gestillt, und Williams Augen fielen ganz von allein zu, als er seinen Kopf auf Mikes Schulter bettete.

ER HATTE wirklich nicht einschlafen wollen, aber er schreckte auf, als Mike sich unter ihm bewegte. „Tut mir leid." William gähnte und streckte sich, um die Verspannungen in Nacken und Rücken zu lösen. „Wie viel Uhr ist es?"

„Fast sieben Uhr morgens", informierte Mike ihn sanft. „Ich muss mal wieder in meine Kabine, und du solltest in einer Stunde aufstehen, damit wir ablegen und mit dem Motorentest loslegen können."

„Geht klar." William griff nach Mikes Hand und zog ihn zu sich herunter. Er küsste ihn, damit Mike etwas hatte, an das er sich erinnern konnte, wenn er den Raum verließ. Dann schaute er Mikes nacktem Hinterteil hinterher, als er sich auf den Weg in seine eigene Kabine machte. Als er verschwunden war, streckte William sich in dem Bett aus, das ihm plötzlich zu groß erschien.

Da er nicht vorhatte, noch einmal einzuschlafen, stand William auf, sprang unter die Dusche und zog sich an. Dann ging er an Deck und schaute über den Hafen, während Kreuzfahrtschiffe auftauchten und im Hafen andockten. Was für ein Ausblick! Die riesigen Schiffe glänzten in der Sonne und manövrierten doch so grazil. Auch kleinere Boote kamen an und verließen den Hafen. Die Bootsstege füllten sich allmählich mit Menschen, und die warme Brise trug ihr munteres Geplauder zu William heran.

„Ich glaube, wir sind alle bereit zum Ablegen. In einer halben Stunde gibt es Frühstück", sagte Antoinette und trat neben ihn. „Ich liebe diese frühen Morgenstunden."

„Ich auch." Natürlich hatte William einen Job zu erledigen, aber erst, wenn sie den Hafen verlassen hatten. Bis dahin musste er sich nur zurückhalten und die Crew und Mike ihren Job erledigen lassen. Er wollte zu gern auf die Kommandobrücke gehen und zuschauen, blieb aber wo er war, um nicht im Weg zu stehen, während die Jacht ablegte.

Die Motoren erwachten summend zum Leben und Antoinette begab sich wieder an die Arbeit.

Bald tauchte Carrie neben ihm auf. „Daddy hat gesagt, ich soll dich suchen."

William legte ihr einen Arm um die Schulter. „Er ist gerade sehr beschäftigt, und das dauert auch noch ein bisschen. Wir müssen sicherstellen, dass die Motoren funktionieren."

„Anna sagt, nach dem Frühstück spielt sie Karten mit mir."

„Wunderbar." Das war eine Erleichterung. William hatte befürchtet, dass Carrie sich langweilen würde. „Der Maschinencheck dauert ein paar Stunden und dann bleiben wir einige Tage im Hafen von St. Thomas. Wenn du magst, können wir in der Stadt einkaufen gehen. Vielleicht finden wir ja was, das dir und deinem Daddy gefällt."

Carries Augen leuchteten auf, aber dann breitete sich ein Schatten über ihr Gesicht. „Ich habe kein Geld", sagte sie leise.

William musste einen Moment darüber nachdenken. Natürlich hätte er ihr einfach etwas geben können, aber er bezweifelte, dass Mike damit einverstanden wäre. „Wie wäre es, wenn du deine Kabine selbst sauber hältst, damit Anna nicht so viel Arbeit hat, und ihr nach dem Frühstück beim Abstauben der Lounge hilfst? Wenn du das jeden Tag machst, bezahle ich dich für deine Hilfe, wenn wir St. Thomas und Antigua erreichen. So kannst du dir dein eigenes Geld verdienen."

Carrie schien sich über das Angebot zu freuen, und sie hopste in die Lounge. William schlenderte ihr hinterher und hörte, wie Carrie Anna nach dem Putzzeug fragte, um mit dem Staubwischen anzufangen. Anna fing seinen Blick auf und lächelte, bevor sie Carrie mitnahm, um sie mit allem auszustatten, was sie brauchte.

William ließ sich in einem der bequemen Drehstühle nieder und beobachtete, wie andere Boote und die Küste von St. Martin langsam an ihnen vorbeizogen. Er blieb dort sitzen, bis Antoinette ihm das Frühstück brachte und Carrie sich zu ihm setzte.

„Sehen wir wohl Delfine?", fragte Carrie, während das Schiff an Fahrt aufnahm.

„Wenn du aufgegessen hast, kannst du nach oben gehen und Ausschau halten. Falls wir welche finden, dann vermutlich direkt neben dem Schiff."

„Haben Sie noch einen Wunsch?", fragte Antoinette.

„Wäre es möglich, eine Tauchstunde zu organisieren, wenn wir in St. Thomas sind? Mike, Carrie und ich hätten bestimmt Spaß daran."

„Selbstverständlich." Sie lächelte und Carrie fiel vor Aufregung fast vom Stuhl. „Ich bezweifle, dass wir Ausrüstung für Kinder an Bord haben, aber wenn Sie einverstanden sind, leihen wir für Carrie einfach welche aus. Kinder sollten nicht mit den großen Sauerstoffflaschen tauchen. Das Gewicht kann sie nach unten ziehen, deswegen sind kleinere und leichtere Flaschen sicherer."

„Bin ich nicht zu jung?", fragte Carrie.

„Mit zehn bist du alt genug. Ich kenne eine geschützte Bucht, in der wir anfangen können. Dort gibt es keine starke Strömung und es gibt so viel zu sehen, dass sich das Tauchen lohnt. Vielleicht können wir heute Abend schon einmal die wichtigsten Regeln an Land durchgehen, bevor wir uns ins Wasser wagen."

„Das wäre großartig. Ich spreche mal mit Mike, wenn er Zeit hat." William schenkte ihr ein Lächeln.

„Danke", sagte Carrie und wippte auf und ab.

„Sehr gerne." Antoinette verließ den Salon und William beendete sein leichtes Frühstück. Carrie ging mit Anna nach draußen, um Karten zu spielen, also besuchte William Mike auf der Kommandobrücke.

„Wie sieht's aus?" William achtete darauf, dass er Mike nicht im Weg stand, der die Jacht mit einem Joystick steuerte.

„Ziemlich gut. Die meiste Arbeit hier läuft über einen Computer, aber die Jacht durch den Hafen zu manövrieren hat etwas von einem Videospiel."

William war kurz davor zu fragen, wie das bei der Navy gehandhabt wurde, aber er war sich nicht sicher, ob Mike darüber reden wollte und blieb stumm. „Kommst du mit den ganzen Gerätschaften klar?"

„Sicher doch. Ich will mich noch ein bisschen mit den ganzen Bedienelementen vertraut machen, damit ich vernünftig anlegen kann, aber bis jetzt läuft es gut. Die Maschinen schnurren und bislang entspricht alles den Daten, die du mir gegeben hast. Philippe ist unten, um sie vor Ort zu kontrollieren. Solange wir keine Probleme mit Lecks oder austretendem Öl haben, ist alles in Butter." Dem breiten Grinsen auf seinem Gesicht nach zu urteilen, hatte Mike Spaß. „Wie geht's Carrie?"

„Sie ist bei Anna, und sobald wir angelegt haben, würde ich mich gerne mit euch beiden zusammensetzen. Antoinette will uns ein paar Grundlagen des Tauchens erklären, damit wir bald mit den Stunden anfangen können. Carrie freut sich riesig darauf."

„Ich mich auch." Mike hielt den Blick weiterhin aufs Meer gerichtet, und William stahl sich davon, um ihn nicht zu stören.

Den Rest des Morgens verbrachte er mit Lesen und beobachtete dabei die vorbeiziehende Insellandschaft, während Mike sich mit dem Schiff vertraut machte. Da der erste Maschinentest positiv ausgefallen war, hielten sie direkt auf ihr Ziel zu. St. Thomas war nur etwa 120 Meilen entfernt, und sie würden für die Strecke dorthin vermutlich zwischen sieben und acht Stunden brauchen. Im ruhigen Wasser kam die Jacht gut voran. Der Himmel strahlte in sattem Azurblau und die Sonne warf funkelnde Lichtreflexe auf die Wasseroberfläche. Die Angestellten brachten ihm ein leichtes Mittagessen und William versuchte, die Ausstattung der Jacht bestmöglich zu nutzen, was ihm nicht leichtfiel, da sein Spielgefährte die ganze Zeit auf der Kommandobrücke hockte. Er hatte nicht so recht bedacht, wie viel Zeit für Mikes Pflichten draufging. Gut, dass sie keine nächtlichen Routen geplant hatten.

Um vier Uhr nachmittags merkte William, wie sie an Geschwindigkeit verloren, was ihn dazu veranlasste, wieder zur Kommandobrücke zu gehen.

„Ich wollte gerade Philippe nach dir schicken", sagte Mike, als William zu ihm trat. „Sieht so aus, als hätten wir ein Problem mit einer kaputten Dichtung. Es läuft Öl aus, deswegen fahren wir langsamer. Scheint zu helfen, aber das heißt, dass wir den Hafen erst ein paar Stunden später erreichen."

„Alles klar." William wandte sich an Philippe. „Zeigen Sie mir, was Sie gesehen haben, und ich gebe meinem Vater Bescheid. Wenn wir Ersatzteile brauchen, lässt er sie einfliegen und unser Büro kann jemanden auf der Insel kontaktieren, der die Reparatur vornimmt." Er ging zusammen mit Philippe zum Maschinenraum. Tatsächlich tröpfelte Öl aus einer Dichtung, und William konnte sehen, dass das Rinnsal einmal stärker gewesen war.

„Ich habe sauber gemacht so gut es ging. Ohne den Druck hält die Dichtung viel besser, also müssen wir erst einmal auf dieser Geschwindigkeit bleiben."

„Das ist schon in Ordnung. Besser jetzt, solange wir noch in der Nähe der Inseln herumschippern, als später auf hoher See." Sie waren nur noch knapp dreißig Meilen von ihrem Ziel entfernt, und auch wenn die Lage nicht optimal war, so bewegten sie sich dennoch vom Fleck und würden etwas später als geplant den Hafen erreichen. „Behalten Sie hier alles im Auge und sagen Sie Bescheid, wenn Ihnen etwas auffällt." William war nicht ausgesprochen glücklich über die Situation, aber dafür war er schließlich hier. Er kehrte auf die Kommandobrücke zurück, um Mike zu bestätigen, was er bereits ahnte.

„Wird schon alles funktionieren. Wir sind jetzt zwei Stunden im Verzug und ich habe bereits im Hafen Bescheid gesagt. Die Küstenwache steht auf Abruf, wenn wir sie brauchen, aber wenn nicht noch irgendetwas anderes in die Binsen geht, sollten wir klarkommen. Die Motortemperatur ist stabil und der Öldruck soweit unverändert."

„Sonst ist auch alles dicht. Eigentlich sollte alles halten." William hängte sich ans Satellitensystem und rief seinen Vater an.

„Wie ist die Lage?", fragte sein Vater, nachdem William seinen Namen genannt hatte.

„Die Dichtungen sind nicht in Ordnung. Wenn wir das Tempo voll ausnutzen, verlieren wir Öl. Im Moment ist der Tank noch halb voll, aber ich brauche schnellstmöglich Ersatzteile und jemanden, der in St. Thomas die Reparaturarbeiten vornimmt."

„Ich weiß jemanden und rufe ihn gleich an. Die Ersatzteile gehen morgen raus. Heute kann ich sie nicht mehr losschicken, aber es liegt alles bereit und ich kümmere mich morgen als Erstes darum. Sag mir nur, wo du sie brauchst. Wie lange wollt ihr im Hafen liegen?"

„Eigentlich zwei Tage, aber daraus sind jetzt wohl mindestens drei geworden, bis die Reparaturen gemacht sind. Wir müssen auch noch einen Test durchführen, bevor wir ablegen."

„Dann überlass' die Sache mir. Ich rufe dich an und lass dich wissen, wie es aussieht."

„Danke für die Hilfe, Dad."

„Geht es dir gut? Muss ich schwere Geschütze auffahren?"

William wusste nicht genau, welche Geschütze sein Vater meinte, aber er vermutete, dass er jede einzelne Jacht, die ihre Route kreuzte, mit nur wenigen Telefonanrufen erreichen konnte. Nach all den Jahren als Geschäftsmann kannte sein Vater jeden in der Branche.

„Sonst ist alles gut. Die See ist komplett ruhig und das Wetter ein Traum. Wahrscheinlich kommen wir in zwei Stunden am Hafen an, dann haben wir noch genug Licht um anzulegen. Wir hatten kurzen Kontakt mit dem Hafenlotsen, und er meint, sie würden auf uns warten."

„Das ist gut. Ich mache mir schon Sorgen, weißt du."

„Ich sage Bescheid, sobald ich wieder Handyempfang habe." William legte auf und kehrte zu Mike zurück, der am Kontrolltisch stand.

„Ich habe die Geschwindigkeit ein kleines bisschen erhöht." Er bekam einen internen Funkspruch und nahm ihn an. „Wunderbar. Dann halten wir das Tempo. Danke." Mike legte auf und lächelte. „Scheint, als wäre diese Geschwindigkeit in Ordnung, aber mehr riskiere ich nicht. Alles andere funktioniert offenbar."

William nickte. Sie näherten sich allmählich ihrem Ziel, und das Letzte, was er wollte war, dass die Motoren ausfielen und sie in den Hafen geschleppt werden mussten. Winston würde nicht begeistert sein und wahrscheinlich würde sich der Vorfall herumsprechen und auch an die Ohren ihrer Mitbewerber dringen.

Am Horizont wurde ein schmaler Streifen Land sichtbar, der sich immer weiter näherte. Dann kamen die Hafenmarkierungen in Sicht. Mike bremste die Jacht ab, als das Boot des Hafenlotsen neben ihnen auftauchte und er auf die *Vargo* kletterte.

„Langsam haben wir uns Sorgen gemacht", sagte er und unterhielt sich eine Weile mit Mike. Dann lotste er sie in den Hafen, bis sie sicher an ihrem Anlegeplatz angekommen waren. Erst jetzt konnte William erleichtert ausatmen. Sie wurden an das Stromnetz angeschlossen und Mike schaltete die Motoren aus.

William hatte seine Anspannung gar nicht bemerkt, bis sie sich löste.

„Bist du eigentlich immer so verspannt?", fragte Mike, als er zu ihm trat.

„Habe ich bis jetzt gar nicht bemerkt." Gott, William hasste es, so nervös zu sein, aber er trug die Verantwortung für eine millionenschwere Jacht, und er war nicht scharf darauf, auf hoher See festzusitzen.

„Ich war die ganze Zeit zuversichtlich. Die Motoren laufen gut und die Dichtung hätte wesentlich schlimmer aussehen können. Wir sind hier und in Sicherheit, und es ist nichts weiter passiert."

„Stimmt." William musste zugeben, dass er wahrscheinlich die ganze Crew in den Wahnsinn getrieben hatte, weil er die ganze Zeit von einem Ende der Jacht zum anderen gerannt war. „Die Ersatzteile sind auf dem Weg und Dad besorgt jemanden, der die Dichtungen auswechseln kann. Wir müssen also nur ein paar Tage in diesem unglaublichen Hafen verbringen." William wollte nur ein wenig Zeit haben, sich im Wasser zu entspannen.

„Mr. William, in einer Stunde ist das Abendessen fertig."

„Wunderbar. Sagen Sie Rodrigo, wir essen wieder gemeinsam, so wie gestern Abend."

Antoinettes Augenbrauen hoben sich. „Ich dachte, das war nur gestern, um … Entschuldigung. Natürlich, ich sage ihm Bescheid." Ihre Überraschung wich einem Lächeln.

„Ich weiß, dass Sie das so nicht gewohnt sind, aber ich wüsste nicht, was wir ohne Sie alle tun sollten. Also bitte leisten Sie uns Gesellschaft."

Sie lächelte, nickte und verließ die Kommandobrücke.

„Ich sollte mal nach Carrie sehen. Ich war die ganze Zeit so beschäftigt, und das hier sollte doch ihr Urlaub werden." Mike seufzte.

„Sie hatte Spaß, und Antoinette hat unsere Verspätung dafür genutzt, ihr schon mal einiges über das Tauchen zu erzählen. Ich vermute, Carrie ist jetzt völlig aufgekratzt. Sie ist wirklich ein unglaubliches Mädchen."

„Du bist unglaublich. Ich kann immer noch nicht fassen, dass wir beide jetzt hier sind und ich diese Wuchtbrumme hier steuern darf. Ich freue mich schon darauf, wenn ich die Maschinen wieder voll ausfahren kann." Mike hörte sich an wie ein Kind im Süßwarengeschäft. Er grinste, beugte sich vor und küsste William stürmisch. „Ich würde jetzt zu gerne ein Nickerchen machen." Mike zwinkerte. „Aber ich habe noch Sachen zu erledigen."

„Verstehe." William hielt Mike einen Augenblick lang im Arm. „Es ist seltsam, dass wir jetzt die ganze Zeit so nah beieinander sind, und ich dich trotzdem nicht küssen kann, wann ich will."

Mike streichelte seine Wange. „Bis heute Abend."

William nickte aufgeregt und Mike eilte davon.

Das Abendessen war wieder einmalig, und im Anschluss erklärte Antoinette ihnen die Grundlagen des Tauchens, wie man atmete und was sie erwarten konnten. Dann beschrieb sie ihnen den Umgang mit der Ausrüstung und schnallte ihnen die Sauerstoffflaschen auf den Rücken, damit sie ein Gefühl dafür bekamen. Nach dieser interessanten Einführung konnte William, der so viel Zeit auf dem Wasser verbracht hatte, es kaum erwarten, einmal einen Blick unter die Oberfläche zu werfen.

Als Antoinette ihre Stunde beendet hatte, brachte Mike Carrie zu Bett und William ging wieder an Deck, um sich hinzusetzen und die hellerleuchteten Hügel zu betrachten. Die Lichter funkelten, wenn sich die Bäume im Wind bewegten und sie verdeckten und wieder freigaben.

„Sie schläft schon tief und fest", teilte Mike ihm kurz darauf mit. „Wir haben noch geredet und sie hat mir von allem erzählt, was sie heute gesehen hat. Als sie fertig war, war sie so müde, dass sie direkt eingeschlafen ist."

„Ich bin froh, dass sie Spaß hat." William drehte sich um, während Mike sich in einen anderen Stuhl fallen ließ. „Wie wäre es, wenn wir uns morgen nach dem Frühstück die Stadt anschauen? Ich habe Carrie ein paar Aufgaben an Bord gegeben und ihr versprochen, sie dafür zu bezahlen. Ich dachte mir, es würde sie freuen, wenn sie ein bisschen eigenes Geld verdienen kann. Hoffentlich bist du damit einverstanden. Hier gibt es ein paar schöne Geschäfte."

„Das war eine wirklich gute Idee." Mike streckte sich aus und griff nach Williams Hand. „Manchmal erstaunst du mich wirklich. Ich habe viele nette Gäste, aber manche sind sehr fordernd und sehen Bubba und mich nicht wirklich als eigenständige Menschen an. Du bist ganz anders."

„Mein Großvater, also Dads Vater, hat mich sehr geprägt. Nachdem meine Großmutter gestorben war und Dad das Geschäft übernahm, haben wir viel Zeit miteinander verbracht, und immer, wenn ich mal aus der Reihe getanzt bin, hat er mich daran erinnert, dass Manieren und Rücksichtnahme nichts kosten, dir aber Dinge verschaffen, die du mit Geld nicht bezahlen kannst. Und er hatte recht. Nett zu sein kostet gar nichts, aber wenn du es bist, sind die Leute auch nett zu dir." William lehnte sich zu Mike, um ihn zu küssen. Er genoss die Ruhe allein mit ihm. Die nächsten zwei Wochen würden umwerfend werden.

„Rodrigo schickt Ihnen die hier", sagte Antoinette plötzlich und stellte ein Tablett auf dem Tisch zwischen ihnen ab. Ihr musste aufgefallen sein, dass Mike seine Hand schnell zurückzog. „Alles in Ordnung. Diskretion gehört zu unseren Aufgaben." Sie ging wieder davon und Mike streckte die Hand wieder aus.

„Ein gutes Team."

„Und ich schätze, du hast dir ihre Loyalität verdient, indem du sie immer zum Abendessen einlädst."

„Teilweise, denke ich. Wir sind ihre Gäste, und es liegt in ihrer Hand, ob unsere Zeit hier der Himmel oder die Hölle wird. Ich glaube, wir steuern auf himmlisch zu – und ich glaube, das trifft auch auf diese Cookies hier zu." William griff nach dem Teller und reichte ihn Mike.

„Ist das ein Leben."

„Und vor allem ist das unser Leben für die nächsten zwei Wochen." William fühlte bereits, wie sein Stress mit der sanften Brise davonflog, und als Mike seine Hand an die Lippen führte, verschwand die ganze Welt um sie herum.

10

„DIE ERSATZTEILE sind schon verschickt und sollten morgen ankommen", erklärte William am nächsten Nachmittag.

Mike hatte Schmerzen an Körperstellen, von denen er gar nichts gewusst hatte. Verdammt, das hatte wirklich etwas für sich. Er musste seine Aufmerksamkeit dringend von der Wölbung von Williams Nacken, seinen breiten Schultern und strahlenden Augen abwenden und ins Hier und Jetzt zurückkehren.

„Morgen Nachmittag kommt ein Serviceteam, das die Reparaturen vornimmt, und dann können wir wieder los."

„Ich würde die Maschinen nach der Reparatur noch einen Tag lang kontrollieren, bevor wir uns auf eine zu weite Route begeben. Überleg dir, wohin du danach willst. Das Wetter im Süden sieht vielversprechend aus, und es ist nichts Größeres vorhergesagt. Ich würde also sagen, die Karibik wird unser Spielplatz. Such dir was aus, wenn wir mit den Motoren fertig sind."

„Worauf hättest du denn Lust?"

„Na ja, wir hatten eine Tauchstunde und Antoinette meint, die weltbesten Orte zum Tauchen und Schnorcheln gäbe es auf Bonaire. Wenn das Wetter hält, könnten wir ein bisschen Inselhopping betreiben. Philippe ist qualifiziert genug, um auch mal das Steuer zu übernehmen, dann können wir uns eine schöne Zeit machen."

„Alles klar, klingt gut. Wir müssen nur in den Häfen Bescheid geben. Winston meinte, wir könnten in allen Häfen Anlegeplätze kriegen, wenn wir früh genug Bescheid sagen."

„Die Liste liegt auf der Kommandobrücke. Ich habe einen möglichen Kursplan erstellt – wenn du damit einverstanden bist."

„Du bist der Kapitän", flüsterte William.

Mike wünschte sich nichts mehr, als ihn zu küssen, aber sie saßen im Salon und Carrie platzte genau in diesem Moment herein.

„Antoinette sagt, wir können morgen früh tauchen gehen!"

„Wenn sie Zeit hat, gerne", sagte Mike und William nickte zustimmend. St. Thomas war ein großartiger Ort und das Problem mit den

Maschinen verschaffte ihnen nur noch mehr Zeit, um sich zu amüsieren. Was sie William zufolge so viel tun sollten, wie möglich.

„Super!" Carrie umarmte erst ihn und danach William, bevor sie wieder davonstürmte und lauthals nach Antoinette rief.

„Sie amüsiert sich wirklich prächtig." Mike schaute ihrem wippenden Pferdeschwanz hinterher. „Ich kann dir nicht genug für alles danken."

„Ich habe doch auch eine tolle Zeit, und dass nur wegen Carries Dad. Wirklich, ohne dich wäre alles anders." William setzte sich auf den Stuhl, der Mike am nächsten stand. „Alle meine schönsten Erinnerungen der letzten vier Jahre haben mit dir zu tun. Erst angeln und sich dann vor einem Hurrikan im Haus verbarrikadieren. Jetzt das hier …" William schluckte und Mike hielt den Atem an und wartete auf Williams nächste Worte. Sein Puls raste. „Ich will mehr dieser Erinnerungen mit dir … und mit Carrie. Ich weiß, dass es eine blöde Idee ist, dich zu fragen, ob du nach Providence ziehen willst. Dein Leben spielt sich in Apalachicola ab."

„Und deins in Providence", sagte Mike.

„Ja. Aber wir haben überall in deiner Gegend Außendienstmitarbeiter sitzen. Das ist ein Paradies für Schiffe, und wenn du Schiffsmotoren verkaufst, dann musst du auch da sein, wo du sie absetzen kannst."

„Meinst du damit …?"

„Ich werde mit meinem Vater reden. Ich will nicht weiter im Norden hinter einem Schreibtisch hängen. Ich will hier unten sein." William nahm Mikes Hand. „Ich will glücklich sein, und ich weiß, dass du für mich zum Glücklichsein dazugehörst. Wenn diese Tour vorbei ist, gehe ich noch einmal nach Hause zurück, aber dieses Mal finde ich eine Lösung. Als ich dich das letzte Mal verlassen musste, hat es mir fast das Herz zerrissen."

„Aber was ist mit meiner Mutter und Bubba?", fragte Mike plötzlich panisch.

„In der Hinsicht musst du jetzt entscheiden, was du willst. Ich will nicht dein Geheimnis sein. Ich weiß, dass es hart wird, Bubba einzuweihen – ich habe ja mitgekriegt, was auf dem Boot passiert ist – aber deine Mom und Carrie sollten davon wissen … wenn das zwischen uns dir etwas bedeutet."

Mike nickte. Er wusste, dass er sich einige Gedanken machen musste, und dass er sich nicht ewig verstecken und seine wahre Persönlichkeit verschweigen konnte. „Wenn alles schiefläuft, muss ich mir vielleicht einen neuen Mitarbeiter suchen." Das war die einzige Antwort. Seine Mutter würde vielleicht enttäuscht sein, aber sie würde versuchen, ihn zu verstehen. Er wusste nicht, wie Carrie reagieren würde, und dann waren da

noch die anderen Leute in der Stadt ... Gott, man würde ihn ausstoßen ...
Mike atmete schwer.

„Entspann dich einfach. Du musst jetzt nicht alles entscheiden. Geh
die Dinge Schritt für Schritt an und überleg dir, was dir wirklich wichtig
ist." Aus Williams Stimme sprach klare Enttäuschung, die fast so klang,
wie die, die Mike tief in sich selbst fühlte. Er sollte Manns genug sein, sich
einzugestehen, was er wirklich wollte. „Du hast Zeit."

Einerseits ja, andererseits nein. Als William ihm gesagt hatte, dass
er in Florida leben wollte, war ein Traum in Erfüllung gegangen, und Mike
war immer überzeugter, dass auch sein Glück von William abhing, jetzt,
da die langen Monate vorbei waren, in denen seine Mutter ihm immer
wieder sagte, er solle doch aufhören, Trübsal zu blasen. Aber er musste
über einiges nachdenken, wenn ihm eine so große Veränderung bevorstand.
Er hatte immer schon Angst gehabt, was aus seinem Geschäft und seiner
Freundschaft mit Bubba wurde, was aus seiner Mutter, was mit all seinen
Nachbarn. „Das sind große ..."

„Nicht, wenn du weißt, was du willst." William ließ seine Hand
nicht los, was Mike unglaublich den Rücken stärkte. „Ich hatte Zeit, mir
Gedanken zu machen."

„Es geht um mehr, als darum, sich Gedanken zu machen." Mike drehte
sich zu William um. „Es heißt, dass ich mein Geschäft aufs Spiel setze. Ich
bin von den Empfehlungen meiner Kunden abhängig. Was passiert, wenn
Gerüchte über uns die Runde machen? Ich nehme hauptsächlich Männer mit
auf meine Touren, viele davon sind schon älter. Wie fühlen die sich wohl
dabei? Ist es ihnen unangenehm? Wenn ja, dann werden sie ihre Touren bei
jemand anderem buchen. Ich muss eine Familie ernähren." Mike wurde
bewusst, wie sehr die Angst sein Leben beherrschte. Er schloss die Augen
und versuchte, die Furcht zu verdrängen, die der Gedanke mit sich brachte.
Wie konnte man sich auf etwas so sehr freuen, und sich gleichzeitig so
sehr davor fürchten? Mike fühlte sich, als stünde er unter der Dusche und
jemand anderes würde alle paar Sekunden den Kalt- und Warmwasserhahn
vertauschen.

Ihm war klar, was er zu tun hatte. Er musste aus seinem Versteck
kriechen und er selbst sein. Wenn man sagte, die Meinung der anderen
interessiere einen nicht, machte man es sich zu einfach ... denn das tat sie,
wenn ein Geschäft davon abhing und somit eine Familie, die durchgefüttert
werden wollte.

„Ich wollte dich nicht unter Druck setzen. Ich hatte nur gehofft, dass du dich über meine Entscheidung freust, und …"

„Das tu ich auch." Mike drückte Williams Hand. Er war William so wichtig, dass dieser bereit war, eine Riesenveränderung durchzumachen, und Mike sollte diese Geste eigentlich erwidern können. „Es ist … Ich weiß, das klingt jetzt falsch, aber die Entscheidung, worüber wir sprechen, trifft dich nicht so hart wie mich. Du hast Geld und Sicherheit, egal, wohin du gehst. Ich könnte alles verlieren." Oder das einzige auf der Welt gewinnen, mit dem er nie gerechnet hätte.

„Ich weiß." William bewegte keinen Muskel. Mike überlegte, ob er ihn wohl stark verärgert hatte, aber William zog die Hand nicht weg. Je länger die Stille zwischen ihnen herrschte, desto mehr konzentrierte sich Mike auf diese kleine Berührung, als wäre sie ein ganzes Leben voller Glück, und als würde er sie verlieren, wenn sie abriss. Er schaute hinauf zu den Sternen, als hätten sie eine Antwort für ihn, und sein Herz schlug schneller. „Ich gehe nirgendwohin", sagte William schließlich und brach das Schweigen.

„Ich weiß, dass ich meinen Mann stehen und die Würfel fallen lassen sollte. Das habe ich bei der Navy eigentlich gelernt. Nur die Wahrheit zählt, aber … das bin nicht ich. Was, wenn ich Carries Leben ruiniere? Und meine Mom, sie braucht mich doch …"

„Ich weiß. Das tun sie. Aber du selbst brauchst dich auch, und dann gibt es da noch einen Typen, dessen Zurechnungsfähigkeit mehr und mehr von dir und deinem Sex-Appeal abhängt." William drehte sich zu ihm um. Obwohl Mike noch immer in die Sterne starrte, spürte er Williams Blick. „Die Wahrheit ist, dass du nicht irgendjemandes Leben ruinierst."

„Wie kannst du dir dessen so sicher sein?"

William machte ein schnaubendes Geräusch. „Du hast eine Tochter, die dich liebt, und eine Mutter, die dich unterstützt, egal, was du machst."

Mike wandte sich von den Lichtern ab und William zu, der unbeirrt weitersprach.

„Deine Mom ist umwerfend. Glaubst du wirklich, sie würde sich von dir abwenden? Ich nicht. Dolores ist einmalig. Wenn du meine Mutter treffen könntest …" William gluckste und stand auf, ohne Mikes Hand loszulassen. Dann zog er Mike auf die Füße und führte ihn vom Deck und zu seiner Kabine. Es gab keinen Vorwand, und wenn jemand dagewesen wäre, hätten sie genau gesehen, wohin sie beide gingen.

Aber Mike achtete nicht darauf, ob irgendjemand ihnen zusah, und als sich die Tür hinter ihnen schloss, übernahm William die Führung, stark, selbstsicher und sexy.

„Lass jetzt erst mal los", flüsterte William und zog ihn eng an sich heran. „Du brauchst jetzt gar keine Entscheidung zu treffen. Gönn dir nur ein bisschen Glück." Dann schubste William ihn aufs Bett und alle Gedanken an Mütter, Bubba oder sonstige Sorgen, verschwanden augenblicklich aus seinen Gedanken. Wenn William von seinen Sinnen Besitz ergriff, war für anderes nicht mehr viel Platz.

Mike zitterte vor Erregung, als William ihn fast in den Wahnsinn trieb. „Was tust du mit mir?", presste er heraus. Er schwankte am Abgrund, war aber noch nicht bereit, sich hineinzustürzen. Noch nicht. Das hier sollte so lange dauern, wie irgendwie möglich.

„Manche Menschen reden viel, aber heute Nacht wollte ich dir zeigen, wie ich für dich fühle." William umklammerte ihn fest. „Ich will, dass du weißt, wie es in meinem Herzen aussieht. Du hast da etwas hineingepflanzt, und es hat die ganzen letzten Monate überlebt und blüht jetzt auf." William küsste ihn und Mike stolperte Hals über Kopf in die Liebe hinein. Er war glücklich, und verdammt sollte er sein, wenn er sich das von irgendjemandem kaputtmachen ließ.

„DAD, DAS war super!", rief Carrie am nächsten Nachmittag. Morgens waren sie einkaufen gegangen und dann mit dem kleinen Speedboot von der Jacht aus zu der Bucht gefahren, wo Antoinette sie das erste Mal richtig tauchen ließ. „Hast du die ganzen bunten Fische gesehen?"

„Habe ich." Er hielt sich an der Seite des verankerten Boots fest, auf dem Anna wartete, während sie tauchten. Er half Carrie, sich auch festzuklammern, während Antoinette und William wieder auftauchten. Antoinette kletterte an Bord und half Carrie, die Leiter hinaufzuklettern. Mike und William schafften es allein. Nachdem er seine Ausrüstung abgelegt hatte, setzte Mike sich hin und betrachtete die felsige, gezackte Küste. „Das war großartig."

„Das hier ist ein wunderschöner Ort, und auf der Leeseite der Inseln sind die Wellen immer nur schwach. Das ist ein toller Brutkasten für Fische und anderes Getier", sagte Antoinette und reichte Carrie ein Handtuch.

Sie überprüften die Tauchausrüstungen und halfen Antoinette, sie sicher zu verstauen. Dann übernahm Mike das Kommando und fuhr sie zurück zum Hafen.

„Wenn ich groß bin, will ich Meeresforscherin werden", stellte Carrie fest, als sie neben William saß und die beiden die Köpfe zusammensteckten, als würden sie planen, die Meeresherrschaft an sich zu reißen. „Das war so super."

„Wir reisen noch zu einigen anderen Inseln, und ich weiß, dass es auf Barbados ein paar Schiffswracks und so gibt, nach denen wir tauchen können", erklärte William.

„Und auf Bonaire gibt es die schönsten Stellen auf der Welt. Du kriegst noch viel zu sehen." Selbst Antoinette schien begeistert von Bonaire.

Mike steuerte das Speedboot durch die Wellen und bis hin zur Jacht, wo sie auf Philippe trafen, der nicht sehr glücklich schien.

„Die Maschinenteile sind angekommen", sagte er, kaum dass William auf den Bootssteg getreten war.

„Wunderbar."

„Sie wurden … persönlich angeliefert." Philippe fixierte William. „Sieht aus, als hätten Mr. und Mrs. Westmoreland sich entschlossen, die Dichtungen zu begleiten."

„Herrgott noch eins", stöhnte William und Mike fühlte, wie die Anspannung, die sich in den letzten Tagen gelöst hatte, schlagartig wieder Besitz von ihm ergriff. Sein Rücken straffte sich und seine Nackenmuskulatur spannte sich an. „Das sollte ein Urlaub werden … irgendwie."

William stampfte eilig über die Landungsbrücke auf die Jacht. Mike und Carrie halfen Antoinette mit den Sauerstoffflaschen und Taucheranzügen, bevor sie ebenfalls an Bord gingen.

Mit Absicht mied Mike den Salon. Er brachte zuerst Carrie in ihre Kabine und verschwand dann in seiner eigenen. Neben dem Bett stand fremdes Gepäck und Mike ging davon aus, dass er wohl jeden Augenblick in die Angestelltenunterkünfte umziehen würde, wenn Williams Eltern einen Anspruch auf seine Kabine gestellt hatten. Als er sich angezogen hatte, ging er hinauf auf die Brücke, um nachzusehen, ob noch alles in Ordnung war, bevor er auf den Bootssteg kletterte, wo er den Mechaniker Granger mit seiner Werkzeugkiste antraf. Die Dichtungen waren bereits in den Maschinenraum gebracht worden.

„Das sollte nicht lange dauern."

„Wunderbar." Mike gab ihm seine Handynummer. „Ich bin oben auf der Kommandobrücke oder irgendwo auf der Jacht. Wenn Sie irgendetwas brauchen, rufen Sie mich oder Philippe an. Und geben Sie kurz Bescheid, wenn die Motoren bereit zum Test sind."

„Dauert ein paar Stunden." Mit seinen langen, blonden Haaren sah Granger aus, als wäre er gerade erst aus der High-School heraus, aber er machte sich gleich ans Werk und schien genau zu wissen, was er tat.

Mike war nicht scharf darauf, jetzt den Salon zu betreten, aber er holte tief Luft und traute sich schließlich hinein. Das Gespräch stoppte, als er eintrat und Williams Mutter – sie wirkte genau so erbittert, wie er sie beschrieben hatte – schaute ihn an, als hätte er gerade Schmutz über ihren Teppich verteilt.

„Mutter, Vater, das ist Mike Jansen. Er ist der Kapitän."

„Ist er der, der in unserer Kabine schläft?", fragte sie.

William runzelte die Stirn. „Nein. Er schläft in der Kabine, die ich ihm für diesen Trip zugewiesen habe. Wie ich schon sagte, ich habe keinen von euch erwartet, aber es gibt noch eine vierte Kabine. Anna oder Antoinette bringen euer Gepäck dorthin und packen für euch aus."

„Die ist sehr klein. Ich habe das Gefühl, dass ..."

William stand auf und schnitt ihr das Wort ab. „Ich habe das Gefühl, dass ihr mich erst mal hättet anrufen und Bescheid geben können, dass ihr vorbeikommt." Er warf erst seiner Mutter und dann seinem Vater einen finsteren Blick zu. „Euch ist schon klar, dass das auch eine Art Urlaub für mich sein sollte."

„Den hast du doch immer noch", sagte sein Vater ruhig. „Du bist doch immer noch hier."

William wandte sich vor Wut schäumend ab, marschierte zur Bar, goss sich einen Drink ein und stellte ihn hart wieder zurück auf die Theke. „Das ist keine gute Idee", murmelte er und Mike konnte förmlich sehen, wie er bis zehn zählte. Seine Ohren liefen rot an. „Gut, Mutter. Wir quartieren euch in der Kabine neben mir ein. Mike, du kannst in meine ziehen, wenn du willst." William trat auf seine Eltern zu, blieb stehen und drehte sich zu Mike um. „Ich liebe ihn."

Er hatte die Worte gesagt, einfach so, und Mike fühlte sich, als hätte man ihm eine reingehauen, während er sich gleichzeitig unbändig freute.

„Nur damit ihr es wisst, Mike und ich sind nicht gerade leise, also hoffe ich, dass ihr nicht vorhabt, hier viel Schlaf zu finden. Weil wir nicht auf euch Rücksicht nehmen, tut mir leid, das schließt leider lustvolles Geschrei um vier Uhr morgens mit ein."

„William!", japste sein Vater und Mike fühlte, wie er knallrot anlief. „Du wolltest, dass ich die Motoren teste, und du hast gesagt, das hier wäre mein Urlaub. Ist euch jemals in den Sinn gekommen, dass ich Urlaub von *euch* brauchte?" William wandte sich jetzt seiner Mutter zu und Mike nutzte die Gelegenheit, sich langsam rücklings auf die Tür zuzubewegen. Einen Familienstreit musste er nicht unbedingt mitanhören. „Ich verbringe meine ganze Zeit mit euch unter einem Dach und ich arbeite im Familienunternehmen. Urlaub heißt, ein paar Mal im Jahr dem allem zu entfliehen."

Mike zwängte sich durch die Tür, zog sie hinter sich zu und lehnte sich mit dem Rücken daran. Ein paar Geräusche drangen noch zu ihm durch.

Kurz darauf kam William herausgewalzt. Als er sah, dass Mike noch vor der Tür herumlungerte, blieb er stehen. „Tut mir leid. Da war mein Mund schneller als mein Kopf, und ich …" William schaute nach links und rechts den Gang entlang und legte dann die Hände an Mikes Wangen, um ihn zu küssen. Mikes Knie wurden weich. „Das hätte ich dir lieber unter uns sagen sollen, und vor allem hätte ich dich nicht vor meinen Eltern outen dürfen. Meine Mom …"

„Ich schätze …", setzte Mike an, aber William schnitt ihm wieder das Wort ab.

„Daddy?" Carries Stimme hinter ihm jagte Mike einen kalten Schauer über den Rücken. Verdammt, er hätte wachsamer sein müssen. „William?" Sie kicherte. „Bäh, knutschen." Mehr Gekicher folgte.

„Carrie, ich …" Mike drehte sich zu ihr um und war sich nicht sicher, was er erwartete, aber das freche Grinsen auf dem süßen Gesicht seiner Tochter war es definitiv nicht.

„Stehst du auf Jungs, Daddy?", fragte sie rundheraus und kicherte weiter. „Ich auch." Beide Feststellungen klangen unglaublich nüchtern.

„Ist das okay für dich?"

Sie schaute ihn an, wie es nur ein Kind konnte, wenn man etwas aus seiner Sicht vollkommen Dummes gesagt hatte. „Logo." Sie zuckte die Schultern. „Gibt es Cookies da drin?"

„Noch nicht", antwortete William. „Meine Eltern sind gekommen und …" Er schwieg einen Augenblick und öffnete dann mit einem Ruck die Tür und schob Carrie in den Salon. Leise flüsterte er in Mikes Richtung: „Vielleicht kann sie das Herz der Eiskönigin zum Schmelzen bringen."

„So kannst du doch nicht über deine Mutter sprechen", schalt Mike, auch wenn diese Umschreibung seinem ersten Eindruck von Williams Mutter durchaus gerecht wurde.

„Mom, Dad, das hier ist Mikes Tochter Carrie."

Carrie marschierte auf die beiden zu, reichte ihnen die Hand und musterte sie prüfend, bevor sie sich neben Williams Vater setzte und ihn fragte, als was er arbeitete.

„Ich führe unser Familienunternehmen. William und ich arbeiten zusammen", erklärte er.

„Klingt langweilig. Ich will Meeresforscherin werden und beim Tauchen Fische beobachten und Schätze finden, wenn ich groß bin."

Mike warf William einen kurzen Blick zu und hielt den Atem an. Manchmal konnte Carrie sehr direkt sein.

„William und Antoinette haben mir das Tauchen beigebracht. Ich find's toll."

„Das ist ja nett, meine Liebe", sagte Williams Mutter unterkühlt.

„Ist es. William ist auch sehr nett. Er spielt mit mir Karten", erklärte Carrie, der die frostige Stimmung im Raum anscheinend entgangen war.

„Mom, Mike ist der amtierende Kapitän und außerdem sind die beiden meine Gäste", erklärte William sanft aber mit warnendem Unterton. „Auf dieser Kreuzfahrt laufen die Dinge etwas anders."

Antoinette kam mit einer Vorspeisenplatte in den Salon und stellte sie auf dem Tisch ab.

„Würden Sie mir einen Dry Martini bringen?", fragte Williams Mutter.

William wandte sich an Antoinette, flüsterte ihr etwas zu und sie verließ den Salon und schloss die Tür hinter sich. „Die Crew ist auf Zack und sie alle sind super in ihrem Job, aber wenn du einen Drink willst, hol ihn dir selbst. Der Mechaniker baut die neuen Dichtungen ein und Mike macht noch einmal einen Motorentest. Morgen fahren wir aufs Meer hinaus, um zu schauen, wie die Maschinen unter Druck reagieren, und wenn alles gut läuft, geht es übermorgen Richtung Süden. Wir wollen erst nach Bonaire, um ein bisschen zu tauchen, und danach wieder in nördliche Richtung nach St. Martin, wo der ganze Spaß endet. Mike ist für das Schiff verantwortlich, und Fragen oder Änderungswünsche zum Kurs kommen ausschließlich von mir. Das ist mein Urlaub und meine Verantwortung. Wenn ihr damit nicht leben könnt, dann bringt euch bestimmt ein Taxi zurück zum Flughafen."

„William!", riefen seine Eltern unisono.

William verschränkte die Arme vor der Brust. „Daran gibt es nichts zu rütteln. Ich habe Carrie einen Ausflug zu tollen Tauchplätzen versprochen, und das halte ich ein. Das kann eine vergnügliche Kreuzfahrt für uns alle werden, wenn wir alle unsere Attitüden draußen lassen."

„Sohn …", setzte sein Vater an, und Mike bedeutete Carrie mit einem Kopfnicken, dass sie ihm aus dem Raum folgen sollte. „Ich finde, deine Pläne hören sich großartig an. Ich war seit Jahren nicht mehr tauchen."

„Max!", sagte Williams Mutter.

„Er hat recht, Liebling. Wir sind einfach hier aufgetaucht und haben ihn nicht gefragt, was er will. Er hat sich offensichtlich Gedanken gemacht, und wenn wir bleiben wollen, dann sollten wir uns diesen Plänen anschließen oder wieder nach Hause fahren." Williams Vater stand auf. Er sah genau wie eine etwas ältere Version von William aus, mit silbergrauem Haar aber den gleichen blauen Augen. „Maximilian Westmoreland", sagte er und streckte Mike die Hand entgegen. „Ich freue mich wirklich, Sie kennenzulernen, und wenn Sie irgendwelche Hilfe bei den Motoren brauchen, lassen Sie es mich wissen."

Mike lächelte und schlug ein. „Danke sehr, Sir. Ich muss nur die Reparaturen überprüfen. Meine Pläne für die Maschinentests und für unsere Reise nach Süden stehen eigentlich fest."

„Wo haben Sie Ihre Erfahrung gesammelt?", fragte Maximilian.

„Auf Zerstörern von der Navy."

Maximilians Blick wurde gleich viel wacher. „Davon müssen Sie mir unbedingt mehr erzählen."

„Sehr gerne", sagte Mike mit aufrichtiger Überraschung und Freude. Williams Vater war ganz offensichtlich leichter zu gewinnen als seine Frau. „Aber bitte entschuldigen Sie mich vorerst. Ich muss mich jetzt um die Reparaturen kümmern."

„Carrie kann hier bei uns bleiben", bot William an. „Warum spielen wir nicht zusammen Karten?"

Mike verließ den Salon, dankbar für die Ruhepause. Wenigstens etwas Positives hatte diese ganze verrückte Geschichte an sich: Carrie wusste über ihn und William Bescheid und es schien sie überhaupt nicht aus der Fassung zu bringen. Natürlich bedeutete das nicht, dass ihr nicht eines Tages noch tausende Fragen einfallen würden.

Die Tür fiel hinter ihm ins Schloss und Mike ging zum Maschinenraum. „Wie sieht's aus?" Der Raum war sauber geschrubbt und er entdeckte keine Spur des ausgelaufenen Öls mehr.

„Ich muss nur noch alle Schrauben festziehen und das Öl nachfüllen. Dann sind wir startklar." Granger bewegte sich so sicher, als würde er jeden Quadratzentimeter der riesigen Motoren kennen. „Geben Sie mir eine halbe Stunde, dann können Sie das alte Mädchen in Schwung schießen. Ich glaube nicht, dass sich das Problem wiederholen wird." Er zeigte Mike die Teile, die er ausgewechselt hatte. „Die hätten gar nicht erst eingebaut werden dürfen."

„Legen Sie sie zur Seite. Ich werde das weiterleiten." Mike ging auf die Brücke, rief nach Philippe und schaltete eine halbe Stunde später die Motoren ein. Auch wenn er sie in ihrem Anlegeplatz nicht auf volle Touren bringen konnte, hielten die Dichtungen und es trat kein Öl mehr aus. Mike schaltete die Motoren wieder aus und schüttelte Granger die Hand. „Vielen Dank für Ihre Hilfe."

„Kein Problem. Ich arbeite gerne mit solchen Schönheiten." Er lächelte und ging von Bord.

Mike drehte sich um und ging wieder zur Kommandobrücke, um seine Vorbereitungen für das Ablegen und die Motorentests am nächsten Morgen zu treffen. Wenn alles gut ging, würden sie morgen den ganzen Tag unterwegs sein.

Kurz darauf traf er auf William, der genau so genervt war, wie vor zwei Tagen, als Mike das erste Mal an Bord gekommen war.

„Was ist los?", fragte Mike.

„Nichts Besonderes. Sie gewöhnen sich langsam ein, was immer das heißt. Was meine Mutter anbelangt, bedeutet das wohl, dass sie Antoinette und Anna eine Weile terrorisieren wird. Sie kann's einfach nicht lassen. Sie muss immer die Kontrolle übernehmen, und das macht mich verrückt." Er ballte die Fäuste.

„Das hat sie dir wohl vererbt."

William starrte ihn an. „Ich bin nicht meine Mutter." Seine Wörter klirrten fast, so kalt kamen sie heraus. Glücklicherweise wusste Mike, wie er ihn wieder aufwärmen konnte.

„Das habe ich auch nicht gesagt. Aber du magst es auch, immer die Kontrolle zu haben." Er sah sich um, ob ihnen auch niemand zuschaute und zog William dann in seine Arme. „Denk nur an letzte Nacht." Mike lächelte und William nickte und stöhnte. „Ist schon okay. Du bist Geschäftsführer und hast hunderte Leute unter dir. Wahrscheinlich geht einem das in Fleisch und Blut über, und ich vermute, deine Mutter tickt genauso. Du hast mal erzählt, dass sie diese ganzen Wohltätigkeitsorganisationen leitet, und wahrscheinlich ist sie diejenige, zu der alle aufblicken."

„Ja, und ihr Ego reicht von hier bis nach Florida." William hielt inne. „Verteidigst du meine Mutter etwa?"

„Nee. Ich sage nur, dass du ihre Herrschsucht auch für dich nutzen könntest. Gib ihr irgendwas zu tun."

William schnaubte. „Ich denke, dein Job wäre was für sie."

Mike grinste. Das könnte stimmen. „Wir sollten mal schauen, was läuft, und was Carrie vorhat."

Seine Hand griff instinktiv nach Williams. Es fühlte sich so leicht und selbstverständlich an. Es würde ihm schwerfallen, wenn sich das Ende ihrer Tour näherte. Hier an Bord war es ganz normal geworden, dass sie Zärtlichkeiten austauschten, und es gefiel ihm. Aber dann kam das Danach … und das, was Mike zu Hause erwartete.

11

Die Motorentests waren ein voller Erfolg gewesen, und wieder auf dem Meer lief die Jacht wie geschmiert. William verbrachte seine Tage mit faulenzen und entspannen, während Mike ganz in seinem Element war und die Jacht nach Süden in Richtung des Taucherparadieses Bonaire steuerte. Sie hatten sich ein paar Tage freigenommen, um alle Plätze auszukundschaften, und William hatte die unberührten Korallenriffe und Schwammkolonien bewundert, die sich meilenweit in allen Schattierungen des Regenbogens über den Meeresboden erstreckten. Die farbenfrohsten Fische, Meeresschildkröten, Seepferdchen, Seeigel, Anemonen – das alles überstieg seine Vorstellungskraft, aber es war nichts im Vergleich zu Mikes Lächeln und dem Strahlen in seinen Augen, als sie wieder auftauchten. Dieser eine Blick war den ganzen Stress wert, den die Anwesenheit seiner Eltern auf dem Schiff mit sich brachte.

Immerhin hatte sich seine Mutter eingewöhnt und ließ ihn die meiste Zeit in Ruhe. William vermutete, dass die Kreditkarten seines Vaters Schwerstarbeit verrichten mussten, während sie im Hafen vor Anker lagen, aber das ging ihn nichts an.

„Ich glaube, das reicht für heute", sagte Antoinette. Sie kletterten wieder auf das Speedboot und verstauten ihre Ausrüstung für den Rückweg zum Hafen.

Carrie setzte sich neben Mike und William beobachtete die beiden. Ihre enge Beziehung hatte etwas Magisches. Nach einer Weile fing Carrie an, auf ihrem Sitz herumzurutschen. Dann schenkte sie ihm ein Lächeln und er grinste zurück. Er fragte sich, was nach ihrer Ankunft in St. Martin passieren würde. Am nächsten Tag würden sie sich wieder auf den Weg nach Norden machen und der Realität jeden Tag ein Stück näherkommen. William musste immer noch mit seinem Vater sprechen, und er fürchtete sich davor, denn er hatte immer wieder nicht allzu subtile Hinweise erhalten, dass sein Vater vorhatte, sich eher früher als später zur Ruhe zu setzen.

Sie erreichten die Jacht und William half Antoinette, die Tauchausrüstung an Bord zu schleppen. Mike und Carrie schickte er schon einmal zum Umziehen hinein.

„Sohn", rief sein Vater plötzlich.

„Ich komme schon allein klar", sagte Antoinette. „Wir sind ja fast fertig, und ich will die Sauerstoffflaschen ohnehin noch füllen, bevor wir die Insel verlassen."

„Vielen Dank." William trat zu seinem Dad. „Kann ich mich erst umziehen?" Er ging in seine Kabine, schälte sich aus den nassen Kleidern und schlüpfte in ein helles Poloshirt, Shorts und Flip-Flops. Die würde er tragen, solange es ihm noch möglich war. „Was gibt's, Dad?", rief er dann. Aber die Kabine seiner Eltern war leer, weshalb er zurück in den Salon ging. Der ernste Gesichtsausdruck seines Vaters hatte nichts Gutes zu verheißen.

„Die letzten Tage warst du wirklich in deinem Element."

„Irgendwie schon. Ich musste mal rauskommen." William ließ die Tatsache unter den Tisch fallen, dass seine Eltern sich einfach hereingedrängt hatten. Er hatte sich damit arrangiert.

„Ich weiß, dass du nicht glücklich warst, als wir hier aufgetaucht sind. Aber wir wussten ja nicht, dass es jemanden in deinem Leben gibt. Na ja, wohl eher zwei Jemande." Er lächelte. „Mike ist wirklich ein Teufelskerl und Carrie ist wirklich liebenswert. Sie lässt sich nicht von deiner Mutter unterkriegen."

Carrie war dazu übergegangen, die beiden gelegentlich Grandma und Grandpa zu nennen, und das hatte vor allem Williams Vater völlig entwaffnet.

„Du weißt ja, dass ich vorhabe, in Rente zu gehen … aber das dauert noch ein paar Jahre."

„Dad, ich will deinen Job nicht", platzte William heraus, bevor sein Dad noch irgendetwas sagen konnte. „Das ist nicht mein Herzenswunsch. Ich will das nicht für den Rest meines Lebens machen." Er setzte sich ihm gegenüber.

„Bist du deswegen so kurzangebunden?"

„Ich glaube schon. Ich hasse es einfach, den ganzen Tag im Büro zu sitzen. Die Wände erdrücken mich, und jetzt mal im Ernst: Tabellenkalkulationen und Anlagenbücher sind nicht meine Vorstellung eines erfüllten Lebens. Ich will draußen sein …" Er schaute sich um und bemerkte, wie dumm er sich anhörte.

„Warum hast du das denn nicht früher gesagt?" Sein Vater stützte sich auf die Armlehnen und beugte sich vor.

„Weil ich dachte, ich müsste tun, was du von mir verlangst. Und weil ich dumm war. Ich habe immer das gemacht, was du wolltest. Damit hätte ich auch leben können. Ein paar Wochen im Jahr habe ich auf meinen Ausflügen Dampf abgelassen, und das war irgendwie okay."

Sein Dad nickte. „Und dann hast du Mike kennengelernt. Weißt du, nach unserem Mein-Sohn-ist-schwul-Gespräch haben deine Mutter und ich die ganze Sache nicht ernst genug genommen. Ich weiß, dass du nicht heiraten und Kinder haben wirst, jedenfalls nicht im herkömmlichen Sinne. Aber du warst glücklich, wenigstens halbwegs, also ..."

„Ja. Ich kenne Mike jetzt seit ungefähr vier Jahren, aber die Dinge haben sich erst bei meinem letzten Besuch geändert. Ich mochte ihn immer schon und habe mich sofort zu ihm hingezogen gefühlt, aber bis uns ein Hurrikan förmlich zusammengefegt hat, ist da nichts gelaufen." William konnte nicht glauben, dass er dieses Gespräch mit seinem Vater führte – und dass er ihm zuhörte. „Und danach musste ich wieder nach Hause."

„Und hast dich in eine Kratzbürste verwandelt." Williams Vater lehnte sich zurück und überkreuzte die Beine unter seinen perfekten Bügelfalten. „Du hättest etwas sagen sollen. Du bist mein Sohn, und ich will, dass du glücklich bist. Im Büro sind wir immer in Bewegung, um auf dem Markt mithalten zu können. Das war mein Leben, die ganzen letzten Jahre über. Eine Herausforderung. Immer vorne dabei zu sein."

„Ich weiß. Und du bist dadurch aufgeblüht. Ich nicht." Das war das allererste Mal, dass William sich hinsetzte und mit seinem Dad über die wirklich wichtigen Dinge sprach. Das hätte er vor Jahren schon tun sollen, aber William hatte nicht für Ärger sorgen wollen. Stattdessen war er immer weiter abgetrieben.

„Also was hast du vor?"

„Vielleicht können wir ja in Florida präsenter werden. Ein Verkaufsbüro am Pfannenstiel eröffnen, oder so. Ich könnte es führen und unseren Marktanteil erhöhen."

„Aber Westmoreland Motors ist ein Familienunternehmen. Das will ich nicht aufgeben."

„Ich doch auch nicht. Aber ich will es auch nicht rund um die Uhr führen. Warum finden wir nicht jemanden dafür? Ich bleibe immer noch dabei, und wenn es soweit ist, nehme ich den Familienposten im Vorstand ein. Oder wir beide arbeiten zusammen im Vorstand. Aber ich muss meine eigenen Fußspuren auf der Welt hinterlassen dürfen."

Sein Dad atmete tief durch. „Du hast recht. Wirklich. Deine Idee ist gut. Aber ich werde dich nicht in den Verkauf stecken. Was hältst du davon, wenn du dich um neue Produktentwicklungen kümmerst? Du willst in den Süden ziehen? Dann tu das und finde heraus, wie die nächste Motorengeneration aussieht. Arbeite mit Bootsführern zusammen und finde heraus, was sie in fünf oder zehn Jahren gebrauchen könnten. Ich glaube, dein Freund Mike wird dir dabei eine große Hilfe sein."

Am liebsten hätte William seinen Vater umarmt, aber er hielt sich noch zurück. Sie hatten nie so eine enge Verbindung gehabt. „Ach, zur Hölle damit." Er stand auf, ging zu seinem Dad und fiel ihm um den Hals. Sein Vater erwiderte die Umarmung.

„Aber du musst mir versprechen, dass du uns im Urlaub und an den Feiertagen immer mal wieder besuchen kommst. Auch wenn ich nachvollziehen kann, warum es dir hier im Süden so gut gefällt."

„Danke, Dad. Wir hätten besser schon vor einer ganzen Weile mal miteinander gesprochen."

„Ja. Aber wir waren irgendwie nie auf einer Wellenlänge. Ich weiß nicht, warum, aber wir reden immer gegen- und übereinander, als miteinander."

Hoffentlich würde sich das in Zukunft ändern.

„Ich muss dich das fragen, weil das irgendwie so unser Muster zu sein scheint. Machst du das auch mit Mike so?"

„Hä?", fragte William.

„Wir sind beide starke Persönlichkeiten. Ich bin eine Macht, mit der man rechnen muss, das weiß ich. Ich wäre nicht so lange im Geschäft geblieben, wenn ich mir nicht immer das geholt hätte, was ich will, und wenn mir irgendetwas im Weg steht, dann finde ich einen anderen Weg. Du hast dich bei mir immer zurückgehalten, weil ich dein Vater bin, aber eigentlich bist du mir in der Hinsicht sehr ähnlich. Du bist immer noch mein Sohn."

„Worauf willst du hinaus?" Williams Gedanken drehten sich im Kreis.

„Du musst herausfinden, was Mike will. Du bist ihm wirklich sehr wichtig – das ist offensichtlich. Und seine Tochter ist wirklich ein Goldstück."

Carrie hatte Williams Dad anscheinend mit Leichtigkeit um den Finger gewickelt.

„Ich kenne dich, und ich biete dir diese neue Position an, weil du in den Süden ziehen willst. Das ist wunderbar. Ich schätze, dass das hauptsächlich mit Mike zu tun hat, aber hast du dich auch mal mit ihm hingesetzt, so wie wir jetzt hier sitzen, und ihn gefragt, was er will?"

„Ja."

Sein Dad schüttelte den Kopf. „Denk mal drüber nach. Hast du *mit* ihm gesprochen oder *zu* ihm? Wir beide sind ziemlich gut in der *zu*-Variante. Mike ist ein guter Kerl. Ich habe mich des Öfteren mit ihm unterhalten, und er hat wirklich eine Scheißangst vor dem, was ihn zu Hause erwartet."

„Das hat er dir gesagt?" William konnte sich nicht vorstellen, wie sein Dad und Mike sich zusammensetzten, um über ihre Gefühle zu sprechen.

„Das musste er nicht. Er lebt in einer Kleinstadt und sein Geschäft ist auf das Wohlwollen und die Weiterempfehlung von anderen angewiesen. Natürlich hat er Angst. Du hast einen Treuhandfonds, von dem du bis zum Ende leben könntest, wenn du es wolltest. Er hat nur seine Arbeit. Ich bewundere Mike für seine Entschlossenheit, immer das Richtige für seine Familie tun zu wollen."

„Ich doch auch, Dad", protestierte William. „Seine Mutter ist großartig."

„Dann setzt euch zusammen hin und findet heraus, was ihr beide wollt." Sein Dad stand auf und klopfte ihm auf die Schulter. „Ich lege mich vor dem Abendessen noch ein bisschen hin."

„Wo ist Mom?"

„Auf der Insel. Anna wollte ein paar Einkäufe für Rodrigo erledigen und deine Mutter ist mitgefahren, um ein paar Dinge zu erledigen."

Die Überraschungen hörten nicht auf. Seine Mutter und Anna. Der Gedanke daran, wie die beiden zusammen Shoppen gingen, reichte, um William umzuhauen.

„Deine Mutter ist eine sehr vielschichtige Person, und wenn sie erst einmal verstanden hat, dass sie nicht immer die Herrin im Haus und Gastgeberin für die halbe Welt sein muss, dann kann sie wirklich ein Wahnsinnsmädchen sein." Sein Dad zwinkerte und William wollte beim besten Willen nicht wissen, was er mit alledem meinte.

„Ich verstehe den Teil mit dem Wahnsinn. Aber das, was du aufgezählt hast, hat sie mein ganzes Leben lang getan."

„Deine Mutter hat zu viel Zeit in der Gesellschaft verbracht." Sein Dad blieb an der Tür stehen. „Anders als ich kommt sie aus einfachen Verhältnissen und hatte keinen der Vorteile, mit denen du großgeworden bist. Du weißt ja, dass ihr Vater ein Prediger war. Aber …" Sein Vater seufzte. „Sie wollte nicht, dass ich irgendjemandem davon erzähle. Das hat sie mich vor Jahren schwören lassen. Dein Großvater hat sie enterbt, als sie mich geheiratet hat. Ich war nicht der Mann, den er sich für sein kleines Mädchen vorgestellt hatte. Ich gehörte nicht ihrer kleinen Kirchengemeinde an und hatte nicht vor, mich wie die Karnickel zu vermehren, damit seine Herde anwächst. Meiner Meinung nach war ihr Vater ein Spinner. Ist er immer noch, auch wenn er mausetot ist und vielleicht in der Hölle schmort, wo er hingehört."

Das war äußerst ungewohnt für Williams Vater.

„Ich habe mich auf den ersten Blick in deine Mutter verliebt, und ich war fest entschlossen, sie zu heiraten. Aber wie gesagt, ihr Vater hatte andere Vorstellungen, und es ist ihr nicht leichtgefallen, sich von ihrer Familie zu lösen. Ich musste ihr die Entscheidung überlassen, egal, wie sehr ich sie einfach nur ergreifen und von ihm wegzerren wollte." Die Hände seines Vaters ballten sich zu Fäusten und entspannten sich wieder und wieder. „Sie hatte es nie leicht, und als wir verheiratet waren, wurde sie nicht in der Gesellschaft akzeptiert. Das hat sie schwer getroffen. Deine Mutter hat ihr ganzes Leben lang geschuftet, um in meine Welt hineinzupassen, und jetzt ist sie die Ballkönigin und gibt in der Gesellschaft den Ton an. Manchmal glaube ich, sie weiß nicht mehr, wie sie das alles abstellen soll. Aber in den letzten paar Tagen konnte sie es und sie ist glücklicher. So wie ich. Also bitte gib ihr eine Chance."

William nickte gedankenverloren. „Wie kommt es, dass mir das nie jemand erzählt hat … einmal abgesehen davon, dass Mom dich hat schwören lassen, dass du Stillschweigen bewahrst?"

„Am Anfang unserer Ehe war deine Mutter eine andere Person. Sie war eine ruhige Pfarrerstochter und erst als sie sich in mich verliebt hat, hat sie ihre innere Stimme gefunden. Die seither nie die Klappe gehalten hat. Aber ich liebe die Frau, die deine Mutter tief in ihrem Inneren ist – sie zeigt sie nur niemandem mehr."

„Aber ich bin ihr Sohn, Dad. Sollte ich sie nicht sehen dürfen?"

„Ja. Das tust du. Aber sie ist immer noch da. Du musst nur manchmal nach ihr suchen." Sein Dad öffnete die Tür und verließ den Salon. William blieb zurück und fragte sich, wie er das anstellen sollte.

Ein paar Minuten später klopfte es leise und Mike und Carrie kamen herein. „Habt ihr miteinander gesprochen?", fragte Mike und William nickte.

„Ja." Er kratzte sich den Kopf.

„Hast du dich mit Grandpa Max gestritten?", fragte Carrie.

„Nein, haben wir nicht. Warum?"

„Das tut ihr anscheinend ziemlich oft", sagte Carrie und setzte sich an den Tisch.

William wusste, dass sie recht hatte. Er stritt sich häufiger mit seinen Eltern, als er sollte.

„Geht's dir gut?", fragte Mike und stellte sich neben ihn. Ein starker Arm legte sich um seine Hüfte. Diese einfache Berührung war genau das, was William jetzt brauchte.

„Dad hat mir genau das zugestanden, was ich will." In dem Moment erkannte William, dass er vorsichtig sein musste mit dem, was er sich wünschte, denn vielleicht könnte er es bekommen. Ja, er wollte aus dem Büro heraus und das war großartig, aber all das war ihm nur wegen Mike klargeworden, und er hatte keine Ahnung, ob es gerade ein „William und Mike" gab. Sie hatten noch vier Tage auf der Jacht und dann würden sie zurück in St. Martin sein. Danach ging Mike wieder nach Apalachicola und William nach Providence, um dieses neue Kapitel in seinem Leben zu planen.

William hatte Mike gesagt, was er wollte, aber Mike hatte ihm noch keine Antwort gegeben. Er hatte auch keine erwartet, aber darauf gehofft. Verdammt, er hatte Mike vor seiner Familie gesagt, was er für ihn empfand. Er hatte die magischen Worte gesagt, aber Mike hatte sie nicht erwidert. Ja, vielleicht stellte er sich an wie ein vierzehnjähriges Mädchen und musste nur Geduld beweisen und Mike etwas Zeit lassen, bis er wusste, was er wollte. Aber die ganze Zeit stellte William sich nur eine Frage: Was, wenn Mike ihn nicht wollte? Sie funktionierten gut im Bett, und William hätte Mike am liebsten rund um die Uhr um sich gehabt. Sie saßen hier mit Carrie im Salon und alles, worauf William sich konzentrieren konnte, war, Mikes tiefgründiger Blick und seine von der Nässe gelockten Haarspitzen. Und wie um dies noch zu verstärken, erwiderte Mike seinen Blick und ließ Williams Puls in die Höhe schnellen. Manchmal war diese Jacht einfach nicht groß genug.

„William", sagte Mike sanft und holte ihn somit zurück in die Wirklichkeit.

„Tut mir leid, ich war ganz woanders." In seinen eigenen Gedanken versunken, die sich um Dinge drehten, auf die er keinen Einfluss hatte.

„Ich habe gefragt, was mit deinem Dad ist. Du hast gesagt, er hätte dir zugestanden, was du dir wünschst?"

„Ja. Er wird jemanden anlernen, der die Firmenführung übernimmt, und wir beide übernehmen Vorstandsposten." William ging auf und ab. „Er möchte, dass ich in den Süden ziehe, um näher am Meer zu sein und neue Produkte zu entwickeln, die wir in den nächsten Jahren herstellen."

„Das ist ja einfach. Baut elektrische Schiffsmotoren, die mit Batteriebetrieb laufen, aber so stark und effizient sind, wie diese riesigen Dieselmaschinen. Schiffstreibstoff ist teuer, dreckig und eine Feuergefahr. Stell dir Maschinen und Boote ohne Segel vor, die nicht mit Treibstoff vollgepumpt sind, der in Flammen aufgehen oder explodieren kann, während du auf hoher See bist. Weißt du, wie viel Treibstoff sich hier in der Jacht befindet, damit wir unsere Ziele erreichen? Vielleicht ist es am einfachsten, wenn du dich erst auf kleinere Maschinen konzentrierst und dann erst an die größeren gehst, aber das wäre eine tolle Entwicklung und ihr Gewicht in Gold wert für den, der sie auf den Markt bringt."

Sein Vater hatte schon gesagt, dass Mike ihm bei seiner Aufgabe helfen würde, und er hatte recht gehabt. Mike wusste, wie die Zukunft aussah, weil er wusste, was die Bootsführer brauchten.

„Das gefällt mir. Tolle Idee." Was er damit anfangen würde, war eine andere Sache, aber die Idee war solide. Er konnte schon jeden in der Firma sagen hören, dass das nicht möglich war. Aber auch Autos wurden schon elektrisch betrieben, also warum sollte es bei Schiffen nicht möglich sein? Er lehnte sich zu Mike und sie beobachteten Carrie, die am Tisch in ihr Notizbuch malte und sie beide vollkommen ignorierte.

„Was machst du da, Süße?", fragte William. Carrie grinste und hielt die Bleistiftzeichnung hoch, die offenbar Mike und ihn nebeneinander darstellen sollte.

„Ist das wirklich okay für dich?", fragte Mike.

Carrie verdrehte die Augen. „Daddy. William bringt dich zum Lächeln, das sehe ich die ganze Zeit. Das tust du nicht so oft, wenn wir zu Hause sind. Mit ihm schon. Mir gefällt's, wenn du lächelst."

„Und was ist das?" Mike ließ William stehen und stürzte auf Carrie zu, packte sie und kitzelte sie durch. Jauchzendes Gelächter füllte den Raum. „Na?"

„Daddy", japste Carrie lachend und Mike ließ sie in Ruhe. „Ich bin kein kleines Mädchen mehr. Grandma Elise sagt, dass ich eine junge Dame bin und mich auch so verhalten kann." Sie setzte sich wieder an ihre Zeichnung und William kicherte.

„Ich glaube, da hat mir gerade jemand die Leviten gelesen."

William beobachtete die beiden, trat an die Bar, mixte einen Martini und trug ihn zusammen mit einer Sprite für Carrie und einem Bier für Mike zum Tisch. Er setzte sich hin und hörte die Stimme seiner Mutter im Gang, gefolgt von Gelächter. Er versuchte, sich zu erinnern, wann er sie das letzte Mal hatte lachen hören. Beladen mit Einkaufstüten kam sie in den Salon.

„Hattet ihr einen schönen Ausflug?", fragte William und stand auf, um ihr zu helfen.

„Absolut." Seine Mutter drehte sich um und bedankte sich bei Anna.

„Gern geschehen." Auch Annas Hände umklammerten mehrere Einkaufstüten und sie eilte davon, vermutlich zur Kombüse.

„Hast du was Nettes gefunden?"

„Ein paar Sachen für deinen Vater und ein Kleid für die Kleine hier." Sie reichte Carrie eine Tüte.

„Dankeschön!" Carrie umarmte sie und William sah, wie seine Eisköniginnenmutter ein Stückchen weiter auftaute. Er hatte gehofft, dass Carrie vielleicht zu ihr durchdringen würde, aber das hier war jenseits all seiner Vorstellungskraft. Carrie schoss aus dem Raum und rief ihnen zu, sie würde jetzt ihr Kleid anprobieren.

„Du machst sie glücklich", sagte William und lächelte, während er sich neben Mike setzte. „Morgen wollen wir wieder Richtung Norden. Wir fahren an den Inseln im Osten entlang und halten ein paar Mal um aufzutanken."

Seine Mutter trat zu ihm und nahm seine Hände in ihre. Sie wirkte entspannt und die feinen Linien um ihre Augen und Lippen schienen geglättet. „Das war eine wirklich schöne Reise. Danke sehr."

„Gern geschehen. Ich freue mich, dass es euch gefällt." William warf einen Blick zu seinem Vater, der gerade in den Raum trat, und fragte sich, ob jemand seiner Mutter etwas in den Eistee getan hatte. Das war nicht die Frau, mit der er in Providence unter einem Dach gelebt hatte.

„Ich dachte, dass dein Vater und ich vielleicht noch einmal hierherkommen und ein paar Tage in einem dieser wundervollen Erholungsorte verbringen könnten, die wir an der Küste gesehen haben. Die sehen wirklich nett aus, und nirgendwo gab es diese fürchterlichen Hotelketten, die sie überall in den Staaten hochziehen."

„Okay, alles klar. Was habt ihr mit meiner Mutter gemacht? Ich weiß, du siehst aus wie sie, aber das ist zu viel. Du musst ein Klon oder so was sein, denn meine Mutter liebt Fünf-Sterne-Ferienhotels und von vorn bis hinten bedient zu werden."

„Sei anständig und sprich nicht über mein Hinten oder Vorne. Das bleibt deinem Vater vorbehalten." Sie verzog keine Miene und Mike brach in schallendes Gelächter aus.

„Der war gut. Sorry, aber da hat sie dich drangekriegt." Mike johlte erneut auf und Williams Mutter stimmte in sein Lachen ein. Das war wirklich seltsam und ganz und gar untypisch für die Frau, die er kannte.

Antoinette brachte einige Platten mit Vorspeisen und stellte sie auf dem Kaffeetisch ab. Die kleinen Pasteten mit Lachs und Hähnchensalat sahen großartig aus. „Abendessen gibt es um sieben."

„Danke sehr, meine Liebe", sagte Williams Mutter und reichte ihr eine Einkaufstasche. „Ich habe ein paar Kleinigkeiten für alle Crewmitglieder gekauft, um Ihnen allen zu zeigen wie sehr wir Ihre harte Arbeit schätzen. Nur eine kleine Aufmerksamkeit, weil Sie alle so nett zu uns waren."

Antoinette nahm ihr die Tasche ab, dankte ihr noch einmal und ging wieder davon.

William trank hastig einen Schluck und versuchte herauszufinden, was da mit seiner Mutter vor sich ging.

„Nimm's an und freu dich drüber", flüsterte Mike.

Williams Mutter drehte sich zu ihnen um und setzte sich an den Tisch. „Vielleicht bin ich ja mehr, als nur deine Mutter. Ich bin ein Mensch mit denselben Vorlieben wie alle anderen."

Ihr Mann stand neben ihr. „Deine Mutter ist eine vielschichtige Persönlichkeit." Er lächelte und beugte sich zu ihr hinunter. Sie kicherte – ja, sie *kicherte* – und errötete. William schloss die Augen. Seine Eltern miteinander flirten zu sehen, war ein Anblick, den er nie wieder vergessen würde.

„Es ist schön, dass du glücklich bist, Mom." Er war so dankbar, als Carrie zurück in den Raum gefegt kam und herumwirbelte, um ihr neues Kleid zu präsentieren, das ihr wirklich ausgezeichnet stand.

„Danke, Elise", sagte Mike sanft.

„Ja, danke, Grandma Elise! Das sieht so toll aus." Carrie war sichtlich glücklich, und Mike ebenso.

Wenn William nur herausfand, was er tun musste, damit Mike so glücklich blieb und ihn so sehr wollte, wie er es sich wünschte.

„Kapitän", sagte Antoinette von der Tür aus. „Philippe sucht nach Ihnen."

„Sagen Sie ihm, ich bin auf dem Weg." Mike stand auf und William beobachtete unauffällig jede einzelne seiner Bewegungen. Verdammt, Mike bewegte sich so fließend und grazil wie ein Tänzer und seine Schultern und sein Rücken waren ein Kunstwerk, das jeder Bildhauer mit Begeisterung nachbilden würde. „Entschuldigt mich." Mike verließ den Salon und

William wandte sich nicht von ihm ab, bevor sich die Tür hinter ihm geschlossen hatte.

„Es fällt dir schwer, oder?", fragte seine Mutter.

„Was denn?", fragte Carrie.

„Nichts, Liebes. Hol doch mal die Karten, dann können wir noch ein bisschen draußen spielen. Es ist so ein schöner Abend, den sollten wir noch nutzen." Williams Mutter nahm Carrie bei der Hand und führte sie nach draußen aufs Deck.

„Das war interessant." William beobachtete sie durch die Fenster. „Wer hätte das gedacht?"

„Wie ich dir schon sagte, das hier hat uns gut getan." Sein Dad sah entspannter aus, als William ihn jemals gesehen hatte. „Ich glaube, wir machen demnächst jeden Winter so einen Urlaub."

„Ich finde, ihr solltet auch im Sommer wegfahren. Du und Mom, ihr müsst auch mal rauskommen. Es ist viel zu lange her, und du siehst ja, wie gut es euch tut." William grinste. „Vielleicht solltet ihr mal zum Angeln kommen."

„Kannst du dir deine Mutter dabei vorstellen?"

William zuckte die Schultern. „Die Mutter, die ich kannte, vielleicht nicht. Aber die neue?" Er zeigte in Richtung Heck. „Dieser Version von Mom traue ich alles zu. Ihr würdet einen tollen Tag in der Sonne, auf dem Meer verbringen und euer eigenes Abendessen fangen. Es gibt wirklich nichts Besseres, und Mike ist ein toller Charterkapitän."

„Das glaube ich dir sofort." Sein Vater stand auf und mixte sich einen Drink, bevor er sich nach draußen zu Carrie und seiner Frau gesellte. Wenn irgendjemand ihm vor zehn Tagen gesagt hätte, dass seine Eltern mit einer Zehnjährigen Karten spielen würden, die sie Grandma und Grandpa nannten, hätte William denjenigen zwangseinweisen lassen.

„Ist alles in Ordnung?", fragte William Mike, als er mit seinem Bier in der Hand zurückkam.

„Alles gut. Philippe und ich sind unseren Plan für morgen durchgegangen. Wir mussten eine kleine Änderung vornehmen. Wir müssen schon ganz früh am Morgen los und die Motorentests durchführen. Der Ankerplatz ist nach Mittag belegt, es hat eine Verwechslung im Hafenbüro gegeben. Deswegen legen wir bei Tagesanbruch ab und steuern St. Lucia an, bevor es dann Richtung Norden geht." Mike klang so souverän, dass William augenblicklich schwach wurde, und verdammt, am liebsten hätte er sich entschuldigt und wäre mit Mike in seiner Kabine verschwunden.

Hitze stieg in ihm auf. Er war immer derjenige gewesen, der die Kontrolle ausgeübt hatte, aber jetzt wollte er, dass Mike für eine Weile das Kommando übernahm.

„Dann sind wir morgen früh alle bereit."

„Keiner von euch muss früh aufstehen. Philippe und ich kriegen uns schon aus dem Hafen und am Riff vorbei. Von dort aus geht's dann Richtung Ziel."

„Wenn du meinst."

„Tu ich. Für die Strecke brauchen wir fast zwanzig Stunden, aber die Wettervorhersagen sind positiv. Danach soll es allerdings windiger werden, und das heißt, es gibt mehr Wellen, also bleiben wir auf der Karibikseite der Inseln, bis wir wieder in St. Martin sind."

Mike würde offensichtlich sehr beschäftigt sein. „Wechselst du dich mit Philippe ab?"

„Jep. Philippe hat sich schon hingelegt, damit er fit ist, wenn wir ihn brauchen, und ich entschuldige mich direkt nach dem Abendessen." Mike konnte vor lauter Aufregung kaum stillstehen.

„Mach dir keine Sorgen. Carrie und meine Eltern sind unzertrennlich. Sie passen schon auf sie auf."

„Das glaube ich dir gern." Mike wandte sich ihm zu. „Glaubst du, deine Familie wird uns nach dieser Fahrt akzeptieren? Ich weiß, dass sie jetzt nett sind, weil wir hier auf der Jacht aufeinander hocken, aber wenn ..." Mike seufzte. „Nein, das ist dumm."

„Inwiefern?"

„Schau mal. Was, wenn wir dem Ganzen eine Chance geben? Du ziehst vielleicht nach Florida, aber du wirst sie besuchen wollen, und Carrie bestimmt auch. Aber was ist, wenn ... Werden sie und ich jemals dazugehören?"

William warf einen Blick nach draußen. „Ich glaube, darüber brauchst du dir keine Sorgen zu machen. Ich dachte, meine Mutter interessiert nur ihr gesellschaftliches Ansehen. Aber ich glaube, das ist nicht länger das, was sie antreibt."

„Was denn dann?"

„Wir. Ich glaube, Mom hat alles für meine Schwester und mich getan. Sie wollte, dass wir alle Chancen bekamen, die sie nie hatte. Ich kenne viele Macher, Leute aus der Politik und der Industrie. Meine Eltern kennen Leute, die Jachten besitzen, und ich habe Freunde, die weltbewegende Entscheidungen treffen. Ich habe nie darüber nachgedacht, aber Mom wollte, dass ihre Kinder solche Leute kennen. Was sie getan hat, hat wirklich Mumm erfordert, und ich glaube, das erstreckt sich auch auf den Menschen, den ich liebe und auf meine Familie. Bei meiner Schwester war es auch so."

„Aber ich bin nicht wie deine Schwester", sagte Mike. „Ich bin ..." Er hob den Blick und schaute nach draußen. „Entschuldige. Ich muss vor morgen noch ein paar Dinge erledigen." Er stellte sein Bier auf die Bar und ging ohne ein weiteres Wort aus dem Raum.

William wollte ihm hinterher, Mike fragen, was da vor sich ging. Er wusste, dass ein Teil davon diese typische Outinggeschichte war, und damit konnte William leben. Er hatte es selbst durchgemacht und konnte versuchen, Mike zu helfen. Aber da war noch etwas anderes. Und deshalb blieben seine Füße wie am Boden festgeklebt, und er schaute einfach nur auf die Stelle, wo Mike verschwunden war, in der Hoffnung, er würde zurückkommen. Aber die Tür blieb verschlossen.

William machte sich über die Bar her, mischte einen Krug voll Martinis und goss sich selbst einen ein. Er war stark, trocken, beißend und genau das, was er jetzt brauchte. Er hatte gehofft, diese Fahrt würde ihm und Mike die Gelegenheit bieten, einige Dinge zur klären. Vielleicht hatte er ja zu viel erwartet und ein bisschen den Bezug zur Realität verloren.

„William, komm doch raus zu uns." Sein Dad hielt die Tür offen und William seufzte und griff nach dem Krug. „Lass den stehen." Die Stimme seines Vaters war wieder ungewohnt stechend und William folgte seiner Anweisung. „Trinken, um Zweifel und Sorgen zu ertränken, tut dir nicht gut." Er trat zu ihm in den Salon und schloss die Tür. „Du musst ihm Zeit lassen."

„Dad." Mit seinem Vater über sein Liebesleben zu reden, gehörte nicht zu seinen Prioritäten.

„William." Sein Vater erwiderte seinen Blick. „Er hat mehr zu verlieren als du." Das wies William in die Schranken. „Es ist schwer, sich dafür zu entscheiden, die Person zu sein, die man tief im Inneren ist, und wenn dich das alles kosten könnte, was du hast, dann ist das sehr beängstigend. Du musst ihm die Chance geben, seine eigene Entscheidung zu treffen."

„Aber ich will ihm helfen ..."

„Das kannst du nicht. Das kann er nur allein entscheiden, und es wird schmerzvoll. Du warst noch nie gut darin, auf irgendetwas zu warten." Sein Dad lächelte. „Gott, wir mussten alle deine Geschenke an Weihnachten verstecken, sonst hättest du jedes einzelne Geschenk unterm Baum durchgeschüttelt, um herauszufinden, was drin ist. Und glaub nicht, dass ich nicht wüsste, dass du immer wieder Pakete im Voraus ausgepackt und sie dann wieder zugeklebt hast."

„Herrje, Dad, das ist Jahrzehnte her." Seine Eltern ließen ihn nichts vergessen.

„Nein, das war letztes Weihnachten", neckte ihn sein Vater und William gluckste. „Du warst nie geduldig, aber diese Sache hier kannst du nicht beschleunigen. Mike muss seine eigenen Entscheidungen fällen, und so schmerzhaft und schwierig das für dich auch ist, du musst es zulassen. Du hast deinen Treuhandfonds und bist komplett unabhängig. Aber Mike hat sich selbst und sein Geschäft, seine Tochter und seine Mutter, die von ihm abhängig sind. Er kann ihnen nicht einfach den Rücken kehren, und er weiß, dass jede Entscheidung die er trifft, auf mehr als nur ihn selbst zurückfällt. Also handle mal gegen deine Natur und warte ab."

„Woher weißt du das alles?" William hatte noch nie derart tiefe Einblicke in seinen Vater bekommen. Vielleicht, weil sie sich nie als Erwachsene hingesetzt hatten, um den anderen richtig kennenzulernen.

„Von deiner Mutter. Sie war diejenige, die alles zu verlieren hatte. Elise wusste, dass ihr Vater Zustände kriegen würde, wenn sie mich heiratete, und ihr vielleicht den Rücken zudrehen würde. Deshalb hat sie mit mir Schluss gemacht und ist zurück zu ihrer Familie gegangen. Ich dachte schon, es wäre alles vorbei. Ich war sogar schon an dem Punkt, dass meine Freunde mir sagten, ich sollte wieder anfangen zu daten. Und dann klingelte es eines Abends an der Tür – die Klingel haben wir heute noch. Ich weiß noch, wie ich die Tür öffnete und eine Freundin meiner Mutter erwartete. Aber es war Elise. Das werde ich nie im Leben vergessen. Es hat wie aus Eimern geschüttet und sie sah aus wie ein begossener Pudel, aber so wie sie da auf meiner Türschwelle stand, bot sie den schönsten Anblick den ich je gesehen hatte. Ich habe sie noch dort auf der Treppe geküsst, vor den ganzen Klatschtanten aus dem Bridgeclub meiner Mutter."

„Das muss ziemlich schnell die Runde gemacht haben."

„Die Hühner haben kurz herumgegackert und meine Mutter war zwei Sekunden lang wirklich geschockt. Dann hat sie Elise ins Haus geführt. Als sie alles erklärt hatte, ist meine Mutter auf der Stelle in den Gluckenmodus gewechselt. Und das war's. Elise gehörte zu mir, und daran hat sich seitdem nichts geändert. In guten und schlechten Zeiten, sie war immer da und ich hatte ihren Rückhalt, weil sie mich auserwählt hat."

„Und du konntest nichts tun, außer zu hoffen?", fragte William.

„Richtig. Ich musste daran glauben, dass sie das, was ich für sie fühlte, auch für mich empfand, und dann musste ich sie ihre Entscheidung treffen lassen. Nachdem sie das geschafft hatte, hat deine Mutter nie wieder zurückgeblickt, und ich hatte niemals Augen für jemand anderes. In all diesen Jahren und als ich noch jünger war, hätte ich viele Gelegenheiten gehabt, aber deine Mom war und ist die einzige Frau für mich. Egal, was passiert."

„Weil sie dich auserwählt hat?" William verstand allmählich, wie sich so etwas anfühlte.

„Ja. Sie hat mich über ihren Vater und den Rest der Familie gestellt. Deine Mutter war bereit, das Risiko einzugehen, an meiner Seite ein besseres und glücklicheres Leben zu führen als das, was sie kannte. Das ist eine schwierige Entscheidung, aber wenn du derjenige bist, der auserwählt wird, dann wirst du dich für den Rest deines Lebens daran erinnern." Sein Dad drehte sich um, verließ den Raum und gesellte sich wieder zu Carrie und seiner Frau.

Verflixt, er wusste wirklich, wie man einen Abgang machte.

Das Abendessen war wie immer großartig: in Butter gebratener frischgefangener Fisch mit einem Hauch Zitrone. Eines der besten Essen, die William jemals genossen hatte. Ein Teil der Crew konnte ihnen Gesellschaft leisten, während die anderen sich auf die Abreise vorbereiteten, aber William hatte dafür gesorgt, dass ihnen Essen warmgestellt wurde. Am meisten fehlte ihm Mike am Tisch, der offiziell arbeitete. Das hatte er zumindest den anderen gesagt.

William hatte überlegt, nach ihm zu suchen, aber dann hatte er den Rat seines Vaters beherzigt und ließ Mike Zeit. Zumindest hoffte er, dass er das tat.

„Entspann dich", sagte seine Mutter sanft und tätschelte ihm die Hand. William kam noch immer nicht ganz mit ihrem Wandel klar, aber er hatte beschlossen, ihn zu nutzen. Weiß Gott, wie lange dieser Zustand anhielt. Normalerweise trieb sie sie alle an. „Es wird sich schon alles fügen."

„Danke." William entschuldigte sich und ging an Deck, um sich in die Lounge zu setzen und die Sterne anzuschauen. Sie sahen anders aus als im Norden, viel klarer, und die Konstellationen unterschieden sich. Nicht, dass es von Bedeutung gewesen wäre. William starrte in den Himmel, obwohl er eigentlich auf den Stuhl neben ihm fixiert war, in dem Mike fast jeden Abend gesessen hatte. Jetzt war der Stuhl leer und William vermisste die Wärme von Mikes Hand in seiner. Seine reine Anwesenheit. Sie hatten in den Sternenhimmel geschaut und über so viele Dinge gesprochen … die wirklich wichtigen Dinge vielleicht einmal ausgenommen. Wahrscheinlich hatte William auch eher die Rolle des Sprechers als des Zuhörers übernommen.

Nach einer Stunde ging er wieder nach unten und in seine Kabine. Er schloss die Tür hinter sich. Sein Dad hatte recht – im Moment konnte er gar nichts tun.

Es war fast still auf der Jacht und nur die Geräusche des Wassers und des Hafens störten den Frieden. Zu blöd, dass dieser Frieden nicht auch in seinem Kopf herrschte. Der Stundenzeiger auf der Uhr neben dem Bett rückte auf die Zehn, dann auf die Elf. William starrte ihn an und schloss die Augen. Vielleicht war er kurz eingeschlafen und gleich wieder aufgewacht. Zwölf Uhr und halb eins gingen vorbei, und dann öffnete sich die Kabinentür leise. William wollte sich schon aufsetzen, aber Mike legte ihm eine Hand auf die Schulter, also blieb er still liegen. Leise raschelnd zog Mike sich aus und schlüpfte neben ihm unter die Decke.

William hielt den Atem an bis Mike sich von hinten an ihn schmiegte. Sein hartes Glied presste sich beharrlich gegen sein Hinterteil. Mikes Hand glitt über Williams Bauch und blieb auf seiner Brust liegen. Er sagte nichts, aber seine Berührung und Wärme gaben William Hoffnung.

Mike drehte ihn sanft um und sein Gewicht drückte William in die Matratze. Mike küsste ihn heftig und gleich kehrte die altbekannte Leidenschaft zurück.

„Ich …" William versuchte, Mike zu sagen, dass er mit jeder Entscheidung leben konnte.

„Wir müssen leise sein", flüsterte Mike und fuhr mit den Fingern über Williams Lippen.

William fuhr mit der Zunge über Mikes Fingerspitzen und nahm sie dann in den Mund. Mike erschauderte und William erstickte das leise Stöhnen, das sich in seiner Kehle aufbauen wollte. Die ganze Jacht schlief, und es gab keinen Grund, alle aufzuwecken, aber er würde nicht bis zum nächsten Morgen warten, wenn Mike eine kurze Pause auf ihrer längsten Strecke zurück zu den Leeward-Inseln machen konnte.

Mike unterbrach Williams Gedankenspiel mit einem weiteren Kuss, und sofort richtete sich Williams gesamte Konzentration wieder auf Mike und seine Berührungen. Eine einzige Liebkosung reichte aus, um William ein Leben lang mit Energie zu versorgen. Er öffnete den Mund, um etwas zu sagen, aber Mike fuhr ihm mit seinem salzigen, rauen Finger über die Brust. William musste lachen, aber er schluckte den Laut herunter und schloss die Augen, während Mikes Finger seine Brustwarzen umkreiste und dann über seinen Bauch strich.

„Du musst ruhig sein", flüsterte Mike.

„Warum ich?"

„Weil du der Laute von uns bist." Mike grinste, heiß, erotisch und entschlossen. William wusste, dass er recht hatte, weil er im Bett nie leise gewesen war, und immer das Gefühl hatte, dass Leidenschaft in Dezibel gemessen wurde.

Er nickte und wagte es nicht, auch nur ein Geräusch zu machen, als Mike die Finger um sein Glied schloss, die Hand langsam bewegte und ihn beinahe wahnsinnig machte. Da war es wieder, dieses Lächeln, aber dann benutzte Mike seine Lippen für etwas noch Besseres. William zitterte, krallte sich an Mike fest und versuchte, nicht in tausend Stücke zu zerbersten. „Ich dachte ...", presste er durch die zusammengebissenen Zähne hervor.

„Du denkst zu viel." Mike zwängte ein Knie zwischen Williams Beine, hob sie ein Stück an und strahlte dabei so viel Hitze aus, dass er einen Hochofen hätte entzünden können. „Lass dich einfach mal gehen."

Und William gehorchte ihm und überließ Mike die Führung, der ihn bespielte wie ein wertvolles Instrument. „Willst du ..."

Mike nickte und griff zum Nachttisch. Er fand schnell, was er brauchte und nach den minimalsten Vorbereitungen, die sich wie eine Ewigkeit anfühlten, kamen sie im Rausch der Leidenschaft zusammen. Mikes Hitze durchströmte Williams ganzen Körper. Er fühlte sich so voll und komplett. Mike gehörte ihm und er gehörte Mike, und genau das hatte er gewollt.

Mike bewegte sich langsam, nahm sich was er wollte und gab die Geschwindigkeit vor. Es machte William verrückt. Er wollte es jetzt, und er wollte alles, aber Mike nahm sich alle Zeit der Welt, bis William sicher war, dass er jeden Augenblick in Flammen aufgehen würde.

Das Bett quietschte leise unter ihnen, während William sich alle Mühe gab, sich zurückzuhalten und die Erinnerung an diesen Moment für immer abzuspeichern. Er schloss die Augen und riss sie wieder auf, denn er wollte keine Sekunde verpassen. Es gab nichts Besseres, als Mikes Blick. Es haute William immer wieder um, wie viel Stärke und Erregung aus diesen tiefbraunen Augen sprach.

„Bitte hör niemals auf, mich anzuschauen", hauchte er und war sich nicht ganz sicher, ob er die Worte laut ausgesprochen hatte, oder nicht. „Das würde ich nicht, selbst wenn ich es müsste."

Und plötzlich hatte William seine Antwort.

„Ich bin kein Typ für rührselige Worte. Nie gewesen." Mike schmiegte seine Hüften an Williams Hintern und hielt dann still. Sein Glied pulsierte in ihm und jagte William Schauer über den ganzen Körper. „Du bist der schönste Mann, den ich je gesehen habe."

„Mag sein. Aber das meine ich nicht."

„Ich weiß. Ich will dich jeden Morgen ansehen, wenn ich aufstehe, und jeden Abend, bevor wir Liebe machen und erschöpft miteinander einschlafen. Ich will, dass du bei mir und Carrie lebst, und dass meine Mom dich fettfüttert."

„Heißt das …?" William schluckte, während Mike wieder anfing, sich zu bewegen und Williams Gedanken auf die Reise in andere Galaxien schickte.

„Was immer es heißt, wir kriegen das schon hin."

William wollte eigentlich noch unzählige Fragen stellen, aber die würden warten müssen, denn das Denken fiel ihm von Sekunde zu Sekunde schwerer, und sich auf irgendetwas anderes zu konzentrieren, als Mikes prallen Schwanz, der immer wieder zielsicher den einen Punkt in seinem Körper fand, war ein Ding der Unmöglichkeit. Er klammerte sich an Mike fest, ließ den Kopf ins Kissen fallen und gab sich ihm ganz hin.

„Oh Gott." William versuchte, leise zu sein, aber die Worte rutschten ihm heraus. Mike küsste ihn stürmisch und knabberte an seinen Lippen, raubte ihm den Atem, damit er seine Leidenschaft nicht tief aus der Lunge herausschreien konnte. Ihre Zungen schlangen sich umeinander, als Mike das Tempo erhöhte und William immer weiter antrieb. Er musste die ganze Jacht zum Schaukeln bringen, aber es war William egal. Das hier war alles, was er wollte, Mike bei ihm, sie beide zusammen. „Du bist mein."

„Auf jeden, du Trottel. Schon seit Monaten. Wir Dummköpfe haben nur eine Ewigkeit gebraucht, bis uns das klar wurde." Mike stieß die Hüften nach vorn.

„Auffallend richtig", stimmte William atemlos zu, und das war alles, was er noch sagen wollte. Sein Mund war anderweitig beschäftigt, und Worte waren generell überbewertet.

Immer heftiger wurden ihre Bewegungen und William war schweißgebadet. In der ohnehin schon schwülen Kabine wurde es immer feuchter und heißer. Egal, wie lange das hier dauerte, es war nicht lange genug. Williams Hände wanderten nach unten, als Mike sich aufbäumte und seine Brust anschwoll. Der Anblick allein hätte schon gereicht, um William zum Höhepunkt zu bringen, aber er hielt sich zurück so lange er konnte, auch wenn es sich anfühlte, als wollte er eine Flutwelle aufhalten. Unmöglich. Als Mike die Hüften ein letztes Mal nach vorn stieß und dann über ihm erstarrte, erreichte auch William den Gipfel der Leidenschaft.

12

Mike war erschöpft, aber überaus zufrieden. Er hatte die *Vargo* gerade in St. Martin angedockt und seine Pflichten als Kapitän galten offiziell als erledigt. Mr. Cunningham hatte er am Telefon die Details des Maschinentests erläutert. Nach dem anfänglichen Problem waren sie meisterlich gelaufen und in Mikes Augen sprach nichts dagegen, sie auf weite Reisen zu schicken.

„Das ist eine traumhafte Jacht. Es war eine Ehre, sie steuern zu dürfen."

„Vielen Dank für Ihre Hilfe. Meine Familie und ich planen, die nächsten zwei Monate an Bord zu verbringen, und dafür ist es unerlässlich, dass alles perfekt funktioniert. Maximilian hat mir außerdem äußerst schwärmend von Ihrer Arbeit berichtet, und sollten wir noch einmal einen Aushilfskapitän benötigen, würde ich gern auf Sie zurückkommen, wenn es Ihnen zeitlich recht ist." Er klang wirklich zufrieden und Mike nahm das Angebot gern als Kompliment.

Nach ihrem Telefongespräch vergewisserte er sich, dass die Kommandobrücke so aussah, wie er sie vorgefunden hatte, und machte sich dann auf die Suche nach den anderen. Er fand sie im Salon.

„Ihr müsst in ein paar Stunden los, um euren Flug zu erwischen", sagte William gerade zu seinen Eltern, als er in den Raum trat. Mike hatte einen Großteil der Nacht am Steuer verbracht, damit sie früh am Morgen ankamen. Ihre geänderte Reiseroute hatte ihnen ein paar zusätzliche Fahrtstunden beschert, und er wollte, dass Williams Eltern ihren Flug erwischten.

„Wir haben alles soweit gepackt", sagte Elise. „Die Koffer stehen in unserer Kabine und Antoinette sagt, sie bringt sie rechtzeitig hoch."

„Hast du auch gepackt?", fragte Mike Carrie, die den Kopf schüttelte. „Dann sieh zu, dass du fertig wirst, wir reisen nämlich auch heute Nachmittag ab, und ich habe keine Lust auf Hektik."

„Oh-kay", sagte Carrie träge.

„Denk daran, was ich dir gesagt habe. Im Sommer kannst du uns besuchen kommen. Dann haben wir viel Spaß zusammen. Wir zeigen dir ganz viel Neues, und bestimmt können wir irgendwo segeln gehen." Elise schloss Carrie fest in die Arme. „Du hast ja unsere Telefonnummern und wir haben deine. Du kannst anrufen, wann immer du willst."

William schien ebenso überrascht wie Mike. Mit Höflichkeit hatte er gerechnet, war aber davon ausgegangen, dass sie nach dieser Reise in ihr Leben zurückkehren würden, und sich zwischen ihnen wieder diese Distanz entwickelte, die während der Seereise verschwunden war. „Das wäre super." Williams Eltern hatten ihn sehr überrascht.

„Und du: Pass mir bloß auf das kleine Goldstück auf." Elise lächelte und setzte sich wieder an den Tisch.

Kurz darauf brachte Antoinette ihnen das Frühstück und sie setzten sich alle für ein letztes gemeinsames Mahl zusammen. Carrie verschwand in ihrer Kabine, um zu packen und ließ die vier mit ihren Kaffeetassen zurück. Max und Elise tauschten weiterhin diese fragenden Blicke aus. William ignorierte sie, obwohl sie kaum zu übersehen waren, und Mike gab sein Bestes, nicht in seine Kaffeetasse zu grinsen.

Nach dem Frühstück machten sich alle wieder ans Packen und der Aufbruch rückte näher. Der Transport war geklärt und Williams Eltern gingen von Bord, nachdem seine Mutter Carrie und den überraschten William herzlich umarmt hatte. Aber die größte Überraschung war, dass sie auch Mike in die Arme schloss. Er war nicht darauf vorbereitet gewesen und erwiderte die Umarmung freundlich. Dann trat er einen Schritt zurück und half ihnen, das Gepäck in dem Wagen zu verstauen, der sie zum Flughafen bringen sollte. Das Auto fuhr los und die Zurückbleibenden schauten hinterher.

„Mach deinen Kram fertig. In einer Stunde werden wir auch abgeholt."

„Kommt William mit uns?", fragte Carrie.

„Nein, ich fahre erst morgen." William umarmte sie und fing Mikes Blick über ihre Schulter auf.

„Hol deine Sachen schon mal her", ordnete Mike sanft an und Carrie hopste mit ihrer üblichen Euphorie davon. „Wann kommst du zurück?"

„Weiß ich noch nicht. Ich muss einiges zu Hause in Ordnung bringen, meine Sachen zusammenpacken und eine Wohnung finden. Ich glaube nicht, dass das zu schwer wird. Ich muss mir nur überlegen, wonach ich genau suche, und dann alles logistisch bewältigen."

„Du könntest bei uns wohnen …"

„Ich weiß, was du dir vorstellst, und das ist sehr lieb von dir. Aber wir müssen immer noch alles irgendwie klären, und du … Ich finde deine Mutter toll, sie ist eine umwerfende Frau, aber ich glaube nicht, dass ich rund um die Uhr mit ihr zusammenleben möchte, wenn du verstehst, was ich meine."

Mike war ein bisschen verletzt, aber Williams Worte ergaben durchaus Sinn. „Ich muss zugeben, dass ich soweit noch gar nicht gedacht habe."

„Ich ja auch nicht. Aber wir kriegen das schon alles hin, und es besteht ja kein Grund zur Eile." Das sagte William immer wieder und Mike fragte sich, ob er doch nicht so interessiert an ihm war, wie er dachte.

„Ich …"

William lächelte und schlang die Arme um ihn. „Ich will so schnell ich kann zurück nach Apalachicola. Ich will mit den ganzen Fischern und Kapitänen dort sprechen. Und ich will ein Haus in deiner Nähe finden, das groß genug für uns und für Carrie ist, und wo du deiner Mutter nah sein kannst, und sie trotzdem ihr eigenes Leben hat."

Verflucht, darüber hatte Mike auch noch nie nachgedacht. Wollte seine Mutter etwa auch wieder von vorn anfangen? So alt war sie ja noch gar nicht.

„Mach dir einfach keine Gedanken. Ich bin schnellstmöglich zurück und wir können alles planen." William streichelte seine Wange. „Ich habe lange genug gebraucht, um dich zu finden und mir klar zu werden, was ich eigentlich will. Mensch, wir haben einen Hurrikan gebraucht, um zusammenzukommen, und natürlich dieses alte Mädchen hier." Er machte eine Bewegung, die die Jacht um sie herum einschloss. „Ich habe nicht vor, dich jetzt ziehen zu lassen. Letzte Nacht habe ich dir gesagt, dass du mein bist, und das ist mein Ernst. Ich muss erst alles unter Dach und Fach bringen und dann fange ich neu mit dir an. Wenn du willst."

Mike dachte eigentlich, das hätte er in der letzten Nacht deutlich genug gemacht. „Klar. Ich habe viel zu lange gebraucht, um einige Dinge zu verstehen. Ich sollte zu mir selbst stehen und zu dem, was ich will. Bis jetzt habe ich das nicht getan, sondern immer alles versteckt. Es ist Zeit, damit aufzuhören. Mom wird klarkommen und wenn Bubba Probleme damit hat … dann brauche ich wohl einen neuen Ersten Offizier."

„Das wäre zu schade."

„Da hast du recht. Aber ich lasse nicht zu, dass Bubba oder irgendjemand sonst uns beiden im Weg steht. Du hast gesagt, ich wäre dein – und na ja, du bist mein und du bist der Mann, den ich will. Tut mir leid, dass ich so lange gebraucht habe, um das zu erkennen."

William legte den Kopf auf Mikes Schulter. Es fühlte sich richtig an, so, als gehörte er genau dort hin. „Jetzt müssen wir nur noch nach Hause und unsere Pflichten erledigen."

Mike seufzte. „Ja. Manchmal wünschte ich, alles wäre einfacher."

„Nichts, was sich wirklich lohnt, ist einfach."

Mike hielt William fest, wollte ihn nicht loslassen. William hatte gesagt, dass er alles erledigen und dann zu ihm zurückkehren würde, aber ein kleiner Teil von Mike hatte immer noch Angst. Das Leben konnte selbst noch so ausgeklügelte Pläne durchkreuzen. William in den Armen zu halten, war Gold wert. Ja, er wusste, dass William kein Lügner war und zu seinem Wort stand, aber Absichten konnten sich ändern. Er wollte gerne glauben, dass alles so funktionieren würde, wie William es gesagt hatte, aber in Mikes Leben hatten die Dinge nie so funktioniert, wie er es gerne gehabt hätte.

„Daddy, ich bin fertig", sagte Carrie, als sie ihren Koffer in den Salon schleifte.

„Meine Taschen sind auch gepackt." Mike versuchte, sich aus Williams Umarmung zu winden, aber William hielt ihn zu fest. Dann ließ er ihn plötzlich los. „Ich sollte sie besser holen, damit wir fertig sind, wenn der Wagen kommt." Mike schluckte schwer und schaute William an. Er brauchte diese Verbindung mit ihm, und jetzt musste er sie schon wieder abreißen lassen.

„Ich hole meine Sachen und komme mit. Ich habe ein Zimmer in der Stadt."

Sie gingen alle zusammen und bedankten sich bei der Crew, bevor sie ein letztes Mal von Bord gingen. Als sie das Ende des Bootsstegs erreicht hatten, drehte sich Mike für einen letzten Blick um. Dann luden sie ihr Gepäck in den Kofferraum des Wagens. William ging in die Hocke, um sich mit Carrie zu unterhalten. Sie umarmte ihn noch einmal. Ihre Schultern zuckten und als sie zurücktrat, wischte sie sich lächelnd über die Augen. Dann stieg sie ins Auto und ließ William und Mike allein.

„Ich komme so schnell ich kann." William umarmte ihn fest. Als er ihn wieder losließ, wurde Mike trotz der dreißig Grad im Schatten kalt. Ihm war, als würde ihn die Wärme mit William verlassen und er sehnte sich jetzt schon nach ihrer Rückkehr.

Mike stieg ins Auto und William schloss die Tür hinter ihm. Er schaute aus dem Fenster, bis sie den Hafen verließen und Williams einsame Silhouette am Ende des Bootsstegs aus seinem Blickfeld verschwand.

DIE HEIMREISE war ereignislos. Glücklicherweise war Carrie müde und verschlief einen Großteil des Flugs, denn Mike war nicht in der Stimmung, sich zu unterhalten.

Als sie in die Auffahrt einbogen und auf Mikes üblichen Parkplatz hielten, erwartete er, dass seine Mutter hinauskam, um sie zu begrüßen. Was er definitiv nicht erwartet hatte, waren der Truck, der neben ihrem Toyota Corolla parkte, und der Betreiber der Bootstankstelle, der neben Dolores stand, deren Haar zerzaust und Lippen gerötet und leicht angeschwollen waren. Mike hatte es all die Jahre über geschafft, seine Mutter niemals in postkoitalem Zustand anzutreffen, und er wünschte, das wäre ihm auch heute gelungen.

„Grandma", rief Carrie ohne eine Spur von Befangenheit und warf sich in ihre Arme. „Hast du einen Freund?" Seiner Tochter entging wirklich nichts.

„Sieht ganz so aus", kommentierte Mike trocken. „Lloyd, ich würde ja fragen, wie es dir geht, aber ich glaube, das ist nicht nötig."

„Benimm dich!", schalt Dolores und wandte sich an Carrie. „Ja, ich habe einen Freund."

„Cool. Daddy auch." Carrie löste sich von ihr und stürmte ins Haus.

Mike starrte ihr nach, hin- und hergerissen zwischen dem Drang ihr eine Strafe aufzubrummen, die bis ans Ende der High-School andauerte, und Erleichterung darüber, dass sie es kurz und schmerzlos gemacht hatte.

„Ach so. Dann hast du die Sache mit William endlich geklärt?" Dolores ging ins Haus und ließ Mike mit hängendem Unterkiefer zurück, während Lloyd erst ihn angaffte und dann Dolores hinterherstarrte, als wüsste er nicht, was er tun sollte. Mike konnte es ihm nicht verdenken. „Jetzt kommt schon rein ihr beide, und klappt eure Kinnladen mal wieder hoch."

Das schien das Eis zu brechen. Lloyd ging ins Haus und Mike holte die Koffer von der Ladefläche des Trucks, schleppte sie ins Haus und schloss die Tür hinter sich. Er schaute niemanden an, sondern brachte das Gepäck direkt in Carries Raum und sein eigenes Schlafzimmer. Am liebsten wäre er einfach allein dortgeblieben, aber er konnte das Unvermeidliche nicht aufschieben. *Egal, wie schlimm es ist, lauf nicht weg und steh deinen Mann.*

„Kaffee?", fragte seine Mutter, als er in die Küche trat.

„Whiskey wäre besser." Er brauchte dringend etwas, das ihn abstumpfen ließ.

Seine Mutter klopfte ihm auf die Schulter. „Das ist alles nicht das Ende der Welt."

„Nope", grunzte Lloyd. „Es ist so wie es ist."

Mike nahm Dolores die Tasse aus der Hand und setzte sich hin. „Also, wie lange läuft das schon zwischen euch?" Seine Mutter errötete wie ein Teenager. Das war interessant.

„Dolores und ich kennen uns seit Kindertagen. Bis vor ein paar Monaten sind wir uns nur nie wirklich aufgefallen, und seitdem haben wir irgendwie ..."

„Lloyd war im Schneckentempo unterwegs, deswegen habe ich ein bisschen Dampf gemacht."

„Mutter!" Mike wollte wirklich nichts über den Jagdtrieb seiner Mutter hören.

„Tanzen. Wir waren nur tanzen. Im Coastline veranstalten sie Country-Abende, und da sind wir gewesen." Sie verdrehte die Augen. „Zuerst."

Mike hob die Hände. „Mehr muss ich nicht wissen. Solange du glücklich bist." Er schenkte ihr ein Lächeln. Dann wandte er sich an Lloyd. „Und du wag es nicht, meine Mutter zu verletzen. Ich freue mich wirklich für euch." Irgendwie schaffte er es durch die Konversation, ohne zu viel über das Liebesleben seiner Mutter nachzudenken.

„Also, wo ist William?"

„Der fliegt morgen nach Hause. Er hat noch ein paar Sachen zu erledigen, aber dann zieht er hierher, um an neuen Produkten für seine Firma zu arbeiten." Mike nippte an seinem Kaffee. Er musste dringend an etwas anderes denken, als an die Tatsache, dass William nicht da war.

„Warum siehst du dann aus, als hätte es dir in die Suppe gehagelt?", fragte Lloyd.

Mike war sich nicht sicher, was ihn mehr überraschte: die Frage oder die Tatsache, dass Lloyd sie gestellt hatte. Er hätte nicht erwartet, dass Lloyd so entspannt auf diese neue Information reagierte. Aber im Gegenteil, es schien ihn gar nicht zu berühren.

„Daddy, bist du sauer auf mich?", fragte Carrie, die den Kopf ins Zimmer steckte. „Ich habe mich verplappert ... das hat Marcy zumindest gesagt."

Mike stöhnte. Carrie hatte mit ihren Freundinnen telefoniert, und seine Neuigkeiten würden sich innerhalb von Minuten in der ganzen Stadt verbreiten. „Nein. Ich bin nicht böse." Sie lebten in einer kleinen Stadt und Gerüchte verbreiteten sich hier so schnell wie die Wellen eines Steins, den man ins Wasser warf. „Du hättest mich nur selbst etwas sagen lassen sollen, das waren nämlich meine Neuigkeiten."

„Aber meine doch auch. Ich mag William. Er ist wirklich cool und er bringt dich zum Lachen." Sie tätschelte seine Wange, als wäre sie die Erwachsene. Dann drehte sie sich um und stolzierte wie eine Prinzessin aus dem Raum.

Mike trank seinen Kaffee aus und stellte die Tasse ins Spülbecken. Dann ließ er seine Mutter und Lloyd alleine, damit sie reden oder einander schöne Augen machen konnten. Was immer sie vorhatten, außer ihm auf den Zahn zu fühlen. Er wollte nicht über seine Sorgen reden. Es gab einiges zu tun – etwas essen, schlafen gehen – damit er früh am nächsten Morgen aufstehen und sich für seine Tour bereitmachen konnte. Und außerdem musste er Bubba einweihen, bevor die Gerüchte an seine Ohren drangen. Jawohl, er war wirklich wieder im echten Leben angekommen.

„Ich wärme dir und Carrie noch schnell etwas auf. Ich kenne diese Fluggesellschaften, die haben euch bestimmt nur Mist aufgetischt. In einer halben Stunde gibt's Essen", rief Dolores.

„Danke, Mom." Mike ging in sein Zimmer, um auszupacken und sich um seinen riesigen Wäscheberg zu kümmern. Nach zwei Wochen auf der Jacht, wo ihm jeder kleinste Wunsch von den Augen abgelesen worden war, zeigte sich das echte Leben von seiner ekelhaftesten Seite.

Er packte aus und verspeiste todmüde sein Abendessen. Dann wünschte er allen eine gute Nacht und verschwand wieder in sein Zimmer. Nachdem er William eine kurze Nachricht geschickt hatte, um ihn wissen zu lassen, dass er gut zu Hause angekommen war und ihn vermisste, kroch er ins Bett und schlief auf der Stelle ein.

DER MORGEN kam viel zu früh, aber immerhin hatte Mike ein bisschen geschlafen. Er bereitete sein Mittagessen vor und fuhr zum Hafen. Die *Decisions* wartete an ihrem Stammplatz auf ihn und sah trotz seiner Abwesenheit proper aus. Als er sich ihr näherte, erschien Gordon auf dem Deck.

„Ich habe sie ein paar Mal in der Woche kontrolliert und bin auch hinausgefahren, damit sie nicht einrostet."

„Ich wusste, dass ich auf dich zählen kann." Mike kletterte an Bord und verstaute seine Kühlbox. Alles war genau, wie er es gewohnt war, sowohl unter als auch auf dem Deck.

„Also, Herr Jachtkapitän, wie war's?", fragte Gordon, als er damit begann, die Ausrüstung für die Tour vorzubereiten.

„Es war, als würde ich einen Traum steuern." Die ganze Erfahrung fühlte sich wie ein Fantasiebild an, und jetzt wachte er langsam auf und kehrte ins normale Leben zurück. „Alles war so aalglatt, nur das Feinste vom Feinsten." Er seufzte, nicht sicher, wie er Bubba die Neuigkeit unterbreiten sollte. „Hör mal, da gibt es etwas, das ich dir erzählen muss, und ich weiß nicht ganz, wie." Er stützte sich auf die Lehne seines Kapitänssitzes.

„Hast du einen festen Job auf der Jacht angenommen? Bin ich arbeitslos?" Gordon hielt inne und starrte ihn an.

„Nein. Es hat mir gefallen, aber hier ist mein Zuhause. Und du brauchst dir um deinen Job keine Gedanken zu machen. Aber du weißt ja, dass William mich als Jachtkapitän angeheuert hat." Mike biss sich auf die Unterlippe, als Gordon nickte.

„Na los, spuck's schon aus."

„Also gut. William und ich haben uns schon ... getroffen, als das letzte Mal hier war, und wir haben uns auch weiterhin ... getroffen, als wir auf der Jacht waren. Er zieht hierher, um neue Produkte für sein Familienunternehmen zu entwickeln."

Während er die Sätze herausstammelte, kratzte Gordon sich am Kopf. „Was willst du mir damit sagen?" Er steckte die Angel, die er in der Hand hielt, in eine der Halterungen. „Dass du diesen Typen, irgendwie, datest?"

„Ja. Und bevor du fragst, nein, William hat mich nicht verändert. Er ist nicht der erste Mann für mich. Als ich in der Navy war ... Na ja, da sah die Sache anders aus."

„Willst du mir damit sagen, dass du ein Homo bist?" Gordon stakste auf ihn zu. „Nach all den Jahren, die wir zusammenarbeiten und Freunde sind, sagst du mir das jetzt?" Er schlug mit den Armen um sich und fuhr sich dann durchs Haar. „Ich glaub's nicht. Wie kommt's, dass du jetzt damit herausrückst, und nicht früher was gesagt hast? Ist doch nicht so, als würde ich dich sitzen lassen, nur weil du schwul bist, oder so. Wir sind schon so lange befreundet. Ich versteh's nicht."

„Bis jetzt hatte ich keinen Grund, mit irgendjemandem darüber zu reden. Ich habe seit Jahren niemanden mehr getroffen. Nicht seit der Navy.

Und dann kam William. Na ja, es hat irgendwie Klick gemacht, und wir sind zusammengekommen, und ich denke, du solltest Bescheid wissen."

„Und was soll ich mit diesem Wissen jetzt anfangen?" Gordon verschränkte die Arme vor der Brust.

„Am besten gar nichts. Du weißt jetzt Bescheid, und das zeigt, wie sehr ich dir vertraue. Mach deinen Job weiter und bleib mein Freund. Denk einfach nicht drüber nach."

„Wie könnte ich das nicht?", fragte Gordon. „Ich meine, du bist nicht der Mensch, für den ich dich gehalten habe."

„Herrgott, Bubba, denk doch mal nach, bevor du sprichst. Du kennst mich mindestens so gut wie jeder andere. Und erzähl mir doch nicht, du hättest keine Geheimnisse. Wir alle haben welche. Glaubst du, wir können weiterhin zusammenarbeiten?" Mike war sich nicht sicher, was er erwartete, aber wenigstens fluchte Gordon nicht oder drohte, ihn zu verprügeln. Das war das schlimmste Szenario, das er sich hätte ausmalen können.

„Ja. Warum sollte das etwas verändern?", fragte Gordon und schüttelte den Kopf.

„Weil die Leute seltsame Vorstellungen haben, was das anbelangt. Du weißt, wie du auf diese Jungs reagiert hast, als William hier war."

„Scheiße, verdammt, der Typ hat mich mit einem Haken aufgespießt und ich habe mich dafür entschuldigt. Ja, gut, der andere hat ihn dann auch wieder rausgezogen. Ich denke nicht, dass ich ein Problem mit Schwulen habe … glaube ich. Nur eine große Klappe, die direkt an einem echt miesen Hirn hängt." Gordon machte sich wieder an die Arbeit. „Ich frage mich nur, warum ich nichts geahnt habe."

„Ist eben so. Hat das irgendetwas zu bedeuten?"

„Ich glaube nicht. Solange du nicht anfängst, mich Schätzchen oder Süßer zu nennen."

Mike verdrehte die Augen. „Ich nenne dich eher Vollpfosten."

Gordon gluckste und sie waren fast wieder bei ihrem normalen Umgangston angelangt. „Wer hat denn heute gebucht? Deine Mom hat mich angerufen und mir gesagt, ich soll hier sein, weil sie eine Tour angenommen hat."

„Weiß ich nicht. Als ich gestern nach Hause kam, stand es im Kalender, deswegen sind wir hier." Mike war zu müde gewesen, um einen Haufen Fragen zu stellen oder zu viel darüber nachzudenken. „Lass uns die Sachen rüber schaffen. Fertig werden können wir auch noch, wenn die Gäste da sind." Sie arbeiteten im Schein der Straßenlampen. Mike bereitete die elektronischen Gerätschaften vor und schleppte Eis vom Truck zum Schiff.

„Sieht gut aus." Gordon legte den Köder weg und dann setzten sie sich hin und warteten.

Ein Wagen bog in die Zufahrt ein. Das Licht seiner Scheinwerfer wanderte über den Hafen und ging aus. Dann näherten sich Schritte und eine Stimme rief: „Irgendjemand an Bord?"

Mike richtete sich kerzengerade auf und fuhr herum, als William lächelnd aufs Boot kletterte.

„Schön, dich zu sehen, Bubba."

Gordon nickte. „Ich glaube, ich kontrolliere dann mal besser die ... Ach, verdammt, ich brauche ... Herrgott ... Fünfzehn Minuten ..." Er kletterte auf den Bootssteg und war verschwunden, bevor Mike ihn aufhalten konnte.

„Was ist mit dem denn los?" William gluckste und stellte seine Kühltasche ab.

„Ich habe ihm gerade von uns erzählt, und er hat es ganz gut aufgenommen."

„Warum dann diese wilde Hektik?"

„Weil er wahrscheinlich nicht mitansehen möchte, wie ich das hier tu." Mike sprang über die Kühlbox, landete auf dem Deck und zog William zu sich heran. Er küsste ihn stürmisch und schonungslos. Sein Körper sehnte sich nach der Berührung. William schlang die Arme um Mikes Nacken, hielt ihn fest und erwiderte den Kuss. Mikes Beine wurden schwach und er musste sich an William festhalten. Er hoffte, dass dieser standfester war, andernfalls würden sie beide über die Reling stolpern. „Ich dachte, du wolltest zurückfahren?"

„Planänderung. Ich habe deine Mutter bereits angerufen und gebucht, als ich wusste, wann wir zurück sein würden. Ich konnte einfach nicht so schnell wieder wegfahren. Das wäre mir falsch vorgekommen. Deswegen habe ich noch ein paar Tage freigenommen, und ich dachte, wir könnten ein bisschen angeln und vielleicht schon mal nach Häusern suchen. Ein paar Haken auswerfen und schauen, was wir fangen. Verdammt, als ich das letzte Mal fischen war, habe ich ein Riesending an Land gezogen."

„Findest du?"

„Oh ja. Ich wollte Zackenbarsche fangen und habe mir stattdessen den Kapitän geangelt. Der größte und genialste Fang des Jahres – vielleicht des Jahrzehnts."

Und Mike hatte gedacht, er wäre der Einzige, dem ein Wahnsinnsfisch ins Netz gegangen wäre. Er hatte ohnehin nicht vor, darüber zu diskutieren, denn in den nächsten fünfzehn Minuten raubte William ihm seine komplette Denkfähigkeit.

Epilog

„Den Sommer in Florida muss man einfach lieben", erklärte Mike, als sie das Haus noch vor Sonnenaufgang verließen.

„Oder ihm entfliehen", nörgelte William. „Das ist deine letzte Tour für die nächsten zwei Wochen. Es ist einfach zu heiß hier. Ich dachte, wir könnten uns verdrücken. Mom und Dad wollen Carrie gern sehen, und ich bräuchte mal eine Pause von der Hitze." Er wischte sich über die schweißnassen Augenbrauen. Die Klimaanlage in Mikes Truck war vollkommen überfordert. „Carrie hat Ferien und das wäre doch ein toller Ausflug."

„In Ordnung." Mike hielt am Hafen und sie stiegen aus dem Truck. Die Hitze traf William so hart, als wäre er geradewegs gegen eine Ziegelsteinmauer gerannt. Am Wasser war es nur unwesentlich kühler, aber er hoffte, auf dem Meer würde es besser werden.

„Sehr schön. Wir fahren übermorgen. Ich habe schon die Fahrt vom Flughafen zu meinen Eltern organisiert."

Mike schüttelte den Kopf, während er die Kühlbox aus dem Truck hob. „Wie lange planst du das schon?"

„Ich habe die Tickets gestern gekauft, nachdem ich auf deinen Arbeitsplan geschaut habe." William strich ein paar Strähnen aus Mikes Stirn. „Ich war davon ausgegangen, dass du keine Einwände hast. Außerdem warst du so müde und ich wollte dich nicht dafür aufwecken." Manchmal arbeitete Mike viel zu hart, um seinen Anteil zu zahlen. „Als du mit Carrie bei mir eingezogen bist, sollte es dein Leben eigentlich leichter machen."

„Ich weiß. Aber das Geschäft entwickelt sich gut, und ich kann mir keine Gelegenheit entgehen lassen, meinen Lebensunterhalt zu verdienen."

William hob die zweite Kühlbox hoch und folgte Mike zum Boot. „Ich weiß. Aber ich will, dass du auch ein bisschen Spaß hast." Er hievte die Box an Deck. „Macht dir das hier noch Spaß?" Irgendwie hatte er das Gefühl, dass dem in der letzten Zeit nicht mehr so war.

Mike hielt inne und seufzte. Seine Schultern hoben und senkten sich. „Nein. Es ist eben meine Arbeit."

171

„Dann brauchst du eine Auszeit. Das hier sollte Spaß machen, du solltest es genießen können. Andernfalls haben deine Kunden auch weniger Spaß." Trotz der Hitze schloss er Mike in die Arme. „Wir legen uns an den Strand, gehen Rudern und Segeln und irgendjemand anderes kann die Arbeit machen. Mom und Dad werden euch beide mit gutem Essen versorgen und du kannst wirklich mal ausspannen."

„Aber ich muss meinen Teil beitragen, und …"

„Das tust du. Das hast du doch immer."

„Aber das Strandhaus …"

„… ist bezahlt. Und du sollst dich nicht kaputtschuften. Das will ich nicht." William blieb so lange regungslos stehen, bis die Wärme unerträglich wurde. Dann trat er zurück. „Dafür liebe ich dich zu sehr." Er legte eine Hand an Mikes Wange. „Du bedeutest mir so viel, und die Zeit, die wir zusammen verbringen, ist mir wichtiger, als dass du sechs Tage die Woche arbeitest und versuchst, irgendwelche Erwartungen zu erfüllen, die keiner außer dir hat."

„Ist ja gut. Das hier ist erst mal die letzte Tour."

„Gut. Und demnächst nicht mehr als fünf Tage die Woche. Ich beschränke meine Reisen, sodass ich auch häufiger zu Hause bin." Er war an der Golfküste entlanggereist, um eine Vorstellung von den neuesten Schiffsmotoren und Produkten zu bekommen, die Westmoreland Motors herstellen konnte, und er stand ganz knapp vor einem wichtigen Zuschlag. Danach würde er mit den Ingenieuren zusammenarbeiten, um seine Ideen in die Tat umzusetzen.

„Du könntest erst mal ohne mich zu deiner Familie fahren, und …"

„Nein." William nahm Mikes Hand. „Du brauchst das viel dringender als wir alle."

„Okay." Ja, das sah schon aus wie der Ansatz eines Lächelns.

„Auf geht's."

„Ja. Und ich verspreche, mich zu amüsieren." Mikes Stimme klang schon vergnügter.

Die letzten sechs Monate waren hart gewesen. Einige Leute hatten den Kontakt abgebrochen, zu beiden, während andere ihnen freundlich begegneten. Wieder andere hatten es akzeptiert und sich besondere Mühe gegeben, um ihre Unterstützung zu zeigen. Wegen der Hassreaktionen, die sie beide betrafen, hatten sie ihr Haus umfassend gesichert. Jetzt, da er Mike gefunden und diesen unglaublichen Mann an Land gezogen hatte, war William bestrebt, dass ihm nichts zustieß, wenn es sich vermeiden ließ.

172

Er brauchte einmal ein bisschen Abstand und Spaß. Darum wollte William sich kümmern. Mike hatte ihm immer den Rücken freigehalten, und das wollte William ihm zurückgeben.

„Hey Jungs", rief Skippy, als er mit Kyle, Jerry und Steven im Schlepptau an Bord kletterte. „Das wird ein toller Tag."

„Ist es schon", sagte Mike lächelnd und William sah, wie sich seine Anspannung löste. „Seid ihr bereit für den großen Fang?"

„Habe gehört, dass William sich schon den dicksten Fisch geangelt hat", kommentierte Jerry und William legte den Arm um Mikes Hüfte.

„Na, und ob", sagte er und lehnte sich an ihn. „Jetzt lasst uns ein bisschen Spaß haben", sagte er zu den Jungs. „Und du auch, Schatz. Amüsiere dich. Ich bin hier, wenn du was brauchst. So wie du immer für mich da bist."

„Immer." Mike legte die Hand auf Williams. „Dafür liebe ich dich."

William drückte Mike einen sanften Kuss aufs Ohr und grinste, während er sich mit Gordon daran machte, die Leinen zu lösen. Mike war nicht allzu gesprächig, wenn es um Gefühle ging, aber was er sagte, das meinte er ernst.

Als sie die Taue verstaut hatten und aus dem Hafenbecken heraus waren, stellte sich William hinter Mike und schaute durch die Frontscheibe auf das Wasser, das sich vor ihnen ausbreitete. Die Zukunft war so strahlend und weit wie das offene Meer. Mike nahm Williams Hand in die seine und gemeinsam fuhren sie dem entgegen, was vor ihnen lag.

Das Licht der Liebe

ANDREW
GREY

Ein Titel der Herzenssachen Serie

Trevor ist ein umwerfend attraktiver Mann und der erfolgreiche Besitzer einer Kette von Autowerkstätten. Er ist gewöhnt, im Mittelpunkt der Aufmerksamkeit zu stehen, bewundert zu werden und zu bekommen, was er will. Vor allem sind das leidenschaftliche Affären ohne Bindung mit Männern, die er in Clubs kennenlernt. Das erwartet er auch, als er James begegnet. Entsprechend groß ist sein Erstaunen, als dieser sich von Trevors unwiderstehlichem Charme völlig unbeeindruckt zeigt. Trevor muss seine Gewohnheiten über Bord werfen und mit James auf einer anderen Ebene in Kontakt treten. Das beginnt damit, dass er anbietet, James nach Hause zu bringen, statt ihn mit seinem zugedröhnten Begleiter fahren zu lassen.

Nachdem James als Kind sein Augenlicht verloren hat, sind seine Möglichkeiten der sozialen Interaktion stark eingeschränkt. Er verbringt den Großteil seiner Zeit mit der Arbeit an einer Blindenschule. Trevors Welt ist ihm fremd. Er hat sich seine Unabhängigkeit schwer erkämpft und auch er weiß, was er will. In diesem Fall bedeutet das, dass er seine Komfortzone verlassen und Trevors Herz erobern muss.

Trevor ist bereit, es zur Abwechslung mit wahrer Liebe und Hingabe zu versuchen. Doch bevor er der Mann werden kann, den James braucht, muss er sich erst den Schatten seiner Vergangenheit stellen.

FEUER UND WASSER

ANDREW GREY

Buch 1 in der Serie – Carlisle Cops

Officer Red Markham kennt die Schattenseiten des Lebens. Von einem Autounfall, der seinen Eltern das Leben kostete, hat er hässliche Narben davongetragen, die ihm den Umgang mit anderen Menschen schwer machen. Sein Job als Polizist auf den Straßen von Carlisle, Pennsylvania, trägt ebenso dazu bei, da sich in letzter Zeit Drogenmissbrauch mit tödlichem Ausgang häuft. Eines Nachmittags wird Red wegen eines Kindes, das bei einem Unfall fast ertrunken wäre, zum örtlichen Schwimmbad gerufen. Am Unfallort stellt er fest, dass das Kind von dem Rettungsschwimmer Terry Baumgartner gerettet wurde. Red ist nicht überrascht, als der gut aussehende Terry ihn und sein hässliches Gesicht keines Blickes würdigt.

Mit anzuhören, dass einer der Rettungskräfte ihn für oberflächlich hält, öffnet Terry die Augen. Vielleicht ist er doch nicht so nett, wie er immer gedacht hat. Seine Freundin Julie schlägt vor, dass er Menschen unterstützt, denen es nicht so gut geht, indem er Essen an ältere Leute liefert. Auf seiner Tour trifft er die offenherzige Margie, eine Frau, die sagt, was sie denkt. Es stellt sich heraus, dass sie die Tante von Officer Red Markham ist.

Reds und Terrys Welten prallen aufeinander, als Red versucht, den Ursprung der Drogenwelle zu finden und Terry vor seinem Exfreund zu beschützen, der ein Nein nicht akzeptieren kann. Zusammen finden sie vielleicht mehr, als sie erwartet hatten – wenn sie es schaffen, hinter die Fassade des anderen zu blicken.

www.dreamspinner-de.com

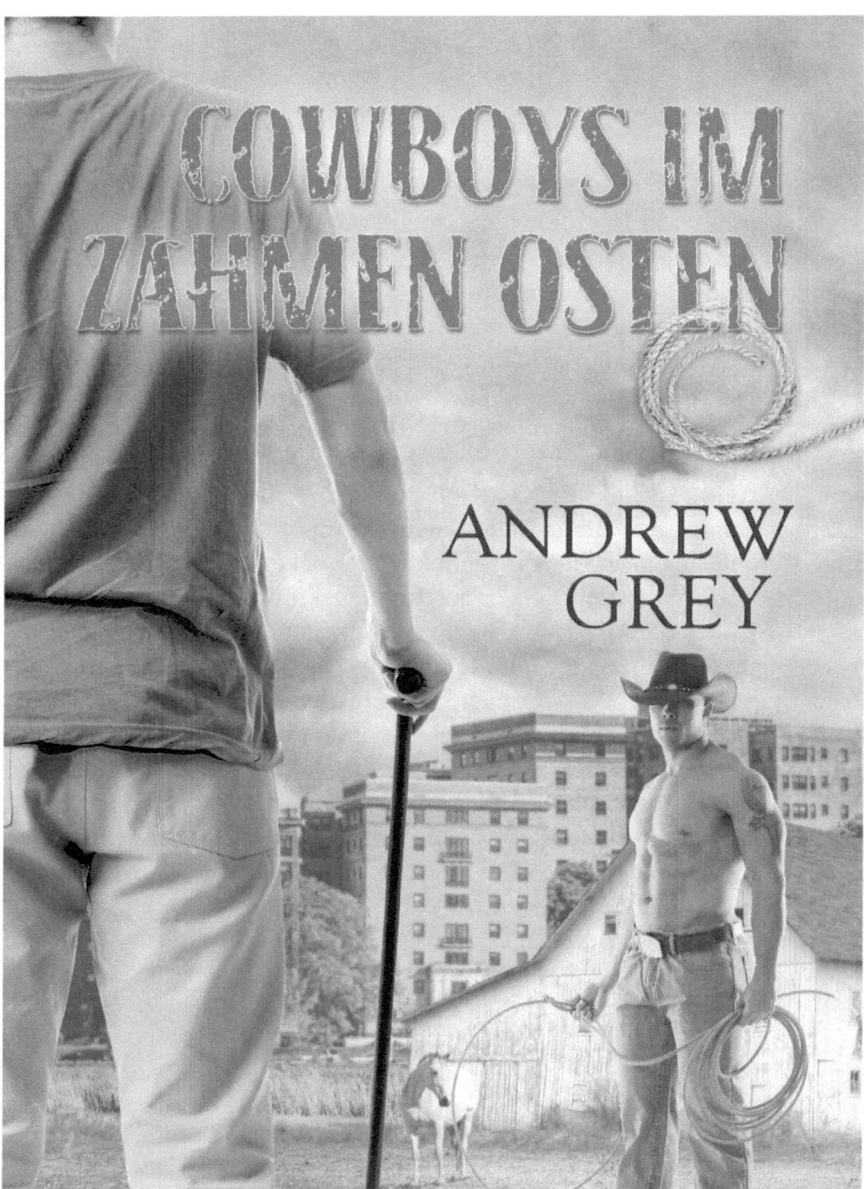

COWBOYS IM ZAHMEN OSTEN

ANDREW GREY

Brighton McKenzie erbt eines der letzten Fleckchen Farmland in den städtischen Außenbezirken von Baltimore. Die Farm war schon im Besitz der Familie, als Maryland noch eine Kolonie war, aber nun liegt sie schon eine ganze Weile brach. Es wäre so einfach, sie zur Bebauung zu verkaufen, aber Brighton möchte dem Wunsch seines Großvaters entsprechen und sie wieder aufleben lassen. Leider ist er seit einem Unfall auf einen Krückstock angewiesen und braucht daher Hilfe.

Tanner Houghton arbeitete auf einer Ranch in Montana, bis der Vater eines rachsüchtigen Exfreundes ihn aufgrund seiner Sexualität feuerte. Tanner kommt der Einladung seines Cousins nach Maryland nach und ist begeistert, eine Chance zu bekommen, wieder der Arbeit nachzugehen, die er liebt.

Brighton fühlt sich augenblicklich von dem äußerst attraktiven und hochgewachsenen Tanner angezogen – er verkörpert alles, was Brighton an einem Mann gefällt. Aber Brighton hält sich zurück, denn Tanner ist sein Angestellter – und warum sollte sich ein vor Leben strotzender Mann wie Tanner überhaupt für ihn interessieren? Doch das ist nicht ihr größtes Problem. Sie müssen sich den Intrigen von Brightons Tante widersetzen, plötzlich will Tanners Exfreund ihn wieder zurück, und dann müssen sie einen Weg finden, die Farm finanziell rentabel zu machen, bevor sie Brightons Familienerbe verlieren.

www.dreamspinner-de.com

SIEG ÜBER
DAS FEUER

ANDREW GREY

Buch 1 in der Serie – im Feuer

Dirk Krause ist ein Mistkerl wie er im Buche steht. Er macht sich selbst das Leben zur Hölle und jeden in seiner Umgebung unglücklich. Als er während eines Brandeinsatzes verletzt wird, ist er sogar zum Krankenhauspersonal unausstehlich, und natürlich ist er niemanden aus seiner Einheit wichtig genug, um ihn zu besuchen.

Lee Stockton ist das neueste Mitglied auf der Feuerwache, das den undankbaren Job aufgebrummt bekommt, Dirk einen Blumenstrauß von den Jungs vorbeizubringen. Zu Dirks Überraschung durchschaut Lee ihn sofort und lässt sich nicht vergraulen. Lee ist fest entschlossen, Dirk zu helfen, diese Arschloch-Attitüde aufzugeben und nicht alle von sich zu stoßen. Als ihre Streitereien schließlich im Bett enden, stellt sich die Frage, ob dieses Feuerwerk über einer möglichen Beziehung erstrahlt oder am Ende nur Asche zurückbleibt.

www.dreamspinner-de.com

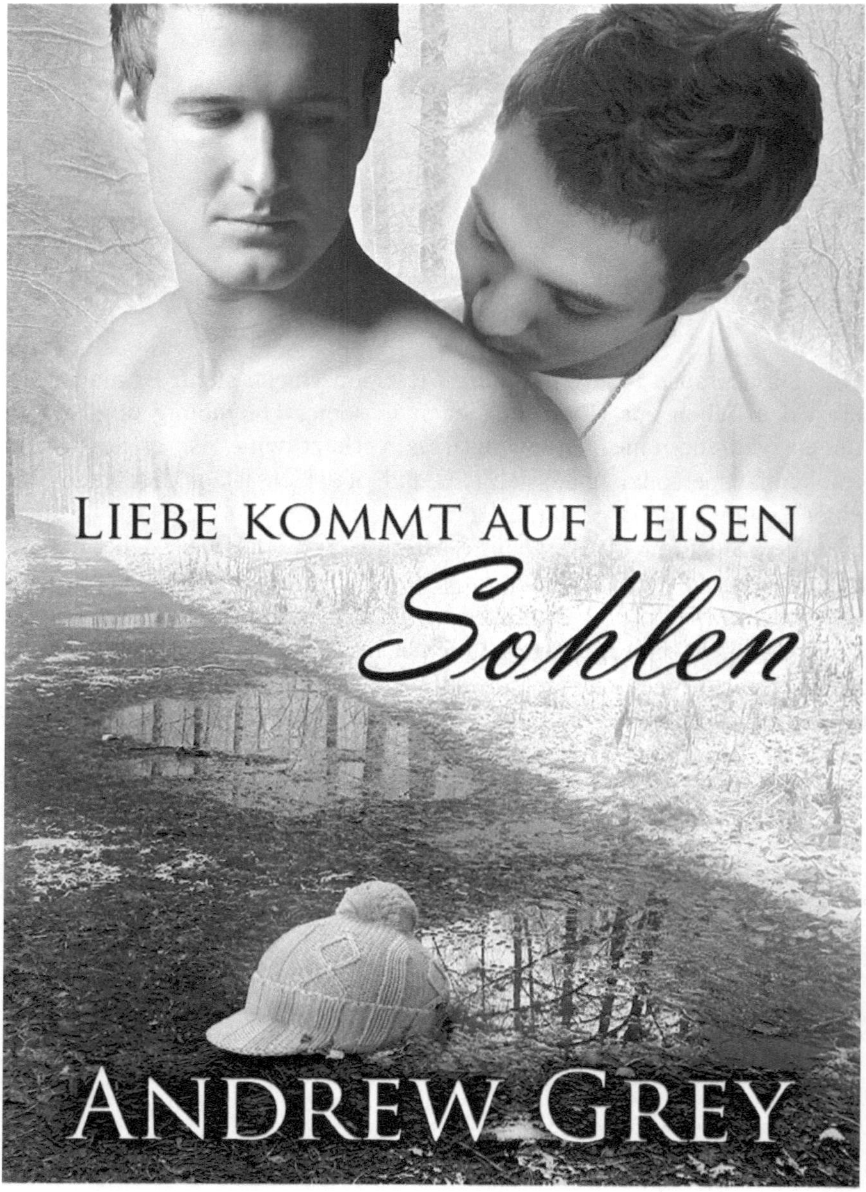
LIEBE KOMMT AUF LEISEN
Sohlen
ANDREW GREY

Ein Titel der Sinne Serie

Sich um einen geliebten Menschen zu kümmern, der Krebs hat, ist hart. Dabei auf sich allein gestellt zu sein, ist noch härter – besonders wenn der geliebte Mensch ein Kind ist. Seit Ken Brightons Lebensgefährte ihn verlassen hat, hat Ken den Großteil seiner Zeit im Krankenhaus bei seiner Tochter Hanna verbracht und auf ein Wunder gehofft. Die mysteriösen Geschenke, die für Hanna wie aus dem Nichts auftauchen, waren zwar nicht die ersehnte Heilung, dafür bringen sie allerdings einen Funken Hoffnung in Hannas und sein schwieriges Leben – genauso wie Kens Nachbar, der ehemalige Sänger Patrick Flaherty.

In den letzten beiden Jahren konnte Patrick an nichts anderes denken als an das Leben, das er eigentlich führen sollte. Durch einen Unfall hat er seine Stimme verloren und seitdem fällt es ihm schwer, neue Menschen kennenzulernen. Doch in den letzten Monaten hat er viel Zeit damit verbracht, seinen Nachbarn dabei zu beobachten, wie er sich um sein krankes Kind kümmert. Als Patrick Ken kennenlernt, fängt er an, sich ein Leben mit ihm zu wünschen - ein Leben, von dem er sich nicht sicher ist, ob er es haben kann.

Ken erkennt erst, dass er sich verliebt hat, als es beim Kampf der Ärzte um Hannas Leben zu Rückschlägen kommt. Ken ist fest entschlossen, neu anzufangen – zusammen mit Patrick und Hanna. Die zurückhaltende Stille seines Nachbarn lässt Ken allerdings wundern, ob Patrick das Gleiche will.

www.dreamspinner-de.com

ANDREW GREY wuchs in West-Michigan mit einem Vater auf, der es liebte, Geschichten zu erzählen, und einer Mutter, die es liebte, sie zu lesen. Seitdem hat er an vielen verschiedenen Orten gelebt und die Welt bereist. Er hat einen Master-Abschluss von der University of Wisconsin-Milwaukee und widmet sich heute ganz seinem Schreiben. In seiner Freizeit sammelt Andrew Antiquitäten, arbeitet im Garten und lässt immer wieder sein schmutziges Geschirr herumstehen – überall, außer in der Spüle (vor allem, wenn er schreibt). Er ist dankbar für eine tolerante Familie, fantastische Freunde und den liebevollsten Partner der Welt, der ihn in allen Lebenslagen unterstützt. Zurzeit lebt Andrew im wunderschönen, historischen Carlisle in Pennsylvania.

E-Mail: andrewgrey@comcast.net
Website: www.andrewgreybooks.com

Von ANDREW GREY

Cowboys im zahmen Osten
Sein größter Fang

CARLISLE COPS
Feuer und Wasser

GESCHICHTEN AUS DER FERNE
Ein weites Land – Miteinander
Ein weites Land – Dunkle Wolken
Ein weites Land – Unruhige Zeit
Fremde Weiten

HERZENSSACHEN
Das Licht der Liebe

IM FEUER
Erlösung in Feuer
Gestählt im Feuer
Sieg über das Feuer

SIEBEN TAGE
Sieben Tage

SINNE
Liebe kommt auf leisen Sohlen

Veröffentlicht von DREAMSPINNER PRESS
www.dreamspinner-de.com